上司小剣文学研究

Kamitukasa Syouken

荒井真理亜 著

和泉書院

上　司　小　剣

大正二、三年頃
下目黒の自宅で。

目次

I

I

上司小剣「鱧の皮」論

一、同時代の評価

上司小剣の代表作「鱧の皮」は、大正三年一月一日発行の『ホトトギス』第十七巻四号に発表された。上司小剣が数え年で四十一歳の時の作品である。「鱧の皮」の発表された当時、上司小剣は腸チフスのため入院療養中であった。「病床日誌抄」（『読売新聞』大正3年2月22日発行）によると、上司小剣は大正二年十二月十日から病床の人となり、十八日、腸チフスであることが判明、下渋谷の赤十字社病院に入院した。そして、大正三年一月十二日に退院している。「病床日誌抄」には、その退院の前日、すなわち一月十一日に「諸方からの来状全部堆く床頭台の上に置かる。諸友人の来状には、ドレにもコレにも拙作『鱧の皮』が『新年小説中非常の好評であつた』と書いてある。病余《ママ》の身の特に感動すること多し」と記されている。

実際、大正三年一月には、「鱧の皮」は文壇で最も注目された作品であったようだ。のちに宇野浩二が、岩波文庫『鱧の皮 他五篇』（昭和27年11月5日発行、岩波書店）の「解説」で、「『鱧の皮』は、あらゆる評判になつた作品がさうであるやうに、何人かの批評家が、最大級の言葉で、『これは傑作である』、と吹聴するやうに称讃したために、多くの人が、云ひつたへ聞きつたへして、『あれは傑作だ』、『あれはおもしろい小説ださうだ』、と付和雷同して、傑作にまつりあげられたやうなところもある」と述べたように、「鱧の皮」の発表された当時の批評は、大正三年一月四日付『時事新報』に掲載された田山花袋の「新年の文壇（四）」における評価に追随する形で展開していった。島田青峰の「消息」欄の記述（『ホトトギス』第17巻5号、大正3年2月1日発行）、中村星湖の「新年の文壇」（『文章世界』第9巻2号、大正3年2月1日発行）、加能作次郎の「新年の創作」（『早稲田文学』第99号、大正3年2月1日発行）もみな、花袋の時評を踏まえた上で書かれているようだ。

田山花袋は、上司小剣の「鱧の皮」を、「大変面白い」、登場人物が「いかにもよく書いてありました」、「立派な短篇」、「大阪らしい気分が十分にはつきりと出てゐて、感じに確実《しつかり》としたところがあるのが及び難い」と最大級の言葉で絶賛した。その田山花袋の「新年の文壇（四）」（『時事新報』大正3年1月4日発行）をあげると、次の如くである。

> 上司小剣氏の「鱧の皮」は大変面白いと思ひました。お文といふ女と、その周囲とがいかにもよく書いてありました。福造といふ亭主と短い会話の中にはつきりと出てをりました。立派な短篇だと思ひました。それに、大阪らしい気分が十分にはつきりと出てゐて、感じに確実《しつかり》としたところがあるのが及び難いと思ひました。

この田山花袋の批評に如何に上司小剣が感激したか、上司小剣が『文壇出世作全集』（昭和10年10月3日発行、中央公論社）に寄せた「附記」の中で「ただ故田山花袋氏が作中の人物を一々分析されたやうな批評文だけはいまも殆ど宙におぼえてゐる」と語った言葉を見てもそれがわかる。感激のあまり「殆ど宙におぼえ」るくらい、何度も繰り返し読んだのであろう。

ここで、「鱧の皮」が発表される以前の上司小剣について触れておきたい。上司小剣は「鱧の皮」を発表する以前から、明治四十一年六月十五日に刊行された『灰燼』、同年八月一日『新小説』に発表した「神主」などを始めとして、地道に小説を発表していた。明治四十四年一月五日には、『読売新聞』紙上に連載した新聞小説を一冊にまとめた『木像』を刊行している。しかし、「鱧の皮」以前の小説は時々文芸時評に取り上げられたりはするものの、上司小剣は、まだ、文壇において確固たる作家的地位を確立するには至っていなかった。

しかし、当時既に文壇の重鎮であった田山花袋が、上司小剣の「鱧の皮」について「及び難い」とまで評したのである。田山花袋の「鱧の皮」に対する絶賛は、文壇の評価を促していくだけの力を有していた。田山花袋が「鱧の皮」を最高の賛辞をもって評したことで、上司小剣は大正文壇で一躍作家的地位を獲得したのである。

要するに、「鱧の皮」は、作家・上司小剣に大きな転機をもたらした作品である。上司小剣は、「鱧の皮」以後、「父の婚礼」（『ホトトギス』大正4年1月）や「兵隊の宿」（『中央公論』大正4年1月）などの京阪を舞台とした秀作を発表していく。本書では、上司小剣という作家にとって文壇出世作となった大事な作品である「鱧の皮」について、その執筆時期や作品世界の時代設定等の問題を考察して見たい。

二、その執筆時期

島田青峰は、「鱧の皮」が発表された『ホトトギス』の「消息」欄において、「上司小剣氏の『鱧の皮』は、いろ〳〵編集の都合で、二ヶ月遅れて、やつと本号に掲載することが出来ました」と書いている。とすると、「鱧の皮」は発表された大正三年一月よりは少なくともその二か月前、つまり大正二年の十月頃には『ホトトギス』の編集者の手に渡っていたことになる。

では、「髑の皮」はいつ頃執筆されたのだろうか。

上司小剣は、「髑の皮」を執筆する、そのきっかけとなった出来事について、「処女作時代」（『女性』第5巻6号、大正13年6月1日発行）の中で、「大阪道頓堀を舞台にした『髑の皮』は、〈中略〉九月の初め丁度大阪興行中の島村抱月氏と松井須磨子氏とから連名で来た葉がきに、髑（皮ではない）のことが書いてあつたのと、それと同時に着いた大阪の従妹からの小包みに『髑の皮』が入つてゐたところから、ヒントを得たものであつた」と語っている。島村抱月と松井須磨子連名の来状と、時を同じくして大阪の従妹から送られてきた髑の皮が、小説「髑の皮」着想の直接のきっかけとなったのである。上司小剣が「髑の皮」を執筆したのは、島村抱月と松井須磨子の連名の葉書が届いた以後のことであろう。上司小剣は「九月の初め」と回想しているが、実際、この葉書はいつ頃届いたのか。

この頃の島村抱月と松井須磨子の動向だが、大山功著『新劇四十年』（昭和19年10月5日発行、三杏書院）によると、島村抱月は、大正二年七月、それまで所属していた文芸協会の演劇態度にあきたらず、中心となって急進的な青年演劇人を擁して芸術座を起こす。芸術座の第一回公演は九月有楽座において開演された。演目はメーテルリンクの「内部」（秋田雨雀訳）と「モンテ・ヴァンナ」（島村抱月訳）であった。この公演を終えて一座は大阪に赴き同じ演目を近松座に上演したという。上司小剣が先に触れた「丁度大阪興行中」にあたるのが、この時の大阪公演である。しかし、上司小剣の回想にあった「九月の初め」とは若干時期がずれている。大阪公演の具体的な日程については、『大阪朝日新聞』の「演芸界」欄に詳しい。『大阪朝日新聞』から、近松座における島村抱月、松井須磨子らの芸術座の公演に関する記事をあげると、次のようである。

〈大正二年九月二十八日付〉

近松座へ須磨子の芸術座連を伴れて来やうとの計画がある

〈大正二年十月七日付〉

芸術座の須磨子一座はモンテワンナ《ママ》を提げて近松座へ登ることは本極りとなり十七日が初日で十日間、幹事の水谷氏と背景画家は七日先着し島村抱月、中村春雨、秋田雨雀氏等の幹部連は十日前後、技芸員の一行は十五日頃新橋を発つ

〈大正二年十月十七日付〉

近松座の芸術座男女俳優一行十五日午前十一時梅田に着し近松座に乗込たり

〈大正二年十月二十日付〉

近松座の芸術劇は二日目大入満員をかゝげたり

〈大正二年十月二十七日付〉

近松座の芸術座一行は二十六日限り閉場二十八日より神戸聚楽館にて開演

なお、『大阪朝日新聞』の十月二十一日に〝外部生〟との署名で「近松座の『内部』」と、二十二日には〝C〟の署名で「須磨子のワンナ《ママ》」と題する劇評が掲載されている。上司小剣は、前掲の如く「処女作時代」の中で、「九月の初め丁度大阪興行中の島村抱月氏と松井須磨子氏とから連名で来た葉がきに、鱧（皮ではない）のことが書いてあつた」と述べている。しかし、『大阪朝日新聞』の報道によると、近松座における芸術座の公演は、大正二年

九月二十八日にはまだ計画の段階であった。本決まりとなったのは十月七日で、島村抱月の来阪も十月十日前後という。したがって、大阪興行中の島村抱月、松井須磨子からの葉書が届いた時期を、「九月の初め」と回想したのは、上司小剣の記憶違いであろう。この時の芸術座の大阪興行は、十月十七日が初日で二十六日までの十日間行われ、その後二十八日より神戸聚楽閣にて上演された。島村抱月と松井須磨子の動向から推察するに、「鱧の皮」着想の直接のきっかけとなる連名の葉書は、大正二年十月七日以降に届いたものであろう。そして、島田青峰の「上司小剣氏の『鱧の皮』は、いろ〳〵編集の都合で、二ヶ月遅れて、やつと本号に掲載することが出来ました」という一文と合わせて考えると、「鱧の皮」は大正二年十月中旬から下旬にかけてのごく短期間に執筆されたと断定してもよいのではないかと思われる。

三、作品世界の時間設定

先に述べたように、上司小剣は、「鱧の皮」執筆のきっかけについて、島村抱月と松井須磨子連名の来状と、時を同じくして大阪の従妹から送られてきた鱧の皮にヒントを得たと述べているのだが、「鱧の皮」に描かれた作品世界の時間も、上司小剣が「鱧の皮」を執筆した、その大正二年頃に設定されたと見なしてもよいのだろうか。作品中には、「初秋の夜風」などの季節を表した描写はあるが、時代の設定が何時かを明確に示すような箇所は見当たらない。

上司小剣は、「鱧の皮」を収録した短篇集『父の婚礼』（大正4年3月18日発行、新潮社）の序文で、この一篇（『父の婚礼』をさす・引用者）は、私の半生の記録である。苦悩のページである。外形は、長篇短篇取りまぜて十種を集めたことになつてゐるが、内容は、『天満宮』から『長火鉢』に至るまで、一つの連続した生活の塊りである。
『天満宮』と『父の婚礼』と、『寺の客』とは、私の幼年時代の記録で、『筍婆』と『鱧の皮』とは、私の半生に大なる影響を与へた私の母方の祖母と叔父と叔母と、其の他の人々との物語である。これを私は生活の一部の輪郭とも名づけたい。

と語っている。『父の婚礼』に収められた一連の作品は上司小剣の「半生の記録」であり、「鱧の皮」はその「半生に大なる影響を与へた私の母方の祖母と叔父と叔母と、其の他の人々との物語である」という。つまり、「鱧の皮」に登場する人物達にはモデルがあった。
このモデル達のその後について、上司小剣のエッセイ「小説巡礼」（『早稲田文学』第147号、大正7年2月1日発行）には次のようにある。

大阪へ着くと、先づ上町に叔父の家を尋ねた。この叔父は源太郎といふ名で、私の『鱧の皮』に現はれてゐる。〈中略〉
二日は上町の叔父が宿へ来て、二人で堺の大浜へ『鱧の皮』の女主人公を尋ねて行つた、叔母のお梶は、従妹のお文と箱の小餅を片付けてゐた。お文さんの子がもう十六の愛らしい小娘になつて、両の頬に靨を見せつゝ、お辞儀をした。

其の正午、私は叔父とお文さんと三人で、橋の下の蠣船の中にゐた。お文さんは独りで三本の銚子を空けて、トロリと眼の縁を赤くしながら、私が今は大連とかに居る彼女の夫のことを訊いても、『もうそんなことは言ひツこなし』と東京語で言つて、『あんなもん何うなつたかつてよろしおますがな。…それよりお酒、…お酒…』と、手酌でまた二三杯、つゞけざまに呷つた。叔父は難かしい顔をして、詰まつた煙管をヅウ〳〵音さして吹いてゐた。

この「小説巡礼」は、大正六年十二月二十九日から七年一月五日にかけて、上司小剣が小説の舞台となった場所、登場人物達を訪ねた時のことを記したエッセイである。モデルとなった人物に関しては作品における名称を用いているので、「鱧の皮」の女主人公お文は上司小剣にとって従妹、お梶は叔母にあたることがわかる。そして、この時には「お文さんの子がもう十六の愛らしい小娘になつて」いる。このお文の娘は、小説「鱧の皮」の中では、まだ「三歳」であった。とすると、モデルの年齢に即して読むと、「小説巡礼」が発表される十三年前ということになる。「小説巡礼」は大正七年の発表だから、その十三年前は、明治三十八年である。すなわち上司小剣は、「鱧の皮」の作品世界の時間を、モデルたちとの関係から、明治三十八年に設定して執筆したのではないだろうか。

「鱧の皮」には明白に時間設定を示すところがないと先に断わったが、よくよく読んでみると、雇女が源太郎を相手に、実在の名妓であった富田屋の八千代について、次のように噂しているところがある。

雇女が一人三畳へ入つて来て、濡れ縁へ出て対岸の紅い灯を眺めながら、欄干を叩いて低く喇叭節を唄つて

ゐたが、藪から棒に、

「上町の旦那はん、……八千代はん、えらうおまんな。この夏全《まる》で休んではりましたんやな。……もう出てはりますさうやけど、お金もたんと出来ましたんやろかいな。」

随一の名妓と唄はれてゐる、富田屋の八千代の住む加賀屋といふ河沿ひの家のあたりは、対岸《むかふぎし》でも灯の色が殊に鮮かで、調子の高い撥の音も其の辺から流れて来るやうに思はれた。〈後略〉

富田屋の八千代は、本名を遠藤美記といい、十歳でお茶屋の「加賀屋」の養女になり、十三歳の時妓籍に入り「富田屋」から出た。その後すぐに姉芸者の豆千代が妓籍を去ったため、ひとり歩きの苦労を重ねるが、やがて赤坂の万竜、祇園の千賀勇と三栄、南地・大和屋の政弥と並んで「五大名妓」の一人に数えられるようになる。大正六年、日本画家の管楯彦と結婚する。しかし、結婚生活八年目の大正十三年二月二十五日、八千代は鉛毒と腎臓炎で、はかなくこの世を去った。なお、富田屋の八千代については、吉井勇が随筆集『東京・京都・大阪』（昭和29年11月25日発行、中央公論社）で、大正五年の春に会ったことを回想している。

この八千代が、「鱧の皮」の作品世界において、その年の夏の間中、座敷へは上がらず、ずっと休んでいたという。にも関わらず、八千代には金が出来たことになっている。三田純一著『道頓堀物語―上方芸人譜―』（奥付に発行年月日記載なし、光風社書店）には、日露戦争当時の八千代について、興味深い記述がある。三田純一は、日露戦争が「八千代を有名にした」というのである。それによると、八千代の姉芸者の豆千代の夫が、日露戦争当時、絵葉書を十万枚製作し、出征兵士の慰問用にと軍へ寄付したのだが、その中には八千代の写真も入っていたという。この絵葉書が八千代を全国的なスターにし、富田屋の八千代の名は、およそ花柳界とは無縁だった人々の間にも喧伝され始めたのである。だからこそ、「花柳界とは無縁」であった「鱧の皮」の雇女らが噂したのであろう。三田純一は、続けて、次のようにもいう。

日露戦争が終ると、大阪の博物館が光村とタイアップして、戦勝祝賀美術展覧会を開催する計画を立てた。このときも、光村は奇抜な趣向で、人びとをおどろかした。明治三十八年四月三日の開会当日になると、八千代の等身大のプロマイドに着色したものが、型抜きにして会場入口に飾られた。さらに会場に入ると、当の八千代をはじめ南地の美妓連中が、売店や模擬店に立ってサービスするという念の入れようで、かつて戦地で見た八千代の実物が拝めるというので、軍服姿の凱旋兵士の列が引きもきらなかった。

三田純一のいう、明治三十八年四月三日に開催された戦勝祝賀美術展覧会がいつ頃まで開催されたのか、その開催期間が判明しない。「鱧の皮」で「八千代はん、えらうおまんな。この夏全で休んではりましたんやな。……もう出てはりますさうやけど、お金もたんと出来ましたんやろかいな」と雇女が言うのは、言うまでもなく、八千代の芸妓としての御座敷以外の活動を指している。「鱧の皮」の雇女の噂は、日露戦争の出征兵士の慰問袋に八千代ら芸妓の十万枚ものブロマイドが配布され、八千代が一躍全国的なスターになったため、戦勝祝賀美術展覧会の売店や模擬店に駆り出されたことなどを指していると見なしてもいいのではないかと思う。つまり、実在の八千代の経歴や、またモデルとなったお文の娘の年齢などから見て、「鱧の皮」の時代設定は、日露戦争が終わった直後の明治三十八年頃に、上司小剣は設定して描いているのではないか。

上司小剣の「鱧の皮」が優れているのは、男女の上方情緒が鮮やかに描かれているだけでなく、大阪の南の歓楽街の雰囲気が描かれていることにある。島田青峰は、「年頭の文芸界」（『国民新聞』大正3年1月3日発行）において、「髑の皮には大阪の芝居町付近の食物店の空気が鮮かに出てゐる」と述べた。また、田山花袋が前掲の「新年の文壇（四）」で「大阪らしい気分が十分にはつきり出て」いると評したように、確かに「髑の皮」は、その冒頭部分から「道頓堀の夜景は丁どこれから、といふ時刻で、筋向ふの芝居は幕間になつたらしく、讃岐屋の店は一時に立て込んで、二階からの通し物や、芝居の本家や前茶屋からの出前で、銀場も板場もテンテコ舞をする程であつた」とあり、ひっきりなしに客の出入りする芝居町の繁盛する様子が描かれている。明治三十八年に、これまでの日露戦争が終結して、平和になり、庶民が芝居などを楽しむ、大阪道頓堀の雰囲気が描かれているのである。

四、その主題

上司小剣は、「髑の皮」を執筆した創作意図や動機について、のちの「『髑の皮』を書いた用意」（『文章俱楽部』第11巻6号、大正15年6月1日発行）の中で、

たゞ、あゝした女の手一つで、母子が心を合せて、生存競争の激しい渦巻の中に闘つてゐる、その結果が、如何にも「髑の皮」のやうな、肉のない皮だけのものと云ふやうな風になつて表れてゐる。其処のところを、剞り取つたやうにして書き表し度いと思つたのであつた。

と語っている。「たゞ、あゝした女の手一つで、母子が心を合せて、生存競争の激しい渦巻の中に闘つてゐる」と

いうのは、大阪のミナミの道頓堀で、「讃岐屋」という鰻屋を経営しているお文と、その母のお梶を指しているのであろう。では、「『鱧の皮』のやうな、肉のない皮だけのもの」というのは、具体的にどのようなことを表しているのか。

「鱧の皮」の女主人公お文は、家付き娘の「御寮人さん」で、三十六歳の女盛りである。聟養子の福造は四十四歳で、お文より八歳年上である。その福造が家出をして、現在東京にいる。お文は、三人の子供と隠居の母親を抱え、女手一つで店を切り盛りしている。

「鱧の皮」は、次のような書き出しで始まる。

郵便配達が巡査のやうな靴音をさして入つて来た。

「福島磯……といふ人が居ますか。」

彼れは焦々した調子でかう言つて、束になつた葉書や手紙の中から、赤い印紙を二枚貼つた封の厚いのを取り出した。

道頓堀の夜景は丁どこれから、といふ時刻で、筋向ふの芝居は幕間になつたらしく、讃岐屋の店は一時に立て込んで、二階からの通し物や、芝居の本家や前茶屋からの出前で、銀場も板場もテンテコ舞をする程であつた。

「讃岐屋の店は一時に立て込んで」、「銀場も板場もテンテコ舞をする程」忙しい状況である。そんなお文の元へ、一通の「厚い封書」が届く。その「厚い封書」には、「出した人の名はなかつた」。「消印の『東京中央』といふ字が不明瞭ながらも、兎も角読むことが出来た」のであるが、お文は、「手蹟には一目でそれと見覚えがある」。「厚い封書」は、家出中の夫からのものであった。その封書には、金の無心と元の鞘へ納まるための条件が書かれ、末尾には好物の鱧の皮を送ってほしいとある。母親のお梶は聟養子の要求に激怒するが、お文は叔父の源太郎を言いくるめて、母親には内緒で夫に会うため東京に行く用意をし、まずは鱧の皮を買って、夫に送ろうとする。これが「鱧の皮」の粗筋である。

「鱧の皮」の登場人物のうち、聟養子の福造について、田山花袋は「新年の文壇（四）」で「福造といふ亭主が短い会話の中にはつきりと出てをりました」と評し、また、無署名ではあるが、「一月の文壇を通観して」（『独立評論』第2巻2号、大正3年2月1日発行）でも「此篇淡々たる叙述の中に、お文も、母も、叔父も能く現はれ、而して其処には無き養子の福造まで歴然として其の姿を現はし来るが如く感ぜしむ」と述べられている。

福造は、直接作品には登場しない。福造から届いた「厚い封書」があるだけである。それ故、夫婦の間にどのようなトラブルがあって福造が家出したのか、その時の具体的な様子は直接描かれていない。福造は、家族の者から完全に行方をくらましていたのであろうか。福造の家出の目的はなんであったのか。妻子を捨て、お文と離縁して、家庭から解放され、自由になるための蒸発だったのであろうか。そして、何故、福造からの「厚い封書」には「出した人の名」や住所などが書かれていないのか。

福造が家出したのは、お文と決定的に離別することを覚悟してではなかったようだ。お文は、差出人の名も住所も書かれていない「封書」を受け取っているにも関わらず、夫に宛てて〝鱧の皮〟を送る用意をしている。したがって、お文は家出中の夫の居場所を知っていることになる。夫が東京へ家出してから、この「封書」は初めて書かれたものではないのであろう。おそらく、この「封書」以前に、既に手紙のやり取りがあったと考えられる。また、叔父の源太郎も「私《わし》んとこへおこしよつたのには、ちやんと理記と書いて、宛名も福島照久様としてよる」と述べているることから、福造はこの「封書」を出す前に、源太郎のところへも手紙を書いている。要するに、福造は家出中であっても、家族に自分の所在を知らせていることになり、完全に行方をくらましているわけではないのである。福造から来た「厚い封書」の内容を、源太郎は次のように説明している。

「まア何んや、例《いつ》もの通りの無心があつてな。……今度は大負けに負けよつて、二十円や。……それから、この店の名義を切り替へて福造の名にすること。時々浪花節や、活動写真や、仁和賀芝居の興行をしても、ゴテ〳〵言はんこと。これだけを承知して呉れるんなら、元の鞘へ納まつてもえゝ、自分の拵へた借銭は自分に片付けるよつて、心配せいでもよい。……長いことゴテ〳〵書いてあるが、煎じ詰めた正味はこれだけや。……あゝさう〳〵、それから鱧の皮を一円がん送つて呉れえや。」

福造の手紙の内容は、夫婦の和解というようなものではなく、〈金〉に関係することが話題の中心である。どうやら、福造の家出は、夫婦間における愛の破局といったトラブルが原因というよりも、福造が「自分の拵へた借銭」のためであったと見てよいだろう。福造の家出は今回が初めてというわけではない。「この前出よつた時は、千二百円ほど借金をさらすし、その前の時も彼れ是れ八百円はあつたやないか。……今度の千円を入れると、三千円やないか。……高価《たか》い養子やなア」というので、その都度、多額の借金を抱え、店が肩代わりしているようだ。週刊朝日編『値段史年表』（昭和63年6月30日発行、朝日新聞社）によると、「鱧の皮」の作品世界の時間が設定されている明治三十八年頃は、公務員の初任給が月俸五十円、銀行員で三十五円、巡査は九円であったというから、福造の借金はかなりの高額である。福造は、「自分の拵へた借銭は自分に片付けるよつて、心配せいでもよい」とは言うものの、千円の具体的な返済方法が説明されているわけではなく、その言葉は全く信用出来ない。福造が「心配せいでもよい」というのは、堅実に真面目にこつこつ働いて借金を返済していこうというよりも、これまでやってきた興行物での一攫千金を夢見てのことであろう。今までと同じ失敗を繰り返さない保障はどこにもない。

しかも、福造は、今まで興行物に何度も失敗し、金を工面するのに、取引先や元の雇人にまで無心をしなければいけない。「恥も外聞も」分からなくなるほど、金に困っていたようだ。このような状況では、新たな興行をするには、店でも抵当に入れない限り、高額な元手を貸してくれるところもないであろう。しかし、店を担保にするために、名義を福造に書き替える必要が出てくる。だからこそ、福造は、名義の変更を迫っていると考えられる。

福造はお文に宛てて今までにも手紙を書き送っていたようだが、今度の「厚い封書」には、「例もの通りの無心」に加えて、店の名義の変更と興行物の容認という条件付きで、「これだけを承知して呉れるんなら、元の鞘へ納まつてもえゝ」とあった。つまり、福造は、今度の「厚い封書」で、今までとは違った要求をしてきたことになる。福造が条件を変えてきた事情も含めて、「鱧の皮」という作品を理解する上で、福造がいつ家出したのか、福造が家出してからどのくらいの時間が経過しているのかを明らかにする必要が出てくるであろう。

では、福造はいつ家出したのであろうか。

福造の借金についてお文と源太郎とが噂するところに、次のようにある。

「味醂屋へまた二十円借せちうて来たんやないか。……味醂屋にはこの春家出する時三十円借りがあるんやで。能《よ》うそんな厚かましいことが言はれたもんやな。」

何処までも追つかけるといつた風に、源太郎は、福造の棚卸をお文の背中から浴びせた。
「味醂屋どこやおまへん。去年家にゐて出前持をしてたあの久吉な、今島の内の丸利にゐますのや、あそこへいて、この春久吉に一円借せと言ひましたさうだツせ。困つて来ると恥も外聞も分りまへんのやなア。」
また世間話をするやうな、何気ない調子に戻つて、お文は背後を振り返へり〳〵、叔父の言葉に合槌を打つた。

ここでは、源太郎もお文も、福造が「この春家出した時」のことを話題にしている。つまり、福造が家出したのは「この春」である。そして、「厚い封書」が届いた、作品世界の時間は「初秋」に設定されていた。ということは、福造が家出をしてから「厚い封書」が届くまで、既に五か月ほど経過していることになる。

福造は、家出してからの五か月の間、いつまでも自分の要求が通らないので、「元の鞘へ納ま」るための条件を変えなければならなくなった。そして、今度の「厚い封書」では、福造の「例《いつ》もの通りの無心」も、「今度は大負けに負けよつて、二十円」しか要求されていない。「今度は大負けに負けよつて」というので、この「厚い封書」以前に届いた手紙では、二十円どころではなく、もっと高額の無心を言ってきていたはずである。

お文は、福造の「封書」について、「何にも書いたらしまへんがな。……長いばツかりで。……病気で困つてるよつて、金送れと、それから子供は何うしてるちうこと、、……今度といふ今度は懲り〳〵したよつて、あやまるさかい元の鞘に納まりたいや、決つてるのや」と説明している。お文は、福造の要求にはまともに取り合わず、「何にも書いたらしまへんがな」と述べている。お文が「今度といふ今度は懲り〳〵したよつて、あやまるさかい元の鞘に納まりたいや、決つてるのや」と言うのは、福造が今まで要求した金額より明らかに下げてきたからであろう。お文は、夫の方から折れて、無心の金額をお文が現実的に処理できる金額にしてきたので、ここらが潮時と考え、東京へ迎えに行くことを決心したのである。

一方、お文も、五か月余りも夫の不在を「女の手一つ」で、「生存競争の激しい」大阪のミナミの歓楽街で闘ってきた。お文の経営する「讃岐屋」は、「四十人前といふ前茶屋の大口」を引き受けることが出来る。また、「二階の客にも十二組までお愛そを済ました」というから、少なくとも二階に十二組は入るくらいの客席があり、女が一人で経営している割には結構な店構えであったと推察出来る。お文は、その「讃岐屋」で、「銀場から、其の鋭い眼で入り代り立ち代る客を送り迎へして、男女二十八人の雇人を万遍なく立ち働かせるやうに、心を一杯に張り切つて」いる。「勘定の危まれた二階の客の、銀貨銅貨取り混ぜた拂いを改め」たり、「あがつた蒲焼と玉子焼とを一寸改めて十六番の紙札につけると、雇女に二階に持たしてやつた」りと、女主人として、絶えず神経を張り詰めて、何から何まで独りで取り仕切らなければならない。このように、お文は、客の出入りの激しい芝居町で、休む間もなく、日夜営々と商売に励んでいる。

お文は、叔父の源太郎に東京行きを告げる場面で、次のように述べている。

「私、一寸東京へいてこうかと思ひますのや。……今夜やおまへんで。……夜行でいて、また翌る日の夜行で戻つたら、阿母《おか》アはんに内証にしとかれますやろ。……さうやつて何とか話付けて来たいと思ひますのや。……あの人をあれなりにしといても、仕様がおまへんよつてな。私も身体が続きまへんわ、一人で大勢使ふてあの商売をして行くのは。……中一日だすよつて、其の間おツさんが銀場をしとくなはれな。」

酔はもう全く醒めた風で、お文は染々とこんなことを言ひ出した。

お文が、家出してから五か月経った福造の状況を「あの人をあれなりにしといても、仕様がおまへんよつてな」と判断したように、お文自身も、この五か月もの間、独りで店を切り盛りしてきたことで、「私も身体が続きまへんわ、一人で大勢使ふてあの商売をして行くのは」と、単に肉体的な疲れだけではなく、精神的な疲労も感じているようである。もちろん、東京へ行っている間に、叔父の協力を得るための口実にもなっているのだが、「生存競争の激しい渦巻の中」で店を守っていくのは、男顔負けのやり手のお文にとっても、やはり精神的に疲労困憊してしまうのであろう。

同時に、大阪のミナミの繁華街で女手一つで立派に店を繁盛させながらも、何か満足できないでいるお文の姿も、そこにはある。

女盛りのお文ではあるが、肝心の夫が家出をして五か月になる。夫不在ゆえの女の苛立ちが、二度のお文のヒステリーとなって表現されているのである。

一度目は、夫の借金問題についての叔父の執拗な問いかけに、居た溜らなくなって爆発する場面に、次のようにある。

自然と皮肉な調子になつて来た、源太郎の言葉を、お文は忙しさに紛らして、聞いてはゐぬ風をしながら、隅の方の暗いところでコソ〳〵してゐる男女二人の雇人を見付けて、

『留吉にお鶴は何してるんや。この忙しい最中に、…これだけの人数が喰べて行かれるのは、商売のお陰やないか。商売を粗末にする者は、家に置いとけんさかいな。ちやツちやと出ていとくれ。』と癇高い声を立てた。

男女二人の雇人は、雷に打たれたほどの驚きやうをして、パッと左右に飛んで立ち別れた。

お文は、誰に対しても当たり散らしているわけではない。八つ当たりの対象は、仲睦まじい男女二人の雇人である。お文は、留吉とお鶴に嫉妬しているからこそ、この男女に関しては特に見過ごすことが出来ず、激しく叱責する。お文のヒステリーには、満たされない女の欲求不満がある。女として満たされない欲求不満を抱えたお文は、憂さ晴しに酒を煽る。しかし、慰められない。

そして、お文のヒステリーは、小説の最後にも出て来る。夫に送ってやるため鱧の皮を買い、家路に着いたお文は、パッと付いた明かりの下に、またも男女二人の姿を発見する。

『また留吉にお鶴やないか。…今から出ていとくれ。この月の給金を上げるよつて。…お前らのやうなもんがゐると、家中の雇人の示しが付かん。』

寝てゐる雇人等が皆眼を覚ますほどの声を立てゝ、お文は癇癪の筋をピク〳〵と額に動かした。

うまくお梶が間に入って窘められたものの、留吉とお鶴によって肉感的に刺激されたお文の欲求不満は、「今しがた銀場の下へ入れた鱧の皮の小包を一寸撫でゝ見」るという具体的な行為となって表れている。

福造は、相変わらず興行物を続けようというのだから、店の名義を書き替えたからといって、地道に商売をやっていこうという気はない。福造が自身の道楽を改心でもしない限り、例えお文が福造を東京にまで迎えに行っても、また同じことが繰り返されることは目に見えている。三十六歳にもなって、女手一つで立派に商売を繁盛させ、サーベルにさえも上手に取り入ってしまう、やり手のお文に、それがわからないはずはない。

ところが、このまま一緒にいれば、夫婦もろとも身を持ち崩すことが容易に想像されるにも関わらず、お文は夫と別れようとはしない。夫からの「厚い封書」を開ける前のお文は、叔父に向かって、「独りで見るのも心持がわるいよつて」、「私、何や知らん、怖いやうな気がするよつて」と繰り返す。しかし、福造の手紙を読んだお文の反応は、「口では何んでもないやうに言つてゐる」ものの、その眼は「異様に輝いて、手紙を見詰めてゐ」た。何故、夫の手紙を読んで、お文の眼は「異様に輝い」たのか。どうして、お文は夫と別れないのか。

小林豊は、『大阪と近代文学』（平成元年6月30日発行、法律文化社）の中で、お文という女性を、「しっかり者である反面、情愛も深い—そんな〈大阪おんな〉の典型」としている。そして、お文の上京の決意に対し、「夫を何とかして一人前にしてやりたい、という思いは、こうした、経済力のある、しっかり者の女性によく見られることだ」とも、述べている。織田作之助の「夫婦善哉」の蝶子についてなら、「しっかり者である反面、情愛も深い」女性であり、「夫を何とかして一人前にしてやりたい」と思っていると言えるだろう。蝶子は「私の力で柳吉を一人前にしてみせまつさかい、心配しなはんな」とひそかに維康柳吉の父親に向かって呟く。そして、自分自身にも「維康を一人前の男に出世させたら本望や」と言い聞かせている。「夫婦善哉」の柳吉は商家の跡取り息子で妻子があり、蝶子は日陰の身である。蝶子は身を粉にして働き、その金で柳吉に何か商売をさせ、成功させて、柳吉を「一人前の男」にし、柳吉の父親に自分の存在を認めてもらいたいと苦心する。

しかし、「鱧の皮」のお文は「夫婦善哉」の蝶子と年も違えば、境遇も違う。お文は、家付き娘であり、実家が鰻屋を経営している。夫は帰って来れば、「讃岐屋」の旦那である。また、お文は福造とは正式な夫婦なので、「夫婦善哉」の蝶子のように自らの沽券にかけて、夫を誰かに認めさせる必要もない。確かにお文も、「夫婦善哉」の蝶子のように「経済力のある、しっかり者の女性」である。しかし、「鱧の皮」に描かれたお文は、小林のいうように「経済力のある、しっかり者の女性」、ただそれだけであろうか。

では、お文という女性は、「鱧の皮」において、一体どういう人物として描かれているのだろうか。

小説の中では、お文の容貌については、ほとんど書かれていない。「福島磯といふ人が居ますか」といらいらして言う郵便配達に、忙しいお文は、「福島磯……此所だす、此所だす」と「銀場から白い手」を差し出し、「封書」を受け取る。そこには、ただ白い手とある。そして、叔父の源太郎はお文が一心に長い手紙を拡げている姿を時々振り返って見ながら、お文について「肉付のよい横顔の白く光る」と形容している。また、叔父が福造の棚卸しをお文に浴びせかけるところにも、お文が「広く白い額へ青筋をビク〱動かしてゐた」とある。

お文は、肉付きのよい、色白の女性である。お文の容貌についての具体的な描写はないものの、「白い」が繰り返し使われる。このお文の白さと女盛りらしい肉付きのよさが、脂ののった、その身が白く輝く〝鱧〟のイメージと重なる。また、鱧は、夏ばて防止にも効果があるとされる、非常に栄養価の高い食材でもある。女盛りで働き盛りの脂ののりきったお文の描写は、旬の鱧の豊かさを連想させる。三十六歳のお文は、豊潤な肉体の魅力と経済力を合わせ持つ〝鱧〟のような女性である。しかし、それはあくまでも〝鱧〟という食材のイメージであって、生体のイメージではない。

確かにお文は、小林のいう「経済力のある、しっかり者の女性」であるが、それだけではない。お文の〝鱧〟のような豊かさ、つまり経済力や男顔負けの商売振りは、女性としての犠牲を払って成り立っているものである。お文は、三人の子の母でもある。しかし、子育ては全く親任せであるようだ。お梶が我が子を店に連れてきても、抱き上げようともしない。そればかりか、子供は、母の顔を見ても「直ぐベソをかいて、祖母の懐に嚙り付い」てしまう。お文は、およそ母親らしくない。子供のために生きているような女性ではないのである。お文は、人間としての豊さや、女としての喜びを与えてくれるであろう母性本能を欠落させてしまっている。「生存競争の激しい」社会に真正面から全身で向き合って、女が男と同等に商売をやっていくには、家庭を省みる暇もないのであろう。「経済力のある、しっかり者」のお文は、そうした母性の犠牲の上に成り立ち、〝軆〟のような豊かさを持ちながらも、それは肝心の骨を断ち切られ、白い身が露わになった、食材としての〝軆〟の豊かさでしかないのである。

「軆の皮」には、商売や子供には生き甲斐を見い出せず、物足りなさを感じ、憂さ晴しをせねばいられないお文の空しさが描かれている。夫が家出してから約五か月間、お文は、「生存競争の激しい」大阪の歓楽街で、独りで店を守ってきたのである。女主人として、すべてを取り仕切り、精根尽き果てているようだ。だからこそ、お文は福造の手紙を読んで、夫を連れ戻すための機会を得て、眼を輝かせたのである。お文が夫を迎えに行くのは、小林のいう「夫を何とかして一人前にしてやりたい」と思ったからではない。家出をしても店と縁を切れない理由が福造にあったように、「生存競争の激しい」社会の中で生きていく上で、例え、道楽者で全くあてにできない夫であっても、何とか心の頼りにせずにはいられない、お文の女性としての弱さがあったと言えよう。

このように、「軆の皮」の夫婦は、確固たるきずなで結ばれているのではなく、どうにか繋がっている。しかし、今後、福造が改心するとも思われず、興行物に手を出しては多額の借金をし、それが元で家を飛び出すという、今までと同じことが繰り返されることは目に見えている。そうしているうちに、夫婦関係もいつか破綻することも容易に想像出来るであろう。そして、この今にも切れてしまいそうな夫婦関係を、「肉のない、皮だけのもの」である〝軆の皮〟が表しているのではないだろうか。作品の中でも、〝軆の皮〟は妻から夫へ送られる。まさしく夫婦を繋ぐものとして設定されている。しかし、夫婦を繋ぐものは、〝軆〟そのものではなく、〝皮〟であった。やはり、

〝髑の皮〟が、かろうじて皮一枚で繋がっている夫婦の有様を具象しているのであろう。

五、モデルたちのその後

ところで、上司小剣は「髑の皮」の登場人物について、「私の処女出版―文壇諸家の思ひ出話―」(『大阪毎日新聞』昭和4年2月4日発行)の中で、次のように述べている。

「木像」は、大阪北区の大火が背景になつたりしてゐて後の「髑の皮」に出るのと同じ人物の影が、ちらほらしてゐます。

上司小剣自身が「『髑の皮』に出るのと同じ人物の影が、ちらほらしてゐます」と言っているように、「髑の皮」に描かれた人物は、明治四十三年五月六日より七月二十一日にかけて『読売新聞』に連載された、長篇「木像」に既に表れている。端役ではあるが、福造のモデルとなった人物も、「幸助」という名で登場する。

「木像」は、「大阪北区の大火が背景になつ」ているという。この大阪北区の大火とは、明治四十二年七月三十一日の災禍のことである。ということは、「木像」の作品世界の時間は、明治四十二年頃に設定され、執筆されたと断定してもよい。

「木像」が発表されたのは明治四十三年で、大正三年発表の「髑の皮」より四年前に遡る。しかし、「木像」の作品世界の時間は明治四十二年頃なので、明治三十八年の世界が描かれた「髑の皮」の作品世界よりも、後の出来事が描かれていることになる。「木像」では、幸助は天下茶屋で芸妓と一緒に暮らしている。つまり、「鱧の皮」の福造や「木像」の幸助のモデルとなった人物は、東京から帰ってきてから、再び家出をし、その上、他の女性と一緒なのである。

したがって、上司小剣は「鱧の皮」を執筆した大正二年には、「鱧の皮」に描かれたお文・福造夫婦がその後どうなったか、その結果を知っていて、その上で「鱧の皮」を書いたことになる。さらに、時間的には「鱧の皮」よりやや下るが、前掲の「小説巡礼」では、福造のモデルとなった人物の消息が「今は大連とかに居る」となっていた。この「小説巡礼」は大正七年二月の発表だから、大正七年の時点では、福造のモデルとなった人物は、妻子を捨て、大連にいたことがわかる。また、そのいきさつについては、「今でも残つてゐる道頓堀に『鱧の皮』の家」(『サンデー毎日』第3巻27号、大正13年6月22日発行)に詳しいので、次にあげておく。

鱧の皮の舞台になつた家は、叔母が経営してゐた、道頓堀の角座の向ふ浜側の備前屋といふ鰻屋で、今の松重とかいふ家がそれである。松重は私の叔母からその店を買取つたので、小説の中に出て来る福造といふ養子が、その売つた金を持ち逃げして大連へ行つたといふやうなこともあつた。

管見に入った資料だけでは、福造のモデルとなった人物がいつ頃大連へ渡ったかは定かではないが、お文・福造夫婦の関係は最終的に破局を迎えていたことはわかる。そして、「木像」に描かれた明治四十二年には、「鱧の皮」に描かれている夫婦関係は、既にうまく行かなかったという結果が出ていたと言えよう。しかし、「鱧の皮」には、お文・福造夫婦がどういう結末を迎えたかまでは描かれていない。上司小剣は、その結果を知っていながら、あえて書かなかったのである。おそらく、上司小剣は「鱧の皮」において、決定的な悲劇を描くことよりも、夫婦関係の機微やお文という女性の悲しさを描くことに主眼を置いたのであろう。

上司小剣「木像」・その文学的転機

一、先行研究

上司小剣の「木像」について、正宗白鳥が「旧友追憶記 花袋泡鳴秋声秋江小剣」（『新生』第3巻1号、昭和23年1月1日発行）の中で、「『木像』といふ長篇が新聞に連載されたが、私はこれは読んでゐない。面白いものだと云つてゐた人もあつたが、文壇で価値を認められるには至らなかつた」と述べている。

「木像」の同時代評は、新聞連載小説であったことも関係して、ほとんどない。単行本が刊行された時の紹介文しか探し出せなかった。〝惺〟による「新刊雑誌と書籍」（『読売新聞』明治44年1月17日発行）、無署名だが「新刊書一覧」（『早稲田文学』第63号、明治44年2月1日発行）、これも無署名で書かれたものだが、「新刊紹介」（『文章世界』第6巻3号、明治44年2月1日発行）などである。「木像」が、発表当時、大きく話題になって批評されたという形跡はない。やはり、「木像」は、正宗白鳥の証言通り、「文壇で価値を認められるには至らなかつた」ようである。

その後、戦後になってから、青野季吉が、上司小剣の「鱧の皮」や「天満宮」に現れた京阪情緒はことごとく

「木像」に盛り込まれている、「木像」は「初期の小剣のすべてをふくんだ代表作」だと評価した。青野季吉は、『木像〈文潮選書6〉』（昭和23年6月15日発行、文潮社）に寄せた「解説」で、さらに「木像」の主題について、次のように述べている。

長篇「木像」であるが、小剣自身、これは「痴人の信仰を中心として、惑乱した思想と、切迫した生活とを描かうとしたものである。」といつている。主人公福松を中心としてみれば、それがたしかにこの長篇の主題である。しかしその主題が、明治四十年代の京阪《かみがた》を舞台とする社会のなかで、追求もされ、描かれてもいることが、この長篇の最大の特色である。そして私は、その特色の方を何よりも重視し、この長篇に年代記的の意義と価値とを見たいのである。

青野季吉が「小剣自身、これは『痴人の信仰を中心として、惑乱した思想と、切迫した生活とを描かうとしたものである。』といつている」というのは、上司小剣が『お光壮吉』（大正4年6月12日発行、植竹書院）の序に書いた言葉である。この上司小剣の自作に対する見解に対して、青野季吉は、「かすかな自我の目覚めが、さまざまな過去の重圧と、社会の諸条件のために、ふみにぢられ、ついには惑乱と、一種の喪心に落ち込む」福松の人生は、「明治四十年代の市民社会に、典型的なものの一つ」であったので、福松を「痴人」ではなく、明治四十年代における一個の「典型的な市人」として理解することが大切であると述べている。また、奈良、大阪、東京の三つの代表的な都市が舞台となっていることが、「この長篇の年代記的な意義にとつて、重要な関係」を持っていると指摘する。つまり、青野季吉によれば、「日露戦争と数年後にくる第一次世界戦争との間にはさまれた明治四十年代は、過渡期中の過渡期で、風俗、生活、思想において、旧いものと、それが崩れかけたものと、新しく芽立つたものと、それの成長したものと、さらにその先を告げるものとが、錯綜し混淆していた時代であった」。「木像」においては、奈良が「旧いものとそれが崩れかけているもの」、大阪が「新しく芽立つたものとそれの成長したもの」、そして、東京が「さらにその先を告げるもの」を代表しているという。

最近発表された、森崎光子の「上司小剣『木像』論」(『立命館文学』第540号、平成7年7月15日発行)も、青野季吉の論の延長線上に展開される。森崎光子は「おそらく小剣には、福松が人生に希望を失い木像のようになるまでを描きたいという意図と同時に、奈良、大阪、東京の風俗人情の違いを描き分けたいという意図もあったのではないか」と述べ、「木像」の執筆動機に、ゾラの晩年の小説『三都市叢書』の影響を指摘している。

この他、「木像」のモデルについては、大谷晃一が『続 関西 名作の風土』(昭和46年3月1日発行、創元社)の中で、「木像」の主人公・福松のモデルとなった、上司小剣の母方の叔父の実名が〝黒島福松〟であると指摘した。そして、「その福松が本名のままで主役になるのが、長編『木像』である」と述べている。しかし、上司小剣が「木像」の連載中、すなわちその執筆中に書いた「労作の後」(『読売新聞』明治43年5月15日発行)の中で、「『木像』と云ふものを書き始めてから、私は一日の殆んど総べてをあれに宛てゝゐる。初めて労作の苦しみ、或は真面目な労作と云ふもの、味とはこんなものであらうかと思つた私は、辛ふじて一回分を書き上げた後で、散歩に出る気にもならず、寄席に行く力もなく、徒にぼんやりとしながら、葉がきを取り寄せて用もない雑談―庭の草花が咲いたとか、誰れそれが遊びに来たとか―云ふことを方々の親しい人に書きおくるのを、一種の保養としてゐる」と記した後、「木像」の主人公のモデルとなった叔父からの手紙を、「▲『木像』の主人公からの来書」として、次のように紹介している。

拙者のことは如何に内証事まで書かれても決して差支へ無く候へ共本名だけは飽くまで秘密に願ひ度もうこれから大臣になる望みも無之候へ共〈中略〉昨日△△堂に△△師の説教あり「木像」の種にでもなることもがなと思ひ態々出かけ候へ共格別のこと無之只々△△師の傲慢なる態度が気に入らず宗教と云ふもの愈々厭やになり申候〈後略〉

「木像」の主人公のモデルとなった人物が、「本名だけは飽くまで秘密」にしてくれるようわざわざ言ってきたため、上司小剣は「木像」の主人公の名前に実名を用いるのは避けたようである。「木像」の主人公〝福松〟は小説世界の名前であって、叔父の実名ではないであろう。したがって、上司小剣の叔父の実名を「木像」の主人公の名前である〝福松〟とする、大谷晃一の説には疑問が残るのである。

「木像」は、青野季吉や森崎光子によって、作品世界の舞台を中心に解釈されてきたようである。しかし、本書においては、「木像」を別の視点から論じてみたい。

二、作者の言葉

上司小剣の「木像」は、明治四十三年五月六日から同年七月二十六日にわたり、『読売新聞』紙上に、計八十一回連載された。その間、休載は七月二十一日の一回だけである。「木像」の連載開始より二日前、すなわち明治四十三年五月四日に、次の「新小説予告」が『読売新聞』に掲載された。

新小説予告
木像
上司小剣作
（来る六日より掲載）

藤村氏の「家」は本日を以て完結せり。之れに代りて新作「木像」今後の紙上に現る可し。作者は近頃頓に文壇の視聴を萃《あつ》むる上司小剣氏、而して「木像」は其の長篇に筆を染めたる最初の者《ママ》、以て如何に氏の抱負の存ずる乎を察す可し。試みに作者に之を糺せば、唯次の如く語る。
「廃都に住んで木像と云ふ仇名を命《つ》けられた人の一生の記録を忠実に描《うつ》すつもりです」

また、翌五日にも、「（来る六日より掲載）」を「（明六日より掲載）」に、「藤村氏の『家』は本日を以て完結せり」を「藤村氏の『家』は昨日を以て完結せり」と書き替えて、同文の「新小説予告」が掲載された。

この「新小説予告」の記述によると、「木像」は上司小剣が「長篇に筆を染めたる最初の者」という。しかし、「木像」を発表する以前の長篇小説としては、明治四十一年六月十五日に、春陽堂より刊行された『灰燼』が既にある。この『灰燼』は、最初「絶滅」の題名で、『週刊社会新聞』に明治四十年九月十五日（第16号）から翌四十一年二月九日（第36号）にわたり、計十九回連載された。だが、「絶滅」は完結しないで未完のまま連載が打ち切られている。その後、上司小剣はさらに全体の三分の一ほどを加筆し、作品名も「絶滅」から「灰燼」に改め、出版した。この『灰燼』が既にある以上、「木像」は、上司小剣が書いた最初の長篇小説ということにはならない。にもかかわらず、「新小説予告」では「木像」を「長篇に筆を染めたる最初の者」という。これは、『灰燼』すなわち「絶滅」が『週刊社会新聞』という特殊な社会主義関係の新聞に掲載され、しかも、その連載が途中で打ち切られたのに対し、「木像」は『読売新聞』という一般的な商業新聞に連載された最初の長篇小説であるからであろう。「木像」は、新聞連載中から、出版の話が具体的にあったようである。明治四十三年七月九日付『読売新聞』の「よみうり抄」欄には、次の如く報じてある。

◎上司小剣氏　の長篇小説「木像」は今古堂より出版せらるべし

さらに、明治四十三年十二月二十一日付『読売新聞』の「よみうり抄」欄にも、『木像』の刊行予定について、次のように記されている。

◎上司小剣氏が嘗て本紙に掲載せる長篇小説「木像」は今古堂より明年一月一日出版さるべく表紙扉の図案、口絵等は全て正宗得三郎氏の筆に成れり

単行本『木像』は、この予告よりは若干遅れて、明治四十四年一月五日に、今古堂より刊行された。厚紙装のA5判で、正宗得三郎の筆による、「木像」の主人公・福松と思しき人物が描かれた口絵がある。この口絵は、背景に瓦礫の山、子を負ぶった女がいるので、おそらく、福松が竹丸に宛てた手紙で火災の様子を知らせた（七十八）の場面を描いたものと思われる。初出の新聞連載中には挿絵はなかったので、単行本の刊行にあたり、描かれたのであろう。

単行本『木像』は、八十一章からなっており、各一章が初出時の一回分に相当している。したがって、章の構成に異同はない。しかし、初出の新聞連載時の本文と単行本『木像』の本文を比べて見ると、単行本に収録された際に若干の本文の加筆訂正がなされている。例えば、初出時には「老母」を「母」とも記していたが、単行本では「老母」で統一されている。(十七)に登場する蓮華院の高貴な尼公に対しても、「者」から「御方」という敬称に訂正された。また、全体に会話文中の助詞「ませう」「ません」を「まへう」「まへん」に改めている。上司小剣は単行本で、「まへう」「まへん」を関西弁の助詞の表記として採用したのであろう。この外、句読点の位置や送り仮名の訂正、語句の改変、文章の推敲などが指摘できるが、やや大きな異同は、(八)から(十一)に書かれた福松の洗礼部分に認められる。初出では、福松は「シモン」という「フランスの宣教師」に洗礼を受けたことになっているが、単行本では福松が洗礼を受けた司教師は「シモン」ではなく、「アングル」となっている。単行本でも「シモン」は登場するが、「シモン」は熱心な信者という設定で、「美術を調べ」るために「同国の宣教師と一所に」日本に来た旨の説明が加筆された。福松の信仰に関係する人物が増えたことになるが、洗礼を受けた人物が「シモン」から「アングル」に替わっただけで、内容が大きく改変されているわけではない。このように、初出の新聞連載時の本文と単行本『木像』の本文では、細かい加筆訂正は多々あるものの、主題やモチーフに関わるような異同は認められなかった。

しかし、単行本『木像』が初出の新聞連載時と決定的に異なるのは、初出時にはなかった「叔父に呈する手紙―著者より主人公へ―」が付されたことである。この「叔父に呈する手紙」には、「著者より主人公へ」という奇妙な副題が付いている。小説中の主人公が実際に、著者からの手紙を読むということはありえない。上司小剣は、モデルとなった実在の叔父に読んでもらうことを予定して、この「叔父に呈する手紙―著者より主人公へ―」を書いたのではないのであろう。叔父に宛てた手紙の形式を用いてはいるが、あくまで上司小剣は「木像」を読む一般読者に向けて書いている。「叔父に呈する手紙―著者より主人公へ―」というよりは、「読者に呈する手紙」であり、「著者より読者へ」という副題の方がふさわしい。つまり、「叔父に呈する手紙―著者より主人公へ―」は、単行本『木像』の序文なのである。一般に序文というものは、批評家や一般読者の言辞を封じるために先回りして書かれるといった要素を多分に持つものである。それだけに上司小剣の自作に対する本音のようなものも読み取ることが出来るであろう。

上司小剣は、「木像」の創作動機について、「叔父に呈する手紙―著者より主人公へ―」で次のように語っている。

神官の家に育つて親族にも長袖の類の多い私は、子供の時から、唯一軒風変りの職業を持つてゐるあなたの家の有様を、面白いと思つて見てゐました。殊にあなたの云ふ事、為る事が、常人と少し異つてゐるのに目をつけてゐました。

叔父を自作のモデルに選んだのは、叔父の「云ふ事、為る事が、常人と少し異つて」いたからだという。「神官の家に育つて親族にも長袖の類の多い」上司小剣の目には、饂飩屋が「風変りの職業」と映ったらしい。しかし、一市井人の目から見れば、饂飩屋よりも、特権階級にある神主の方が「風変りの職業」であろう。上司家は、本姓は紀氏で、代々東大寺八幡宮（現・手向山八幡宮）の神官である。上司小剣の自筆年譜によると、「父・延美（通称仲臣）、次男の故をもつて、出でて、摂津多田神社に社司たり。延貴（小剣）またこの寒村に生立つ」とある。さらに、上司小剣は、自筆年譜の中で、明治二十年、つまり十四歳の時、小学校を卒業し、大阪へ出たと述べているが、この時、母方の親戚、つまり「木像」の主人公・福松のモデルとなった叔父の家に預けられたと思われる。父親も、祖父も伯父もみな神主という環境に育った上司小剣にとって、商売をしていた母方の叔父の有様がもの珍しかったに違いない。と同時に、上司小剣は、「寒村」である多田から、商売で活気付いている大阪へ出てきて、いわゆるカルチャーショックを受けたのではなかったか。「木像」の創作動機には、そんな上司小剣の生い立ちが反映されている。

そして、上司小剣は、「木像」の執筆にあたり、叔父を「観ること」「考へること」が足らぬと思い、「二度まで関西に旅行をして、それからまた、ぢつと考へるのに一年を費し」たという。

上司小剣は、「木像」を書くために、大分前から準備していたようである。つまり、「木像」は急に思い立って、急に書かれたものではない。「二度まで関西に旅行をして、それからまた、ぢつと考へるのに一年を費し」たというから、「木像」の執筆の準備は、明治四十三年五月の新聞連載の、少なくとも一、二年前には始められていたことになる。「木像」の連載の一、二年前といえば、明治四十一年八月一日、『新小説』に発表した「神主」で、上司小剣が文壇に登場した頃である。「木像」の執筆、つまり、叔父をモデルにして創作してみたいという構想は、「神主」で上司小剣が文壇の注目を集めたあたりから、すでに芽生えていたようだ。

「あなたを観る為に二度まで関西に旅行をして」取材調査をし、構想を練るため、「ぢつと考へるのに一年を費し」て、「木像」は執筆されたのであるが、上司小剣は自作について満足出来なかったのであろう。「叔父に呈する手紙―著者より主人公へ―」で、次のように述べている。

けれどもまだ観やうも考へやうも足りませんから、あなたの知人の呼ぶあなたのあだ名を其のまゝに『木像』

として現はれたあなたのお姿は、あなた自身が御覧になると、似ても似つかぬものになつてゐるかも知れません。

あなたがこれからいよ〳〵『木像』と云ふあだ名を命《っ》けられやうとする時でこの篇は完結して居ります。私はこれから幾年の後に大なる準備を以つて、『木像』の本体を書かねばならぬ責任があるやうに思はれてなりません。しかしそれを書くのは、恐らくあなたが死なれてから後のことであらうと思ひます。あなたは私の書いた『木像』の本体を見ずに死ぬ人でありませう。

「けれどもまだ観やうも考へやうも足りませんから」と上司小剣がいうのは、言うまでもなく、謙遜して述べているのであろう。だが、上司小剣は「木像」を『読売新聞』に連載する直前に、「新小説予告」で、「廃都に住んで木像と云ふ仇名を命けられた人の一生の記録を忠実に描すつもりです」と、抱負を語っていた。長篇小説「木像」で、「木像と云ふ仇名を命けられた人の一生の記録を忠実に描す」ことが出来たと自負していたのであれば、いくら謙遜しても、「これからいよ〳〵『木像』と云ふあだ名を命けられやうとする時でこの篇は完結して居ります。私はこれから幾年の後に大なる準備を以つて、『木像』の本体を書かねばならぬ責任があるやうに思はれてなりません」とは述べなかったであろう。時間を費やし、取材調査も怠りなく、満を持して「木像」完成に専念したにもかかわらず、上司小剣にとっては、もう一つ満足することが出来なかったようだ。なにゆえに、そのようになってしまったのか、その根本的原因はどこにあったのであろうか。

三、歴史的事実の歪曲

長篇小説「木像」の（一）は、次のような書き出しで始まる。


十一月の三日は、荒《さび》れた市《まち》も賑かであつた。

衰へた有機体へ急に温かい血が漲つたやうに、町々の状は活々として見えた。

興福寺の金堂前で打ち揚げる花火の音が、今日だけは眠りから覚めたと云ふやうな顔をした人々の頭の上に凄まじく響いて、煙りの中から舞ひ出た赤い風船や黄色の紙片は、五重の塔の上あたりを徐ろに動いてゐた。

空はドンヨリと曇つて風はなく、静かに垂れ下つた軒々の旗の中には、色の褪せた日の丸を赤インキで上塗りした痕の、目立つて見えるのもあつた。


「十一月の三日」という具体的な月日が、この小説の冒頭で示される。「木像」の連載開始が、明治四十三年五月六日であるから、「十一月の三日」というのは、連載時の現在の時間、すなわち、その前年の明治四十二年の「十一月の三日」を指すのであろうか、それとも明治四十二年と異なる時代の「十一月の三日」に、小説「木像」は、時代を設定しているのであろうか。何年の「十一月の三日」であるか、冒頭の書き出し部分では明らかにされていない。青野季吉がいうように、「木像」は「明治四十年代」に作品世界が設定されているのであろうか。

この「十一月の三日」の紋日は、天長節である。上司小剣が天長節の描写から「木像」を書き始めていることに注目してもよい。早い時期に、堺利彦と交わり、明治三十九年十一月には『簡易生活』を刊行、幸徳秋水らとも交際し、『日刊平民新聞』への参加を誘われたこともあった上司小剣が、「十一月の三日」の紋日、すなわち天長節から、小説「木像」を書いているのである。しかも、ここで興味深いのは、「町々の状は活々」として見え、「打ち揚げる花火の音」が「凄まじく響い」ているが、「ドンヨリと曇つ」た空に風がなく、「静かに垂れ下つた軒々の旗の中には、色の褪せた日の丸を赤インキで上塗りした痕の、目立つて見えるのもあつた」と、上司小剣が「日の丸」を「赤インキで上塗りした痕」のあるのが目立って見えると描いていることである。

「木像」には、もう一度、天長節が描かれる。大阪に舞台が移った（七十一）に、次のように出てくる。

去年のことの思ひ出さるゝ十一月三日の大紋日が来た。梅ばちも播磨屋も仕込みを平常の四倍にして客を待つたが、店の様子は朝の中から気色ばんで見えてゐた。梅ばちでは一番役に立つ雇人が一人、前の日に今日の紋日を控へて給金の前借りを強請り、店の用の済んだ夜の一時ごろから遊びに出たまゝ、肝心の日に戻つて来ないので大まごつきをやつた。

ここでは天長節で賑わう大阪の町の描写はなく、福松が使用人で気苦労することが描かれているのだが、この大阪の天長節の「十一月三日」は、何年の出来事なのであろうか。

「去年のことの思ひ出さるゝ、十一月三日の大紋日が来た」とあるので、（七十一）の大阪の天長節は、（一）の奈良の天長節から一年後の天長節であるとみなしてもよい。したがって、作品世界の時間は（一）から（七十一）まで、ちょうど一年が経過していることになる。続く（七十三）の「其の年も最う暮に近くて」や（七十四）の「春が来て冬が去り、夏が来て春が去つた」の記述から、（七十一）から（七十四）までに一気に時が流れて、さらに半年ほどが経っている。そして、小説世界が終わるのは、（七十四）と同じ年の「九月の晴れた日」である。このように、「木像」の作品世界は、福松のおよそ一年十か月の間に起こった出来事を描いているのである。

では、「木像」に描かれる一年十か月間は、何年の出来事なのであろうか。「木像」の（七十五）には、「火事！それは大阪で幾十年目とか幾百年目とかの大火事であつた」と、「大火事」の場面が出てくるところがある。

この火事について、上司小剣は「私の処女出版―文壇諸家の思ひ出話―」（『大阪毎日新聞』昭和4年2月4日発行）の中で、「『木像』は、大阪北区の大火が背景になつたりしてゐて後の『鱧の皮』に出るのと同じ人物の影が、ちらほらしてゐます」と述べている。

「木像」の背景となった、この「大阪北区の大火」とは、明治四十二年七月三十一日に発火し、翌一日まで、大阪北区の大部分を焼き尽くした大火災のことである。『大阪毎日新聞』の明治四十二年八月一日付は、「●未曾有の大火　此大火は三十一日午前三時四十分より発火し午後八時半に至る十七時間焼尽して猶未だ鎮火せず大阪北部繁華の地は大半は遂に焦土と化せり惨又惨」と報じ、明治四十二年八月二日付には「●鎮火後の惨状　一面焦土と化せるさまの如何に悲惨なる　▲鎮火　二十五時間以上燃えに燃え続ける此空前の大火は第四師団全部の軍隊警官、消防夫等が必死の尽力に依り漸く一日午前五時十分下福嶋一丁目中天神付近にて消し止る事を得たり当局者の説に依れば焼失戸数は約二万戸、焼失延長東西一里半、南北の幅員広き処にて十五丁狭き処にても五丁を下らず真箇驚天動地の大火なりし」と伝えている。

上司小剣は「木像」の最後の部分に、実際に起こった、この「大阪北区の大火」の場面を描いているのである。したがって、福松が被災した（七十五）の火事は、明治四十二年七月三十一日の出来事である。

それでは、「木像」の（一）の、奈良を舞台とした天長節の時代設定は何年の十一月三日か。（一）から（七十五）までで、約一年半が経過しているのであるから、（七十五）に描かれた明治四十二年七月三十一日の火事から遡って、（一）の天長節は明治四十年十一月三日のことになる。しかし、事はそう単純にはいかないのである。「木像」の本文中に年代のわかるところがないか、詳しく見てみると、「木像」の（三）の、製麺機についての福松と職人の会話の中に、次のような個所がある。

「この間大阪へ行きました時、彼地の饂飩屋を気い付てちよい〳〵覗いて来ましたが、彼地では皆機械だすな……こないにして庖丁で一々切つてることはあれしまへん」
「私《わし》（福松・引用者）は彼地の博覧会で観たのやが、機械を廻はすと、スラ〳〵スラ〳〵と、瀧の白糸の手品見たいに気持の良えやうに出て来るなア。あれで味は何うやらう、阿母《おかん》は味が悪うて仕様がないと云やはるけど……」

福松が大阪で博覧会を観たことが話題に上っているのだが、この大阪で開かれた「博覧会」とは、明治三十六年三月七日から同年七月三十一日にかけて、茶臼山と堺の大浜で開かれた、第五回内国勧業博覧会を指していると思われる。とすると、福松が博覧会を話題している（三）は、明治三十六年の出来事であろう。したがって、（一）と（三）は同日のことが描かれているので、（一）の天長節は明治三十六年十一月三日ということになる。青野季吉がいうように、「木像」の時代背景は「明治四十年代」というわけにはいかないのである。
「木像」の時代背景は、（七十五）の大阪の大火災の明治四十二年から逆算すると、（一）の天長節は明治四十年にならなければならない。また、博覧会が開催された明治三十六年から数えると（七十五）の火災は明治三十八年のことにならなければならない。

では、何故、「木像」はこのように歴史的事実を歪めることになったのか。

「木像」の小説世界を大きく二つに分けると、奈良を舞台とした前半部分と、大阪を舞台とした後半部分に分けることが出来る。

前半部分は、（一）から（五十二）までで、全体の三分の二を占めている。前半部分の最大の山場は、福松の老母の死である。老母が糖尿病になってから、その闘病生活の様子、「私は十七日に死ぬ」と予言し、翌日の「十八日」に亡くなるまでが、丁寧に描かれている。

「木像」の主人公・福松のモデルが上司小剣の母方の叔父であったように、この老母にも、上司小剣の叔父の母、すなわち母方の祖母という実在のモデルがいた。「木像」に老母として現れている、上司小剣の祖母が実際に何年に亡くなったのか、確証はない。

「木像」と「同じ人物の影が、ちらほらして」いるという「鱧の皮」にも、「木像」の主人公・福松のモデルとなった上司小剣の叔父が、女主人公の叔父として、源太郎という名で登場している。そして、この源太郎の噂に出てくる「おばん」が、やはり上司小剣の祖母をモデルとしており、「木像」の福松の老母にあたる人物である。「鱧の皮」の中で、源太郎が法善寺裏の善哉屋の店先にあった「おかめ人形」について語るところに、この「おばん」の死が、次のように出てくる。

「死んだおばんが、子供の時からあつたと言うてたさかい、余ツぽど古いもんやらうな。」

かう言つて源太郎も、七十一で一昨年亡なつた祖母が、子供の時にこのおかめ人形を見た頃の有様を、いろ〳〵と想像してみたくなつた。

「鱧の皮」では、「おばん」は「七十二」で「一昨年に亡」くなったというのである。「鱧の皮」は、モデルとなった人物の年齢や、富田屋の八千代の噂などから、明治三十八年に設定されて書かれている作品である。とすると、「おばん」が死んだのは、明治三十八年の一昨年前、すなわち明治三十六年頃ということになる。「おばん」についての「鱧の皮」の記述からすると、上司小剣の母方の祖母が死んだのは、明治四十年代ではなく、三十六年頃であろう。

上司小剣は、自分の祖母の死に焦点を当てて、「木像」の（一）を書き始めたのである。最終部の明治四十二年の「大阪北区の大火」から逆算して、「木像」の作品世界の時代を設定して構想し、執筆したのではないようだ。発表当時はまだ記憶に新しかった「大阪北区の大火」を小説の中に描くのであるから、その年月日は動かせない。したがって、（七十五）で明治四十二年七月三十一日の大火災を描くために、（七十一）の十一月三日から、（七十三）（七十四）のたった二章で、晩秋から夏へと一気に半年を経過させて、季節を調整しなければならなかった。つまり、（一）の明治三十六年から（七十五）の明治四十二年に至るまでの時間配分が予定通り描かれなかったために、結果的には、明治三十年代の作品世界に明治四十年代の社会的事件を捻じ込むという無理を犯し、「前後年代の合はぬ」ことになったのであろう。上司小剣はそのことを自覚していて、「叔父に呈する手紙―著者より主人公へ―」で、「十数年間のことを三年のことに書き縮めました。従つて前後年代の合はぬところがあらうと思ひます」と言い訳するのである。

しかし、「十数年間のことを三年のことに書き縮めました」ということは、どういうことか。「木像」は、明治三十六年頃から明治四十二年頃までの約七年間を一年十か月に縮めて書かれた作品である。「十数年間のことを三年のことに書き縮め」たというのは、上司小剣の思い違いではなかろうか。

「木像」には、作者である上司小剣の分身として竹丸が登場している。小説中では、竹丸は十六歳である。「木像」の（一）の時代が明治三十六年とすれば、この時、作者の上司小剣は数え年で三十歳、既に読売新聞社に勤務していた。

「木像」の竹丸は、「四年前」に生みの母であるお幸を亡くしたという。竹丸の母は、竹丸が十二歳の時に死んだのである。上司小剣の自筆年譜によると、明治二十年、すなわち上司小剣も数え年で十二歳の時に、実母である幸生を亡くしている。上司小剣は「木像」で、時代設定に関係なく、自分の少年期を竹丸に描いている。

「木像」の後半部分で、竹丸は坂谷という友人とともに、東京へ行ってしまう。十六歳で福松に預けられてからちょうど一年後のことであるから、竹丸は十七歳になっている。そして、上司小剣もまた、明治三十年一月に、堺利彦の勧めで上京している。だが、上司小剣が実際に上京したのは、数え年で二十八歳の時であって、十七歳ではない。上司小剣は、自分がまだ少年であった十六歳から上京した二十八歳までの約十二年間を、竹丸においてはおよそ一年十か月のことに縮めて描いたのである。上司小剣が「叔父に呈する手紙―著者より主人公へ―」で「十数年間のことを三年のことに書き縮めました」と述べたのは、主人公の福松を軸にして計算したのではなく、自分の分身である竹丸を基軸にしていたからであろう。それだけに「木像」においては、主人公の福松と同様に、竹丸の存在がより重要な意味を持っているのである。

四、構想の破綻

主人公の福松は、「菊屋」という饂飩屋を営んでいる。福松の家では、六十幾つになる老母が全ての采配を振るい、福松は店の主でありながら、「六尺に近い大きな身体を仕事着に固めて」、職人とともに捏ね方、打ち方、切り方をしている。店のことにしても、家のことにしても、福松の「権力の及ばなかつたところ」が多かった。

福松の信仰の動機も、老母が結婚を勧めてくれない失望に端を発している。子供の頃から「不品行」を一番の悪事と思っていた福松は、十六、七歳になると「早く妻を得たい」と願うようになった。「父無し子」の末っ子で我儘に育ったせいか、癇癪を起こしては「母に逆つて暴れた」福松だが、「自分に結婚をさして呉れぬと云ふ、第一の不平に就いては、一度も母の耳に恨みや憤りの響を入れたことはなかつた」。そして、二十六歳の時に結婚を断念し、カトリックの洗礼を受けたのである。

結婚は福松にとって「第一の」問題であった。しかし、福松は母親に向かって、何故結婚させてくれないのかという「恨みや憤り」をぶつけることはない。そればかりか、結婚をしたいという自分の意思すら伝えていないのである。また、母親が何故、一人息子を二十六歳になっても、結婚させようとしないのか、そのことは明らかにされていない。福松は、人生「第一の」問題に突き当たっても、その根本的な原因に真正面から取り組んで、解決の道を探るようなことはせず、横道に逸れてしまう。

その横道が、福松にとっての信仰であったといえよう。洗礼を受けてから、「危い浮世の綱渡りに確《しつか》りと取り付く紐を得たやうであつた」福松だったが、やがて「宗教を信ずる」ことが「何《ど》んなに人間の生活を窮屈にして、多くの人の知らぬ苦しみを苦しまねばならぬものであるか」と宗教に疑念を抱き始める。何故、「危い浮世の綱渡りに確りと取り付く紐」であった宗教が、福松の「生活を窮屈にして」、「苦しみ」をもたらすものになったのか。

福松の宗教上の課題は、「神と云ふものが在るならば、在ることを確に究めたい」ということで、老母に立ち向かい、困難を克服し、自分の意志を貫くためにはどうすればよいかというような福松自身の課題ではない。老母の前では、受洗したことを秘密にしておかねばならず、信者になったがために嘘を吐く機会が多くなり、「安心を得べき宗教」が「不安心の種」となってしまった。福松が「苦しむ」のは教義が悪いのではなく、老母の支配下に甘んじて、老母と対峙することから逃げ廻るからである。老母の死後、「福松には人生の勝利を思はせることが多かつた」。ただし、ここでいう福松の「勝利」は、老母と闘って獲得した「勝利」ではない。「人生の勝利」は、あくまで老母の死によって、他力本願的にもたらされたものであり、福松が自力で勝ち取ったものではないのである。福松は自分の理想や信条のために、既成概念を打破したり、他者や社会の圧力を跳ね返したりするような、近代的な自我を持った人物ではないのであろう。

では、老母の抑圧から解放され、初めて自分の生き方を実践出来る状況に置かれた福松は、何をしたのだろうか。老母を見送って、「思ふ存分」信仰に専念したのであろうか。

福松は、妻に「一昨年あたりは、老母《おばん》を見送つたら思ふ存分ヤソを信じる、と云ふてはつたが、ヤソより見物の方が先きだすか」と揶揄されながらも、「西京見物から、播州巡りをして、帰りに大阪へ寄つて芝居を観」るという計画を立て、旅に出る。しかし、福松は、そこで「暗黒に活きる蝙蝠の、光明を恐るゝ――繋縛に慣れた奴隷の、解放に驚く――フリーソートの恐れ」を感じ、二、三日洛中洛外を見物しただけで、旅の行程を途中で放り出して、帰ってきてしまう。「自由」を手にしていながら、「自由」であることを恐れ、自分で決めたこと、計画したことを遂行出来ず、その「自由」を放棄する。青野季吉がいうように、福松の自我は文字通り「かすかな自我の目覚め」であって、その「かすかな自我」は、社会や他人との関係で目覚めたものではない。母親という存在の中でのものであった。母親が死んで、その障害がなくなっても、福松には、自分で自分の生き方を決定し、それを断行していくだけの実行力はない。言い換えれば、福松は老母の支配によって生かされていたのであり、老母がいなくなっては、商売もうまくいかず、生活は破綻してしまう。そのような他律的な人物が、「木像」の主人公・福松なのである。

「木像」全篇中、作品のタイトルにもなった〝木像〟という言葉が出てくるのは、一箇所しかない。（四十）に、主人公の福松と〝木像〟のイメージを結びつける記述がある。福松が、値段交渉の決裂から、粉商の手代と一悶着起こし、その仲裁を老母がするのだが、その時の手代の様子が次のようである。

「別に逆ふたのではございませんが、考へ違ひをしてお出になるものですよつて……」
手代はお世辞笑ひをして、眼の前に福松の大きな身体が今にも飛びかゝらうとする勢ひを見せて突ツ立つてゐるのを、木像か何ぞのやうに、全《まる》で頓着しないで、専ら老母ばかりを相手にする風をして、〈後略〉

手代は「今にも飛びかゝらうとする」福松を「木像か何ぞ」のように無視している。〝木像〟という言葉は、相手から「全で頓着」されない存在を表しているようだ。福松の発言や行動に無頓着なのは、手代だけではない。（七）の部分に、「下等な忙しい商売やと思へば厭やになるが、これで饑《ひも》じがつてる人を幾人か助けたと思へば、忙しいのも苦にならんなア」と語りかけた福松に対し、無理解な妻の様子が、「無意味に夫の顔を見て、徒らに動く其の口の状だけを意識してゐた」と描写されている。また、老母の葬式の様子が描かれた（四十四）でも、一切宗教の儀式に依らない、新工夫の葬式の準備を「巴里のコムミユンの委員が新政府の綱領を定めた時のやうな心になつて取り決めた」福松だが、親類たちにしてみれば、「福松の強情」を「心得てゐる」ので、「強くは逆はずに、大きな駄々ツ子の云ふことを通させた」だけである。福松の周囲の者たちは、福松の言動の意味や個性を理解しようとはせず、福松に対して、「木像か何ぞ」のように「全で頓着」しないのである。森崎光子は、上司小剣には「福松が人生に希望を失い木像のようになるまでを描きたい」という意図があったというのだが、上司小剣は福松を最初から「木像か何ぞ」のような存在として描いているのである。むしろ、そのような福松に対比して、竹丸の人間的、思想的な成長を描きたいというのが、上司小剣の意図ではなかったか。

　多田の田舎で育った竹丸にとっては、このような福松がもの珍しかったのであろう。ちょうど、作者である上司小剣が、叔父の「云ふ事、為る事が、常人と少し異つているのに目をつけてゐ」たようにである。十六歳で多田の田舎から、奈良の「菊屋」に預けられた竹丸は、物事を批判するような確固たる思想や自我を持って登場するのではない。竹丸は、「福松の宗教談をチヨイ〳〵聴かされると、田舎の寺で父が村の翁媼《ぢゞばゞ》を集めて説教してゐるのを立聴するやうな面白味はないが、其の代りに父の説教にはない力があつて、何処かへヂリ〳〵と引き込れて行くやうな気がした」のである。最初、竹丸は福松の宗教談に「何処かへヂリ〳〵と引き込れて行く」ような存在として出てくる。だが、それはあくまでも「引き込れて行くやうな気がした」だけであって、竹丸は竹丸としての自我に、次第に目覚めていく。

　竹丸は、学業には熱心でなく、福松や老母の目を盗んで買ってきた文学雑誌を隠れ読み、福松の生きる世界とは違う、東京にひそかに憧れている。また、（十五）には、竹丸が父と叔父と連れ立って、蓮華院に知り合いの尼を訪ねる描写がある。ここで、竹丸は取次ぎをした十七、八くらいの「白衣に腰衣のよく似合つた美しい人」と出会う。若宮のおん祭で「この間の蓮華院の若い尼様とあの神巫女とは何方が好い」と福松に聞かれた竹丸は、「顔を赧くして、眼を他に外し」てしまう。その後、大阪で見た女義太夫の顔が、蓮華院の若い尼に似ていることに気づき、蓮華院の尼こそが「自分が女と云ふものを見て顔を赧くした初めのものである」として、次のように思い当たる。

蓮華院の若い尼！ それは自分が女と云ふものを見て顔を赧くした初めのものである。——

斯う考へて竹丸は、これまで何の訳も無しに識り合つてゐた幾人かの女の顔が、蓮華院の若い尼を見てから、一つ〳〵に品評しなければならぬやうに自分の心に反映して来てゐるのを覚えた。

特定の対象に異性を初めて意識した、思春期の少年の姿が描かれている。しかし、福松は「尼になつても神巫女になつても、若い女は悪うないもんやが、腹の中には皆糞嚢があつて汚いものを入れてると思ふと厭やになるな」という。福松にかかれば、尼でも神巫女でも、個人の特長や人間性などは問題にならず、「若い女」で一括りにされるのである。福松は竹丸と同じ十六歳頃から、結婚を考え始めるが、「妻」にしたい好きな女性がいるわけではなかった。福松の希う結婚はあくまで「女を得」るためのものである。特定の女性と交際して、お互いの個性や人格を理解した上での結婚ではない。女であれば誰でもよいのである。福松は結婚を希うが、恋愛を求めてはいない。

奈良を舞台にした（一）から（五十二）までの前半部分では、竹丸は福松と一緒に生活をする。竹丸の異性への目覚めや文学意識の芽生えなどの内面の微妙な変化が具体的に描かれる。その他の登場人物についても、会話や行動からそれぞれの人物像や人間関係が窺い知れる。と同時に、季節を追って、社寺の行事の様子が背景に詳しく描写されていた。

ところが、大阪に舞台が移った後半部分は、竹丸は福松の家を出て下宿をし、福松との交渉が少なくなっていく。（七十）からは、勝手に東京へ行ってしまい、直接作品に登場しなくなる。そして、竹丸が東京から寄越した手紙には、「福松の感情を刺激するやうな文字」が並べてあった。福松に預けられたばかりの頃は、福松の宗教談に「何処かへヂリ〱と引き込れて行く」ようであった竹丸は、福松を「貴下は夢ばかり見て生きてゐる人であります」と批判する。福松と竹丸の思想的対立が書簡の往復で示され、その手紙の記述に紙面の多くが費やされる。

書簡の往復といえども、福松の手紙は長々と引用されているが、福松を批判する竹丸の手紙については、ほとんど書かれない。したがって、竹丸が手紙の中で福松をどのように批判しているのかは、福松の返事から読み取るしかない。しかし、福松の返事の内容も「御身はまた行々芸術家になるとかにて、新思想とか何んとか申され候が、〈中略〉人生を極むるは唯物唯心即ち自然と自然以上とに候、〈中略〉社会主義なぞも自然以上のものあつてのことに候」と机上の空論ばかりが並べられている。福松の手紙だけでは、両者がどういう点で対立し、どのように食い違っているのかが、はっきりとはわからないのである。竹丸の思想的変化は、（七十一）で、近頃フランスから帰ったばかりで、「新らしい学問、新らしい思想に練り固められてゐる」若い教授に感化されたと説明されている。しかし、その「新らしい学問、新らしい思想」とは一体どのようなものであったのか、竹丸がどうしてフランスから帰ったばかりの若い教授に結びついていくのか、その内的必然性が描かれていない。東京にいる竹丸の生活についても、具体的な描写はない。福松に「剣難の相」があるといわれて金物屋を通るたび目をそむけていた（二十三）の幼い竹丸と、一年も経たぬうちに東京に行って複雑な手紙を書き送る竹丸は、同一人物とは思われないほどの変わりようである。そのような変化の過程が描かれないまま、手紙の上での観念的な議論によって、物語が進められる。しかも、福松の手紙は、形式張った候文体で書かれているため、小説の調子が奈良を舞台にした前半部分とがらりと変わってしまう。また、（七十三）（七十四）で作品の時間の経過が急速に早まっており、「前後年代の合はぬ」という矛盾も生じている。つまり、大阪に舞台が移った後半部分から、突然小説の進行がおかしくなるのである。

五、「木像」執筆中に起こった「我国未曾有の大事件」

では、何故、「木像」は大阪が舞台となった後半部分で、作品が一変してしまったのであろうか。単に上司小剣の作家的能力の限界というだけではなく、もっと他に原因があるのではないだろうか。

そこで、「木像」の発表時期を再度確認しておくと、「木像」が『読売新聞』に連載されたのは、明治四十三年五月六日から同年七月二十六日までである。

この「木像」の連載中に、社会を震撼させた大事件として、大逆事件が起こっている。

明治四十三年五月二十五日、宮下太吉らが爆発物取締罰則違反で検挙されたのをきっかけに、幸徳秋水を中心に明治天皇暗殺を企てた全国的大陰謀事件として、多数の社会主義者、無政府主義者が逮捕、処刑された。これを一般に大逆事件という。しかし、実際に計画を進めたのは、宮下を始め、新村忠雄、古河力作、菅野スガの四名と見られ、被告の大部分は、単に彼らと顔見知りであるというだけで、事件と関連付けられた。

この事件の一端が、一般に新聞報道されるのは、明治四十三年六月四日である。上司小剣の勤めていた『読売新聞』には、次のように報じられている。

▽咄々怪事件

●虚無党の陰謀

社会主義若くは無政府主義者と称せられ居る幸徳傳次郎、菅野スガ、宮下多吉、新村忠雄、新村善平、新田勇吉、古川《ママ》力作等は共謀し某所に於て爆発物を製造して或る恐る可き将た憎む可き過激なる行動に出でんとして陰かに計画しつゝありしが其筋の知る処となり全部検挙せられ目下東京地方裁判所にて予審中なり実に我国未曾有の大事件にして新聞紙に掲載を差止められ居るを以て犯罪の内容を記す自由を得ず三日小林検事正は警視庁の手を経て前記の事実のみを発表したり

この記事が掲載された前日の三日に、「小林検事正」によって、報道規制がなされたため、「犯罪の内容」は明らかにされていない。その後、明治四十三年六月二十八日付『読売新聞』に、長野県にて社会主義者たちが拘引されたことを伝える記事が、次のように掲載された。

●社会党員の拘引（諏訪）

長野県諏訪郡境村に卅余名より成る寒生会と称する社会主義者団あり常に他府県の同主義者と気脈を通じ或る陰謀を企て居たるが廿七日朝会長小池伊一郎外三名長野地方裁判所に拘引せられたり尚十数名の拘引を見るべく事件の進行に伴れ意外の連累者を発見すべき模様なり

「事件の進行に伴れ意外の連累者」が発見されたというので、ここでいう「事件」とは、先の六月四日分の記事にあった「我国未曾有の大事件」をさしているとみなしてもよいであろう。そして、この記事においても、「常に他府県の同主義者と気脈を通じ」企てた「或る陰謀」の中身については、一切触れられていない。

この「事件」の首謀者とされる幸徳秋水が、明治四十三年六月一日に湯河原で拘引される直前の、すなわち明治四十三年五月三十日に、上司小剣に宛てて、手紙を書いていた。安部宙之助の『白鳥その他の手紙―上司小剣宛』（昭和42年1月5日発行、木犀書房）に、次のように紹介されている。

○封書、明治四三、五、三一、スタンプ

東京市外下目黒村六〇四、上司延貴様、相州湯河原天野屋、幸徳生、三十日。

今日別紙小剣論切抜を送つてくれて面白く拝見した。謹で御返する。面白く拝見したといふだけで其批評の当否は門外漢たる僕には分らぬ。が何しろ二号活字二日つづきの大論文の題目になつたことは確かに祝賀して良いと思ふ。

真面目で書いたのではあらうが、知らぬ人が見たら何か怨みでもあつて書たといふかも知れないね。兎に角「有秋」と署名して、カケ出し奴だの、グータラベーだのいふ言葉をつかつたのは思ひ切つたものだ。

先日丁度君の家でおすしの御馳走になつてる時刻に、寒村がピストルを持て天野屋に僕等を求めに来た珍談がある。

「別紙小剣論」とは、明治四十三年五月二十二、二十四日付『二六新報』に掲載された、守田有秋の「上司小剣論」である。上司小剣は、幸徳秋水が明治四十三年五月二十七日消印の葉書で「有秋の評論は是非見たいものだ。ドウかして、どこかで借りてでも送つてくれないか。読了の上、直ぐ返すから」と言って来たので、「小剣論切抜」を送ってやったらしい。幸徳秋水は、そのお礼と感想を述べているのだが、さらに興味深いのは、「先日丁度君（上司小剣をさす・引用者）の家でおすしの御馳走になつ」たことが記されている点である。そして、『白鳥のその他の手紙―上司小剣宛』に所収されている、明治四十三年五月十八日付の菅野スガの葉書にも次のようにある。

○ハガキ、明治四三、五、十八スタンプ
府下荏原郡目《マ》下黒《マ》六〇四、上司小剣様、雪子様
只今から参ります、御機嫌よう、左様なら。月、五月十八日正午先日は御馳走さま、御礼申します。

罰金の換刑のために入獄する菅野スガが、上司小剣に宛てた、別れの挨拶と礼状である。末尾にある「先日は御馳走さま、御礼申します」というのは、幸徳秋水の手紙にあった「先日丁度君（上司小剣をさす・引用者）の家でおすしの御馳走になつてる時刻に、寒村がピストルを持て天野屋に僕等を求めに来た珍談がある」と同日のことをさしているようだ。荒畑寒村が決闘のために湯河原の天野屋へ幸徳秋水らを訪ねたのは、明治四十三年五月九日のことである。しかし、それよりも菅野スガが上司小剣に手紙を差し出した、その前日、すなわち明治四十三年五月十七日に、菅野が新村忠雄、古河力作らと会合を持ち、暗殺実行の順番をくじ引きで決めていることが注目される。
上司小剣は、幸徳秋水や菅野スガが大逆事件で拘引される直前まで、まめに書簡のやり取りをしたり、自宅で御

馳走をするなどの、親密な交流をしていたのである。したがって、上司小剣は、幸徳や菅野が検挙された大逆事件について、無関心ではおられなかったに違いない。上司小剣は、大逆事件そのものに対して驚愕するとともに、首謀者として拘束されている幸徳や菅野の身を案じて、事件の情報収集に努めたであろう。その一方で、彼らとの関係から事件に巻き込まれるのではないかと危惧の念を抱いていたというようなこともあったのではないか。しかも、上司小剣は、かつて堺利彦を通じて社会主義思想に近付き、一時は金曜会などにも参加していたのである。明治四十年の時点で、幸徳や堺に持ちかけられた『日刊平民新聞』への参加を断わり、活動からは一線を画したとはいえ、大逆事件は決して人事ではなかった。各地の連累者が次々拘引されていく中で、上司小剣は、大逆事件の行く末を屏息しながら見守っていたであろう。

そのような状況下で、「木像」の執筆は続けられたのである。この事件が「木像」の執筆に無関係というわけにはいかなかったであろう。「木像」は新聞に連載しながら、執筆された。「木像」を脱稿して新聞発表を開始したのではないことは、先に挙げた「労作の後」で明らかである。明治四十三年六月四日に、「虚無党の陰謀」と大逆事件の発端が新聞報道された日には、「木像」の（三十）の部分が発表されている。

また、興味深いことに、「木像」の本文中には、その幸徳秋水の名が出てくる。小説も終わりに近い（八十）の竹丸に宛てた福松の手紙の中に、次のようにある。

大日本帝国の首府の真ン中に居ながら、造物者たる上帝は誰が造つたとは何事ぞ。知らずば云つて聞かさん、よツく承はれ、上帝は完全である、完全なるものを何うして造れるぞ。彼れ造りものならば不完全なり。若し上帝の造りしものありと云はゞ、それを造つたものは〳〵と、定めて逆るであらうが、上帝は永遠より永遠に存在するものである。造りしものは〳〵をだん〳〵溯るは、無端説と云ふて哲理を知らぬものなり。上帝の存在を知らぬものは、森田悟由でも釋雲照でも青山胤通でも桂でも西園寺でも山路愛山でも幸徳でも田山花袋でも、拙者の眼から見たら三歳の小児同様なり（そは原因結果の理が解らぬ故）。

「上帝の存在を知らぬもの」の例として、「幸徳」の名があがっている。この（八十）の部分は、明治四十三年七月二十五日発行の『読売新聞』に掲載された。この時、既に大逆事件は発覚し、関係者の一斉検挙が始まっていた。（八十）は、大逆事件の波紋が拡大し、社会全体が閉塞していく状況下で、執筆されたとみてよいであろう。ただし、初出本文にあったこの「幸徳」の名は、単行本の本文では、「スチルネル」に差し替えられた。つまり、上司小剣は「木像」を単行本として刊行する際には、「幸徳」の名を省いている。上司小剣が、新聞連載時に、「幸徳」の名前を持ち出したのは、大逆事件を意識してのことであろう。しかも、ここでは、福松によって「上帝」は「完全であ」る、「永遠より永遠に」存在するものと賛美されている。

しかし、竹丸の手紙には、「上帝」に対する批判も、反論も全く書かれてはいない。「上帝」の話題は、（八十）で唐突に、福松の手紙の中に出てくる。「上帝の存在」について、一方的に福松の見解が示されるだけで、竹丸と福松の書簡そのものが完全に対応しなくなっているのである。福松は、自分の宗教上の神でさえも、「神と云ふものが在るならば、在ることを確に究めたい」とその存在を完全には信じていない人物であったはずである。また、（四十四）で老母の葬式の準備を「巴里のコムミユンの委員が新政府の綱領を定めた時のやうな心になつて取り決めた」という福松が、（八十）になると、「上帝の存在」を絶対的に肯定するという、その必然的描写や説明は一切ないのである。また、「木像」の（一）には、天長節の賑やかさ、華やかさに対して、「色の褪せた日の丸」を「赤インキで上塗りした痕」が、「目立つて見える」とあった。天皇の安泰を祝う華々しい様子のみが描かれているのではなく、「日の丸」を「色褪せた」や「赤インキで上塗りした」などと記し、天長節に対して、どこか皮肉らしい描写から始まっていた。にもかかわらず、（八十）で、いきなり「上帝の存在」の絶対的肯定が出てくることによって、物語は破綻を来たしているのである。もし仮に、大逆事件が起こっていなければ、小説「木像」はまた別の結末を迎えていたとも考え得る。

上司小剣は、「叔父に呈する手紙―著者より主人公へ―」で、「十数年間のことを三年のことに書き縮めました」と述べていた。「木像」において、上司小剣は「十数年間」の自分自身の経歴を、竹丸の思想的変貌として描くことが目的だったのではなかろうか。しかし、実際は、「十数年間のこと」は一年十か月に書き縮められ、竹丸の描写が端折って描かれることになってしまったようだ。竹丸を描くという点においても、「木像」は最初の構想とは違うものになったのではないか。

大逆事件が発覚し、社会主義や無政府主義が危険思想として取り締まられていく中で、上司小剣は社会主義思想に関心を抱いていた過去の経歴を竹丸に仮託して描くことが出来なくなったのであろう。小説「木像」は作品の後半部分から、作者の分身である竹丸が具体的なイメージをもって描かれなくなったために、結局、文学作品としては不成功に終わってしまったようだ。それは、上司小剣の作家的能力の限界というのではなく、大逆事件の影響によるところが大きかったであろう。

「木像」の執筆中に、大逆事件が起こり、小説が破綻してしまったことをきっかけに、上司小剣は、以後、自己の思想や社会問題などを描くことを放棄してしまう。その意味で「木像」は上司小剣の転機となった作品である。

こうして、関西を舞台にして描かれた「鱧の皮」（『ホトトギス』大正3年1月）や「東光院」（『文章世界』大正3年

1月）、「兵隊の宿」（『中央公論』大正4年1月）などの男女の情愛をモチーフとした、いわゆる京阪情緒ものは誕生したとみてもよいであろう。つまり、「木像」の挫折によって、上司小剣は思想や宗教などの観念的なものをテーマとした『灰燼』や「木像」のような文学世界と決別し、男女の情愛の機微を具体的な描写の中で描いていく方向に進んでいったのである。そのような意味で、小説「木像」は、上司小剣の文学的転向を示す作品であるといえよう。

上司小剣　作家以前の小品「その日〳〵」

一、「小品にすぐれたるは」

上司小剣の没後、正宗白鳥がその追悼文「小剣氏について」（『読売新聞』昭和22年9月8日発行）の中で、「氏は、読売のお抱へであつた紅葉山人を知つてゐた訳だが、山人の門下となつて世に出ようとはしなかつた。学閥に関係なく、文壇のどういふ仲間にも入らうともしなかつた。自分だけの力で文壇に出て、自分の力相当の地歩を占めるやうになつたのだ」と回想している。

のちに上司小剣自身が、「私が真に文壇に出たのはわりあひおそく、後藤宙外氏の紹介で、『新小説』に処女作『神主』を出した」（「処女作時代」『女性』第5巻6号、大正13年6月1日発行）と述べているように、上司小剣は、明治四十一年八月一日、『新小説』に掲載された「神主」によって、文壇に登場した。

しかし、上司小剣は「神主」をして小説家として認められる以前に、既に文壇の一部の人に注目されていた。大町桂月が「文芸時評　放言六十六則」（『太陽』第11巻8号、明治38年6月1日発行）の中で、次のように述べている。

冗漫といふとは、今の操觚者の通弊也。〈中略〉余は、雄大の文字を愛し、かねて、簡勁の文字を愛す。長短あわせ得たりしは、樗牛也。小品にすぐれたるは、緑雨と小剣と也。

大町は、当時文壇においてまだ無名であった上司小剣を「小品にすぐれたる」として、斎藤緑雨と同列にその名をあげた。上司小剣は、明治四十一年に「神主」で小説家として文壇で認められる、それ以前に、明治三十八年、すなわち三年も前に、大町桂月によって注目されていたのである。

では、大町のいうその「小品」とは、一体どういうものであったのだろうか。

上司小剣の自筆年譜によると、明治三十年一月、堺利彦に勧められて東京に上り、同年三月、読売新聞社会部長堀紫山の紹介をもって読売新聞社に入る。この時、上司小剣二十四歳。その後、明治四十年まで、社会部の編集主任となり、論説記者を兼ねていた。そして、付け加えておくならば、上司小剣は記者時代に、上司子介の署名で明治三十二年一月四日発行の『相撲新書』の編集を担当し、明治三十三年五月二十六日には『相撲と芝居〈日用百科全書第四拾三篇〉』を山岸荷葉との共著という形で、ともに博文館から出版している。

この頃の事を、正宗白鳥が「旧友追憶記　花袋泡鳴秋声秋江小剣」(『新生』第3巻1号、昭和23年1月1日発行)で、

私の入社した頃、小剣は年二度の大相撲の記事を扱つてゐた。当時の「文化欄」であつた一面の編集をしてゐた。それから、『その日その日』といふ題で、毎日二三行の警句らしいもの、ユーモラスなものなどを書いてゐた。

と述べている。白鳥が読売新聞社に入社したのは、明治三十六年六月のことであり、当時、上司小剣は相撲記事や簡単な感想やコラムを書き、『読売新聞』を中心に活動していた。それらの仕事の一つに「その日〳〵」がある。『相撲新書』と『相撲と芝居〈日用百科全書第四拾三篇〉』の二冊は啓蒙書であるから、大町の言った「小品」とはこの「その日〳〵」をさすと見てよいであろう。したがって、上司小剣は「神主」で小説家として文壇に登場する以前に、『読売新聞』に連載された「その日〳〵」という小品によって、既に文壇の一部の人に注目されていたのである。

二、書誌的整理

では、大町桂月の目に留まった、上司小剣の「その日〳〵」とは、どのような小品であったのだろうか。「その日〳〵」の発表に関して、紅野敏郎が、「上司小剣―『簡易生活』前後―」（『武蔵野ペン』第7号、昭和37年12月1日発行）で、次のように述べている。

　『小剣随筆その日〳〵』は、文字通りその日その日、明治三五年の中頃から三八年の中頃までの読売新聞に書きためていったエッセイ集である。

在来の多くの年譜も、紅野の記述をそのまま踏襲しているようである。しかし、明治三十五年には、『読売新聞』に「その日〳〵」は掲載されていない。『読売新聞』において、「その日〳〵」の掲載が始まったのは、明治三十六年一月二十七日からである。

では何故、このような間違いが起こったのか。

「その日〱」が単行本となった時、上司小剣がその「序」で、「その日〱」の発表について次のように書いている。

> 明治三五年頃から、明治三八年の中頃までの読売新聞に、毎日一つゞつ書いたのを集めて、この本は出来た
> 〈後略〉

上司小剣自身が、その掲載開始時期を「明治三五年頃」と間違って記したのである。おそらく在来の年譜作成者らは、「その日〱」の初出を確認せずに上司小剣の間違いをそのまま踏襲したものと思われる。

つまり、「その日〱」は、明治三十六年一月二十七日から明治三十八年十二月十四日まで、『読売新聞』に掲載された。その掲載回数は、全七百八十四回である。

「その日〱」は、上司小剣を中心に、剣菱（正宗白鳥）[1]、松軒（川口松軒）、孤瓢（前橋孤瓢）らも加わり、分担執筆されている。また、「その日〱」は毎日必ずというわけではなく、紙面の状況に応じて掲載されたりされなかったりした。「その日〱」が掲載された七百八十四回の内、上司小剣によるものと確認出来たのは六百十六回分で、全体の約四分の三を占めている。

上司小剣は、のちに自らが執筆した「その日〱」を、単行本として、明治三十八年九月五日に、読売新聞日就社より刊行した。単行本『小剣随筆その日〱』には、明治三十六年一月二十七日から三十八年八月二十三日までに発

表した分を取捨選択して三百五十一篇を収録している。『読売新聞』に掲載された「その日〳〵」、七百八十四回分の掲載日、執筆者名、英訳の有無、掲載面、そして単行本収録を一覧表にし、注（2）にあげておく。

「その日〳〵」の署名についてであるが、「その日〳〵」が『読売新聞』紙上に初めて登場した明治三十六年一月二十七日には、「小星」という名前であった。「小星」は、上司が「小剣」という署名を用いる前に使っていた名前である。「その日〳〵」の掲載中に上司は、「小星」から「小剣」に筆名を変えるのだが、上司小剣が、署名を変えた理由については、「文壇諸名家雅号の由来」（『中学世界』第11巻15号、明治41年11月20日発行）に詳しい。それには、次のようにある。

> 五六年前、『読売新聞』に初めて論説を書いた時、主筆が社説と区別する為めに、何んとか署名して呉れと云はれましたから、取り敢へず『小星』（小生のつもりで）と書いて、爾来小星の名で二三回紙上に出しましたが、或る日、小生の論説で組み上つて、工場へ廻らうとする時、編集局内の漢学先生が、小星とは妾の異名だと教へて呉れましたので、急に厭やになつて、咄嗟の考へで、星の字を剣の字に代へて『小剣』としたのが、私の雅号の始である。〈後略〉

先にあげた正宗白鳥の「旧友追憶記　花袋泡鳴秋声秋江小剣」によると、上司小剣は「その日〳〵」執筆当時に「『文化欄』であつた一面の編輯をしてゐた」。「その日〳〵」は、明治三十八年十月までは基本的には第一面に掲載された。したがって、「その日〳〵」の主たる担い手が上司小剣であっても不思議ではない。

また、「その日〳〵」の題名についても、明治三十八年十月三十一日付の「その日〳〵」で、上司小剣は、次のように述べている。

『その日その日』といふ名ハ、『梅にしたがひ、柳になびきその日〳〵の風次第』とかいふ江戸唄から出たのか、或ハ『一日の事ハ一日にて足れり云々』といふ聖書の文句から出たのか、といふことを問ふて来た人があるが、『その日その日』といふ名ハ、別に出所の何も無く、デタラ目につけたのである。昔から古実家などといふ物識りハ、これに似たつまらん穿鑿ばかりやつてゐるのであらう。

「その日〳〵」という題名を深読みした古実家がいたことをおもしろおかしく書いているのだが、上司小剣自身が「『その日その日』といふ名ハ、別に出所の何も無く、デタラ目につけたのである」と明言している。この一篇から上司小剣が「その日〳〵」を命名し、同じ頃『読売新聞』で好評を博していた「はがき集」欄と同様に、上司小剣の発案によるものと断定してもよいであろう。

単行本『小剣随筆その日〳〵』は、紙装仮綴の菊半裁の小型本である。巻頭に、上司小剣自身による「序」と「いしまろにわれものまをすなつやせによしとふものぞむなぎとりめせ」という大伴家持の歌が付されている。その次に、目次が五頁、大町桂月による時評が載せられ、本文が一五三頁と続く。一篇一篇に、新聞初出にはなかった番号と題が付けられ、全三百五十一篇が収録された。

単行本『小剣随筆その日〳〵』に収録されたものは、上司小剣の執筆による六百十六回分の内、三百五十二回分であった。三百五十二回分といっても、単行本の（一一五）の「着物の裏」は、初出の『読売新聞』には、明治三十六年十二月九日と三十八年一月二十六日に同一の文章が掲載されている。また、（三二一）の「梅雨」も同様に三十七年六月七日と、三十八年六月八日に掲載されていた。そして、単行本において、初出が不明なものが一篇ある。それは、（三二五）の「夕涼み」である。これは、紙上に掲載されなかったもので、上司小剣が単行本収録の際に書き加えたのであろう。

また、単行本の収録は新聞発表順ではない。例えば、単行本の一番最初に収録されている（一）の「真鯉緋鯉」は、明治三十八年七月二十日に掲載された、つまり、『小剣随筆その日〳〵』が刊行される直前に発表されたものを一番始めに持ってきているのである。

初出の「その日〳〵」に掲載された時には無署名だったものが二十回あって、その内、単行本に収録されているものが、明治三十六年二月三日分と同年三月一日分の二篇である。したがって、これらは上司小剣によるものと断定してよい。

次に、短文ではあるが、管見に入った『小剣随筆その日〳〵』の書評をあげておくと、潮（林田春潮）が「新刊紹介」（『都新聞』明治38年9月15日発行）に次のように記した。

> 著者は太陽の時文記者をして「小品に勝れたるは緑雨と小剣也」との賛辞を作らしめたるの人、内容は其日〳〵に感得したる所を簡勁にして且つ平明なる筆を以て随筆体に記述したるものにして形は無韻の詩、質は箴言、人生に対して趣味と教訓とを同時に与ふる所洵に当代得易からざる小品の才と云ふべし

また、無署名ではあるが「新刊紹介」（『電報新聞』明治38年9月19日発行）には、次のようにある。

上司小剣の短文は、筆致の軽快と、観察の清新と、取材の多方面とを以つて優つている、而して其の意見の進歩的であるのは殊に喜ばしい、唯数年に亘つて、その日〳〵の随感を書いたものであるから、斯うして一冊の本に集めると思想の統一を欠いて見えるのは、巳むを得ないであらうが、欠点と云へば欠点である、著者も之を認めて居て、もと〳〵無韻の詩のつもりだから、読む人に少しでも趣味を与ふれば満足すると云つて居る、此の意味に於て著者の目的は確かに遂げられて居る、これからの夜長のつれ〴〵には、読んで肩もはらず、腹にもたまらず、よき読物である

さらに、〝松〟による「新刊批評」（『萬朝報』明治38年9月28日発行）は、次のように書かれている。

読売新聞で書きためたその日〳〵の随感を一木とせしもの、著者はみづから無韻の詩といふて居る、詩として見るべき程の趣味の有無は驟かに判断しがたいが中々奇警な観察もあり思ひ切つた鋭利な批判もある、併し中には余り世間が見えず、是程の眼光をもつて居ながら何故あんな事が分らぬかと気の毒な感じのする事が無いでもない、が、此処が今日の文士なるもの丶通弊であるから此人のみを責めるは無理かも知れぬ

無署名ではあるが、「新刊紹介」（『太陽』第11巻13号、明治38年10月1日発行）には、次のように記されている。

小剣子独特の随筆也。〈中略〉文章に厭味なく、すら〳〵として面白く、且つ其の趣は、洵に穏かにして、而

も急所を衝くものあり。故緑雨の筆の如く、毒づく所もなく、また無闇に慷慨罵詈する所もなく、温雅にして奇警なるは此の特色なり。殊に美しき家庭的思想の現れたるは、他に覚めがたき長所ならむ。

同じく無署名であるが、「新刊紹介」（『新声』第13編4号、明治38年10月1日発行）には、次のようにある。

読売新聞に於て、趣味あるものを数ふれば、まづ吾人は小剣氏の「その日〳〵」に指を屈するを至当なりとす、「その日〳〵」は三年の昔より、本日に至るまで常に日々の紙上を飾りて、単言隻句のうちによく諷しよく誡め、よく教へ、よく楽しましむ。現下文壇冗漫の文字をなすもの多し、しかも簡勁此の如きを見る稀なり、吾人は雄大なる文学を共に、此の趣味ある小品を娯むを喜ぶ、本書は既往三四年のその日〳〵の小品を集めたるもの、読者、寧ろ此の短かき文字が如何に読売紙上に重きをなせるかを、実際に試みんとせは、つきて一本を味へよ。

これも無署名のものだが、「新刊紹介」（『家庭雑誌』第3巻10号、明治38年10月2日発行）においても、次の如く評された。

中にも皮肉なのもあり、可愛いのもあり、滑稽なのもあり、通篇、兎に角小剣君独壇の妙味が味はれるのである。

そして、〝慶〟による「新刊紹介」（『無我の愛』第10号、明治38年10月25日発行）には、次のようにある。

曾て読売新聞に連載された、氏の小人生観、小社会観と云ふべき短文を、よせ集めたもの。自序に云ふてある通り、確に無韻の詩で、紅も白粉もつけぬ、飾り気のない所に却て多くの趣味が認められる。

また、無署名だが、「新刊雑著」（『大阪毎日新聞』明治38年12月14日発行）にも次のような紹介文が載せられた。

読売新聞紙上にて数年間ものされたる小剣子の即日即事の随筆三百五十余篇短きは半行長きも十二三行を超えず例せば「孔雀の尾で蓑をこしらへて着て見たい」「夢と病気とが無かつたら人生の趣味は半減するのであらう」「監獄が学校になる時まで生きて居たいと思ふ」の類にて理屈は言はず唯だ直覚したそのまゝを端的にかいたものあつぱれ自分では言ひ得たやうなものが平凡他奇なきものとなれるもあれど奇警人心の機微を穿つもの多しおもしろき小冊子なり

これらの書評は、おおむね好評であり、その内容についても論及していて、上司小剣のコラムニストとしての独自性を認めている。また、上司小剣はのちに出版した同じ小品集の『金魚のうろこ』（大正5年2月20日発行、東雲堂書店）の「序文」に、「其の本（『小剣随筆その日〳〵』をさす・引用者）何したはづみか、可なり売れて、私の本には珍らしく、七版までを重ねた」というから、上司小剣は、「神主」で小説家として注目される以前に、「その日〳〵」で「一般に好評を得」て、多くの読者を獲得していた。つまり、上司小剣の小品は早くから大町桂月によって注目されていただけでなく、一般にも高く評価されていたのである。

三、第一の特徴

上司小剣の小品「その日〳〵」の第一の特徴は、あくまでも、『読売新聞』の〈紙面の埋め草〉として、執筆されたことである。「その日〳〵」は、新聞の紙面の編集の都合により、紙面に余白が出来た時、その余白を埋めるために執筆されたのである。

その日、その日の編集の状況によって、紙面に余白があるか、余白の字数が何字分であるかは、あらかじめ決まっていない。したがって、前もって書くべき素材を準備して執筆するというのではなく、「その日〳〵」は、まさに、その日、その日の紙面の編集後の短時間で、しかもその余白の字数に合わせて、即興的に執筆せねばならなかったのである。そのため、先に述べた単行本の「着物の裏」や「梅雨」ように、同じ文章を一年後に再び掲載するようなことにもなったのであろう。

実際に、「その日〳〵」は一篇一篇が非常に短く、しかも、長いもので二十行、一番短いもので一行、すなわち四百字から二十字ほどと、その字数も日によってまちまちであった。また、毎日必ず連載されたわけではない。すなわち、一定の字数や枚数、あるいは掲載曜日を決めて、「その日〳〵」欄が設定されたのではない。新聞記事が多く、紙面に余裕がないときには執筆されなかったのである。

もう一つ「その日〳〵」の特徴としてあげられるのは、明治三十六年四月二十五日から三十七年六月十一日にかけて、英訳が付されていたことである。この英訳も毎日必ず付けられていた訳ではなく、合わせて七十八日分に相当する。その内容には共通するものがなく、何か高尚な目的があって訳されたとは考えにくい。やはり、英訳も第一面の余白を埋めるために用いられ、〈紙面の埋め草〉としての役割を果たしたと考えられる。

四、随想雑感コラムの内容の独自性

大正期に活躍する文学者の小品集で有名なものに、大正四年から『大阪毎日新聞』に掲載されたコラムを集めた薄田泣菫の「茶話」と、大正十二年一月の創刊号から、『文藝春秋』の巻頭に掲げられた、芥川龍之介の「侏儒の言葉」がある。

「茶話」は、周知の通り、古今東西の逸話をもとにした、人物論にその面白さがある。「侏儒の言葉」は、芥川の人生観、芸術観などが書かれた、徹底したアフォリズムとして有名である。

それに対し、上司小剣の「その日〳〵」は、〈紙面の埋め草〉として執筆せねばならなかったからであろうか、随想雑感コラムといった、日常生活から広く素材を求めた小品になっている。

したがって、上司小剣の随想雑感コラムの内容は、種々多様である。その時々でタイムリーな話題もあれば、明治三十六年二月二十日の「その日〳〵」に発表された、尾上菊五郎の大阪出勤の秘話などは、執筆より十年も前の、明治二十五年三月の出来事について書かれているのである。

上司小剣の体験談だけでなく、明治三十七年二月九日の「その日〳〵」には、つぎのようにある。

一兵卒曰く、『兵隊へ行くと、練兵の外に、飯炊きから、拭き掃除まで教はる、家へ帰つても女房ハ要らない。』

といった、他人からの伝聞を紹介しているものも少なくない。

また、社会や世間だけでなく、女性の服装や都市の美観などの、風俗や美術についても言及されている。

さらに、上司小剣は文明の利器には敏感に反応していたらしく、活動写真や蓄音機もその話題に上っているのである。明治三十六年五月二十一日の「その日〳〵」には、次のようにある。


墨を磨つて、それを筆に染ませて書くといふのハ、些細な手数ながら、人の一代に積れバ、随分多くの時間を空費して居る勘定になるであらう。それよりも墨を水に溶かしたのを瓶に入れて売つたら、時間の倹約ハもとより、硯を買う必要がなくなると思ふ。


文明を先取りしたかのような、上司小剣の先見の明が窺える。

その中に、薄田泣菫の「茶話」のような、古今東西の有名人に取材した、逸話コラムも含まれていた。泣菫の「茶話」と上司小剣の「その日〳〵」を比較してみると、上司小剣のコラムの個性がはっきりしてくる。

例えば、同じ人物についても、対象に向けられた泣菫の視線と上司小剣のそれとでは、全く異質である。

泣菫がトルストイについて書くと、次のようになる。

性欲

トルストイ伯は、息子のイリヤが十八歳の頃、ある日屏風の裏表で背中合せになって、

「イリヤ、こゝでは誰も聞いては居ないし、私達もお互に顔が見えないから、恥かしい事は無い。お前は今

日まで女と関係した事があるかい。」
と訊いた。

息子のイリヤが、

「否、そんな事はありません。」

と答へると、トルストイは急に欷歔をし出した。そして子供のやうにおい〳〵声を立てて泣き出すので、息子のイリヤも屏風の裏でしく〳〵泣き入つたといふ事だ。

トルストイは私に相談して泣いた訳でも無かつたから、何故息子の返事を聞いて泣き出したか解る筈もないが、察する所、自分が若い頃の不品行《ふみもち》に比べて、息子の純潔なのについ知らず感激させられたものらしい。

〈後略〉

泣菫の場合は、息子の女性関係についてのトルストイと息子との対話の中に、「トルストイは私に相談して泣いた訳でも無かつたから、何故息子の返事を聞いて泣き出したか解る筈もないが、察する所、自分が若い頃の不品行《ふみもち》に比べて、息子の純潔なのについ知らず感激させられたものらしい」という皮肉を付け加えるのである。

一方、同じトルストイでも上司小剣は、明治三十七年九月三日の「その日〳〵」に、次のように書いている。

トルストヰ翁の子息ハ、義勇兵となつて西比利亜に居る。流石ハトルストヰ翁だ、人の思想の尊重することを知つて居る。自分の児だからとて、無理に、抑圧的に、自分の信仰の圏内に引き入れやうとハしない。

泣菫の言葉を借りれば「茶話」は、「お茶を飲みながら世間話をするやうな気持で、また画家がカリカチウルを描くやうな気持で」書かれたものである。したがって、名のある人物を題材にしたコラムには、どこか人を小馬鹿にしたような、風刺や皮肉が内在している。それに対し、「その日〳〵」は、全体的に見ても、真摯な態度で、著名人だけでなく広く人間一般を観察しているのである。トルストイならトルストイの美談について素直な感想が述べられ、そこには上司小剣の良識家としての姿勢が見られる。

泣菫の「茶話」は、紙面に「茶話」欄を設定して執筆されたものであるから、一篇一篇の量が四百字詰め原稿用紙で約二、三枚と大方一定している。一方、上司小剣の「その日〳〵」は、先にも触れたように、〈紙面の埋め草〉として執筆されていた。一つの記事やエッセイを載せるような分量があれば、当然、それらが優先的に掲載されたであろう。しかし、それらの原稿を載せるだけの字数がなく、小さな空白が生じた場合、または、掲載する記事が不足した場合、その空白を埋めるのが〈埋め草〉である。

したがって、中には、わずか一行ほどのものもあった。

しかし、わずか一行でも、明治三十七年三月十七日の「その日〳〵」にある、

　　征韓。征清。征露。戦争が段々出世した。

のように、幾度もの戦争による社会の流れを的確に表現したものがある。

また、明治三十七年六月七日と三十八年六月八日の「その日〳〵」には、次のような一文が掲載された。

名が美しくて、実のイヤなものハ、梅雨だ。

「梅雨」という一つ言葉と、梅雨そのものの落差を、たった一文で言い当てている。余計な説明は一切省かれ、要点のみが最も効果的な方法で書かれた一篇である。

上司小剣自身は、「その日〳〵」の短文について、単行本の「序」で、「予は無韻の詩を作るつもりで、このきれ〴〵の文章を書いたのである」と述べている。例えば、明治三十八年の二月十日に掲載された「その日〳〵」には、次のようにある。

痩せた土地を眺めつゝ、この痩せた土地から、今に真珠のやうな米粒を収穫《とつ》て見せる、といふて居る百姓の心ほど、世に清く貴いものハあるまい。

おそらく上司小剣が出会ったであろう日常のささやかな一場面を率直に表現し、簡勁な文章によって、一つの世界を作り上げている。たった一文の中に、上司小剣の感性と表現力の豊かさがかいま見える。まさに、上司小剣の「小品の才」が感じられるであろう。

「小品の才」といえば、先にあげておいた芥川龍之介の「侏儒の言葉」が有名である。

芥川の小品は、上司小剣の「その日〳〵」や泣菫の「茶話」が新聞に発表されたものであったのとは異なり、雑誌『文藝春秋』に掲載されたものである。一篇一篇は、多いものでは四百字詰め原稿用紙約三枚分、少ないものではわずか一行と一定していないが、毎回、巻頭の一～二頁を使って、その枠内で自由に執筆されていた。要するに、一つの題の下に長文を掲載していることもあれば、いくつかの題をあげながら短文を羅列していることもある。したがって、〈紙面の埋め草〉であった「その日〳〵」とは、その性格が異なる。

しかし、一篇一篇に注目すると「侏儒の言葉」の、

　　忍従

　忍従はロマンティックな卑屈である。

などは、内容の差こそあれ、先にあげた上司小剣の「名が美しくて、実のイヤなものハ、梅雨だ」に共通する「小品の才」を感じる。しかし、この二者はたった一文でも、その表現方法が異なっていた。

「侏儒の言葉」には、

　　小説家

　最もよい小説家は「世故に通じた詩人」である。

という一文がある。そして、「その日〳〵」においても、詩人と小説家について書かれたものがあった。明治三十八年六月四日の「その日〳〵」は、次のようである。

　詩人が小説家になる。仮令《たと》ヘバ、義太夫語りが芸妓になるやうなもの。

芥川の観念的な言葉の上での定義に比べ、上司小剣の方は、「義太夫語り」や「芸妓」など、俗っぽい比喩を用い、なるべくわかりやすいように表現しているのである。そこには、発表の場が『文藝春秋』と『読売新聞』という違いがあるであろう。「その日〳〵」は、『文藝春秋』に発表された芥川の小品のように一部の文学者や知識人だけではなく、広く新聞読者一般に受け入れられるようなわかりやすい内容でなくてはならなかったのであろう。

それゆえ、芥川と上司小剣とでは、それぞれの小品における執筆態度が異なってくるのである。「侏儒の言葉」に見られる芥川の執筆態度は、社会、世間や常識、芸術、そして自分自身に対する懐疑的な眼差しでもあった。「侏儒の言葉」は、その懐疑的眼差しを嘲笑や憎悪という形で表現した、まさに歯に衣着せぬアフォリズムだったのである。

一方、上司小剣は、物事の是非について自分の結論を明言しない場合が多いのである。明治三十八年九月二日の「その日〳〵」には、次のようにある。

学者が或る学説を説明する為めに、実地の例を引いた時にハ、必ず『多少の例外ハあるが』といふ断はり書きがついて居る。

右のように、上司小剣には、物事の是非をはっきり書かず、判断を読者にまかせ、自己の主張は極力表面下に押し隠そうとする様子が窺える。

しかし、「その日〳〵」には、執筆当時の上司小剣の思想的立場が表れている。

「その日〳〵」が『読売新聞』に掲載された、明治三十六年から三十八年は、ちょうど日露戦争の開戦から終結にあたる。上司小剣の大阪時代からの親友であった堺利彦は、明治三十六年十月九日に、『萬朝報』が開戦論に転じたことがきっかけで、『萬朝報』を退社している。その後、堺は社会主義の立場から、非戦論を唱えた。一方、上司小剣は『読売新聞』で編集の仕事に携わり、「その日〳〵」を執筆していた。堺利彦や幸徳秋水と交わって、社会主義に関心を持っていた上司小剣ではあるが、明治三十七年三月二十二日の「その日〳〵」を読むと、絶対に戦争に対して何がなんでも反対だという立場でもなかったのではないかと思われる。それには、「場合によつては人間を殺さねバならぬ」と、次のように書いてある。

> 人間と人間との戦争が、如何なる場合にも罪悪で、人間と虱、或ハ人間と黴菌との戦争ハ如何なる場合にも罪悪でないといふのは、唯物の大小より外ハ見えぬ人の浅墓な説である。人間の爪にかゝつて捻り殺された虱や、人間の拵へた恐ろしい薬液を人間の為めに頭から浴びせられて悲惨なる最後を遂げた黴菌などハ、嘸人間を恨らんで居るであらう。虱や黴菌の機関新聞ハ、人間を不倶戴天の仇として、連日人間攻撃の記事を掲げて居るであらう。併し人間ハ己れの安全の為めに、虱を殺さねバならず、黴菌を殺さねバならず、場合によつては人間を殺さねバならぬ。

非戦論を主張していた堺や幸徳のような当時の社会主義者たちとは異なり、上司小剣は頭ごなしに戦争を否定せず、人間は虱や黴菌を殺すように「己れの安全の為めに」人間を殺さねばならぬ、だから、戦争も仕方がないというのである。

同じように、明治三十七年九月二日の「その日〳〵」には、次のようにある。

日本の軍使が旅順へ降参を勧めに行つて、敵の参謀長に面会を求め、それを待つ間に、敵の前哨中隊長と、月下にウヰスキーを飲みながら、戦物語をした。軍使が『貴軍の猛烈なる砲撃も、毎日耳に慣れてハさながら音楽を聴くやうだ』と言ひ、中隊長が『旅順にハ近頃芝居も無く、舞踏も無く、我々ハ毎日殺風景な生活をして居る、それに今日ハ図らずウヰスキーを御馳走になつて有り難い』と答へ、軍使ハ更に『武士ハ相見互ひです、他日貴官が我等を要塞に囲まるゝことあらバ、今日の返礼として三鞭の御馳走を頼む』と言つたのハ、近頃優しい物語でハないか、戦争を蛇蝎のやうに忌み嫌ふ非戦論者よ、戦争にハこんな美しい景色がある。

「戦争を蛇蝎のやうに忌み嫌ふ非戦論者」に向けて、戦線における美談を紹介し、戦争を擁護しているのである。この「戦争を蛇蝎のやうに忌み嫌ふ非戦論者」には、堺や幸徳を始めとする社会主義者たちも含まれていたのであろう。上司小剣には、物事を観念的、公式的に捉えない柔軟さがある。その柔軟さが、社会主義思想に近付きながらも直接運動に加担しなかった、上司小剣の思想的立場でもあったのだろう。上司小剣が、『萬朝報』が開戦論に転じたことで、『萬朝報』を退社した親友・堺利彦と一線を画する点であったと見做すことが出来ると思う。

五、近代文学における三大小品

上司小剣の「その日〳〵」は、人間の存在だけが問題となっているのではなく、人間を自然の中の一つとして捉えている。明治三十八年七月十一日の「その日〳〵」には、次のようにある。

神様は人間の食料として、鯛を造られたと同じに、蚊の食料として、人間を造られた。

人間だけではなく、万物に向けられた上司小剣の温かい眼差しが、そこにある。

また、「その日〳〵」における、上司小剣の執筆態度に特徴的なのは、明治三十八年七月八日の「その日〳〵」に代表される態度であった。

一夜の散歩の折、宇宙といふものハ、限りあるものか、限りのないものか、といふことを考へて、十二時ごろまで空しく立ちつくした。考て見れバつまらぬことであつた。

「その日〳〵」全体を通読してもわかる通り、上司小剣は、人間の俗な日常からかけ離れた思索を、「考て見れバつまらぬことであつた」と述べている。だからこそ、小品の題材は日々の生活の中から拾い出してくるのである。しかし、「その日〳〵」には、今まで見てきたように、決して「茶話」や「侏儒の言葉」に引けをとらない上司小剣の独自性がある。〈紙面の埋め草〉として用いられていたことはもちろんであるが、随想雑感コラムが主であった、その内容についても十分に上司小剣の個性が表現されている。

今日まで一般的にはあまり知られていなかった、上司小剣の作家以前の小品「その日〳〵」であるが、薄田泣菫、芥川龍之介の小品集に並ぶ、近代文学史における三大小品の一つに価する、と考えてもよいのではないだろうか。

注

（1）「その日〳〵」で、正宗白鳥が執筆を担当しているのは、十四日分である。そのうち、十篇は『正宗白鳥全集第二十六巻』（昭和61年3月31日発行、福武書店）に収録されているが、四篇が未収録であった。それら四篇を次に紹介しておく。

〈明治三十六年九月三十一日付〉

適切な所にハ漢語ハ更なり英語を用ひてもよいが、学生又は名もなき小説家等が其談話中又ハ文章中に間違ひだらけの外国語を用うるにハ驚く、又間違はぬにしても、形容詞であるべき所に名詞や副詞を用ひたりするのハ、分つたものから見れバいやな気がする。漢語でもさうだ、或小児が「僕ハ直ちにどうした」といふのを聞いたが、直ちとかいふよりもすぐにいふ方が音に力があつて一層直ちの意味を現はしてゐるでハないか。（白鳥）

〈明治三十七年五月三十日付〉

メレヂコフスキーとかいふ人のトルストヰ論に彼れを評して「トルストヰハ金ハ欲しくない〳〵といつて其の実大に金を蓄積した男だ、ドストエフスキーハ金が欲しい欲いし《ママ》といつて実際ハ少しも金を造り得なかつた」とある。これハ露西亜の二文豪にのみ当てはまる評語でハない。（剣菱）

〈明治三十七年八月二十九日付〉

昨夕縁側に腰をかけて月を見てゐると左隣でハ可愛らしい声で清元のお稽古をしてゐる。美くしい夢でも見てゐるやうで今にも天人が下つてこのまゝ極楽へでも連れて行かれるやうな気になつたが、ふと右隣で手風琴の音がして、騒々しい唱歌が始まつたので、折角の感興をめちや〳〵にしてしまつた。（菱生）

〈明治三十八年九月十五日付〉

印刷上の体裁から見ると、漢字の多いのハ窮屈さうであり、仮名の多すぎるのハダラシがないやうだ、漢字と仮名と半々づゝ位なのが奇麗でよい。（菱生）

（2）初出一覧表

新聞掲載年月日	執筆者	面	英訳	単行本収録
明治三六年				
一月二七日	小星	一		（五九）傘
一月二八日	小星	一		（六〇）肩掛と手風琴と
一月二九日		一		
一月三〇日		一		
一月三一日		一		
二月　一日		一		
二月　二日	小星	一		
二月　三日		一		（二六）下駄の歯入
二月　四日	小星	一		
二月　五日	小星	一		（一〇〇）雪後
二月　六日	小星	一		（二七）泉岳寺
二月　七日		一		
二月　八日	小星	一		
二月　九日		一		
二月一〇日		一		
二月一一日	小星	一		
二月一二日		一		
二月一三日		一		
二月一四日		一		

新聞掲載年月日	執筆者	面	英訳	単行本収録
二月一五日		一		
二月一六日	小星	一		（二四七）白拍子
二月一七日		一		
二月一八日	小剣	一		
二月一九日		一		
二月二〇日	小剣	一		
二月二一日	小剣	一		（一〇一）家の番号
二月二二日	小剣	一		（七三）梅花の詩
二月二三日		一		
二月二四日	春坡	一		
二月二五日	小剣	一		
二月二七日	小剣	一		
二月二八日	小剣	一		（八五）大工の棟梁
三月　一日		一		（一三）赤い色
三月　二日	小剣	一		
三月　三日	松軒生	一		
三月　四日	小剣	一		
三月　五日	小剣	一		
三月　六日	小剣	一		
三月　七日	小剣	一		

新聞掲載年月日	執筆者	面	英訳	単行本収録
三月 八日	小剣	一		
三月 九日	つるぎ	一		
三月一〇日	小剣	一		
三月一一日	小剣	一		
三月一二日	春坡	一		
三月一三日	小剣	一		（一五）赤と黒と
三月一四日	小剣	一		（七一）広告
三月一五日	春坡	一		
三月一六日	綿峰	一		
三月一七日	春坡	一		
三月一八日	在大阪 尻馬生	一		
三月一九日	在大阪 尻馬生	一		
三月二〇日	小剣	一		
三月二一日	牛歩生	一		
三月二二日	小剣	一		
三月二三日	在大阪 尻馬生	一		
三月二四日	小剣	一		
三月二五日	小剣	一		
三月二六日	小剣	一		

新聞掲載年月日	執筆者	面	英訳	単行本収録
三月二七日	小剣	一		（五六）帽子
三月二八日	小剣	一		
三月二九日	小剣	一		
三月三〇日		一		
三月三一日	松生	一		
四月 一日	小剣	一		（二五）粗食
四月 二日	小剣	一		
四月 三日	小剣	一		
四月 四日	小剣	一		（八六）桜
四月 五日	小剣	一		（二二）標札
四月 六日	小剣	一		
四月 七日	小剣	一		（二三）飯の皮
四月 八日	小剣	一		
四月 九日	小剣	一		
四月一〇日	小剣	一		
四月一一日	小剣	一		
四月一二日	雪子	一		
四月一三日	松生	一		
四月一四日	松生	一		
四月一五日	於神戸 尻馬乗兵衛	一		

新聞掲載年月日	執筆者	面	英訳	単行本収録
四月一六日	小剣	一		
四月一七日	小剣	一		(一四)反物
四月一八日	小剣	一		(一八)政治家の品性
四月一九日	尻馬生	一		
四月二〇日	松生	一		
四月二一日	小剣	一		(二一)紅顔院
四月二二日	尻馬	一		
四月二三日	小剣	一		
四月二四日	小剣	一		
四月二五日	小剣	一	●	(一六)東京の道路
四月二六日	小剣	一	●	
四月二七日	小剣	一	●	
四月二八日	小剣	一	●	
四月二九日	小剣	一		
四月三〇日	小剣	一	●	(九九)馬夫
五月一日	松生	一		
五月二日		一	●	
五月三日	宝水	一	●	
五月四日	松生	一	●	
五月五日	宝水	一	●	
五月六日	淡菴	一	●	

新聞掲載年月日	執筆者	面	英訳	単行本収録
五月七日		一	●	
五月八日	淡菴	一	●	
五月九日		一		
五月一〇日	宝水	一		
五月一一日	小剣	一	●	
五月一二日	こつるぎ	一	●	
五月一三日	淡菴	一	●	
五月一四日	浩堂	一	●	
五月一五日	小剣	一		
五月一六日	淡菴	一	●	
五月一七日	浩堂	一	●	
五月一八日	淡菴	一		
五月一九日	宝水	一	●	
五月二〇日	小剣	一	●	
五月二一日	小剣	一	●	(六八)墨と硯と
五月二二日	小剣	一		
五月二三日	在大坂 尻馬生	一	●	
五月二四日	淡菴	一	●	
五月二五日	淡菴	一		
五月二六日	宝水	一	●	

新聞掲載年月日	執筆者	面	英訳	単行本収録
五月二七日	松生	一		
五月二八日	松生	一	●	
五月二九日	宝水	一	●	
五月三〇日	松生	一	●	
五月三一日	小剣	一		
六月　一日	小剣	一		
六月　二日	SK	一		
六月　三日	小剣	一	●	
六月　四日	淡菴	一	●	
六月　五日	HH	一	●	
六月　六日	小剣	一		
六月　七日	小剣	一		
六月　八日	松生	一	●	
六月一〇日	小剣	一	●	
六月一一日	小剣	一	●	
六月一二日	小剣	一	●	
六月一三日	小剣	一		
六月一四日	小剣	一	●	(七二)熱い食物
六月一五日	小剣	一	●	(五七)机
六月二三日	小剣	一		(八〇)名所案内札
六月二四日	小剣	一		

新聞掲載年月日	執筆者	面	英訳	単行本収録
六月二五日	小剣	一		(七七)本の表紙
六月二六日	小剣	一		
六月二七日	小剣	一		(一二)雲の形
六月二八日	小剣	一		(一七)活動写真と蓄音機と
六月二九日	小剣	一		
六月三〇日	小剣	一		(七九)葉がき
七月　一日	小剣	一		(四五)動物虐待
七月　二日	小剣	一		(四六)風呂敷
七月　三日	小剣	一	●	
七月　四日	小剣	一	●	
七月　五日	小剣	一	●	
七月　七日	小剣	一	●	(七〇)鶴亀
七月　八日	小剣	一		(六一)街燈
七月　九日	小剣	一		
七月一〇日	小剣	一		(七六)亀井橋
七月一一日	小剣	一		(一九)浴衣
七月一二日	小剣	一		
七月一四日	小剣	一		
七月一五日	小剣	一		(七八)銅貨の力
七月一六日	小剣	一		(六三)画看板
七月一七日	小剣	一		(六二)少年俳優

新聞掲載年月日	執筆者	面	英訳	単行本収録
七月一八日	小剣	一	●	(六六)白い皿
七月一九日	小剣	一	●	
七月二一日	小剣	一		
七月二二日	小剣	一		(一〇二)女の好物
七月二三日	小剣	一		(八七)大阪城
七月二四日	小剣	一		(九〇)夏期講習会
七月二五日	小剣	一		(六五)名著梗概
七月二六日	小剣	一		
七月二八日	小剣	一		(九六)弘法大師
七月二九日	小剣	一		
七月三〇日	小剣	一		
七月三一日	小剣	一		
八月　一日	小剣	一		(九四)水と火と
八月　二日	小剣	一		(九五)隅田川
八月　四日	小剣	一		(九三)人類館
八月　五日	小剣	一		(九七)煉瓦
八月　七日	小剣	一		(九二)生蕃
八月　八日	小剣	一		(八二)社会主義
八月　九日	小剣	一		(八三)団扇の絵
八月一〇日	春坡	一		
八月一二日	小剣	一		

新聞掲載年月日	執筆者	面	英訳	単行本収録
八月一四日	小剣	一		
八月一五日	小剣	一		
八月一六日	小剣	一		(八四)器械
八月一七日	白刃	一		
八月一八日	小剣	一		(八一)簡単
八月二一日	岳南	一		
八月二二日	岳南	一		
八月二三日	岳南	一		
八月二四日	岳南	一		
八月二五日	岳南	一		
八月二六日	岳南	一		
八月二七日	岳南	一		
八月二八日	小剣	一		(五八)子供
八月二九日	愕嘯	一		
八月三〇日	春坡	一		
八月三一日	岳南	一		
九月　一日	岳南	一		
九月　二日	岳南	一		
九月　三日	小剣	一		(四七)猿
九月　四日	小剣	一		
九月　五日	小剣	一		

新聞掲載年月日	執筆者	面	英訳	単行本収録
九月 六日	岳南	一		
九月 七日	春坡	一		
九月 九日	小剣	一		(五〇)ビスケット
九月一〇日	機堂	一		
九月一一日	白鳥	一		
九月一二日	小剣	一		(四八)外国語
九月一三日	岳南	一		
九月一五日	小剣	一		(八八)女服
九月一六日	小剣	一		(五一)汨羅の屈原
九月一七日	岳南	一		
九月一八日	岳南	一		
九月一九日	小剣	一		(四九)中毒
九月二〇日	岳南	一		
九月二二日	岳南	一		
九月二三日	小剣	一		
九月二四日	岳南	一		
九月二五日	小剣	一		
九月二六日	岳南	一		
九月二七日	岳南	一		
九月二八日	潮洲	一		
九月二九日	小剣	一		

新聞掲載年月日	執筆者	面	英訳	単行本収録
九月三〇日	小剣	一		(六七)約束
一〇月 一日	岳南	一		
一〇月 二日	岳南	一	●	
一〇月 三日	小剣	一		(六九)野蛮と文明と
一〇月 四日	岳南	一		
一〇月 五日	岳南	一	●	
一〇月 六日	せう	一		
一〇月 七日	小剣	一	●	(二〇)自働車
一〇月 八日	小剣	一		
一〇月 九日	岳南	一	●	
一〇月一〇日	岳南	一		
一〇月一一日	岳南	一	●	
一〇月一二日	岳南	一	●	
一〇月一三日	小剣	一		
一〇月一四日	岳南	一		
一〇月一五日	岳南	一	●	
一〇月一六日	小剣	一		(四三)乳房
一〇月一七日	小剣	一		
一〇月一八日	岳南	一	●	
一〇月二〇日	小剣	一		(五五)外套
一〇月二一日	岳南	一		

新聞掲載年月日	執筆者	面	英訳	単行本収録
一〇月二二日	岳南	一	●	
一〇月二三日	小剣	一		(四四)徒歩
一〇月二四日	岳南	一	●	
一〇月二五日	小剣	一		
一〇月二七日	岳南	一		
一〇月二九日	岳南	一		
一〇月三一日	小剣	一	●	(九一)大戦争
一一月　三日	小剣	一		(五四)装飾趣味
一一月　六日	小剣	一		
一一月　七日	小剣	一	●	
一一月　八日	小剣	一	●	
一一月一〇日	小剣	一		
一一月一一日	小剣	一		
一一月一二日	小剣	一		(八九)放蕩
一一月一三日	小剣	一		
一一月一四日	骨蝶蟻	一	●	
一一月一五日	小剣	一	●	(五三)甲冑
一一月一七日	小剣	一		
一一月一八日	骨蝶蟻	一	●	
一一月一九日	小剣	一		
一一月二〇日	小剣	一		

新聞掲載年月日	執筆者	面	英訳	単行本収録
一一月二一日	骨蝶蟻	一		
一一月二二日	骨蝶蟻	一	●	
一一月二三日	骨蝶蟻	一	●	
一一月二四日	骨蝶蟻	一		
一一月二五日	骨蝶蟻	一	●	
一一月二六日	小剣	一	●	(五二)橋銭
一一月二七日	小剣	一		(四〇)尭舜の民
一一月二八日	小剣	一	●	
一一月二九日	小剣	一		
一一月三〇日	岳南生	一		
一二月　一日	小剣	一		(三九)茶漬け
一二月　二日	小剣	一		(四一)車夫
一二月　三日	小剣	一		
一二月　四日	小剣	一		
一二月　五日	小剣	一		
一二月　六日	小剣	一	●	(三八)星の名
一二月　八日	小剣	一		(三七)絹帽
一二月　九日	小剣	一		(一一五)着物の裏
一二月一〇日	小剣	一		(三六)柿売り
一二月一一日	小剣	一	●	(三三)腐つた水
一二月一二日	小剣	一	●	(九八)飯の配達

新聞掲載年月日	執筆者	面	英訳	単行本収録
一二月一三日	小剣	一		
一二月一五日	小剣	一		
一二月一六日	小剣	一	●	(三四)半日学校
一二月一七日	小剣	一		(三五)米と野菜と
一二月一八日	小剣	一	●	(二九)金蒔絵の重箱
一二月一九日	骨蝶蟻	一		
一二月二〇日	小剣	一		
一二月二二日	小剣	一	●	(三一)卒塔婆小町
一二月二三日	小剣	一		(二四)歳暮
一二月二四日	小剣	一		(三〇)俗語の力
一二月二五日	小剣	一		
一二月二六日	小剣	一	●	(二八)婦人気質
一二月二七日	小剣	一	●	(三三)ハイカラー
一二月二八日	小剣	一		
明治三七年				
一月　六日	小剣	一		
一月　七日	小剣	一		
一月　八日	小剣	一		(一二一)奈良漬
一月　九日	小剣	一		(四二)富士山
一月一二日	けん	一		
一月一三日	小剣	一		

新聞掲載年月日	執筆者	面	英訳	単行本収録
一月一五日	小剣	一		
一月一六日	小剣	一		(一二五)比喩
一月一七日	小剣	一		(一二〇)江戸ッ児
一月二五日	一笑生	一		
一月二七日	小剣	一		(一三三)長方形
一月二八日	小剣	一	●	
一月二九日	小剣	一	●	(七四)村落の集合
一月三〇日	小剣	一		(七五)ヴアールと被衣と
一月三一日	小剣	一		
二月　三日	小剣	一	●	
二月　四日	小剣	一	●	
二月　六日	小剣	一		
二月　七日	けん	一		
二月　九日	小剣	一		
三月　五日	小剣	一	●	
三月　七日	小剣	一		
三月　八日	小剣	一		(六四)錣ぴき
三月　九日	小剣	一		
三月一〇日	小剣	一		(一二二)撃剣と相撲と
三月一一日	小剣	一		(一二六)夏草
三月一二日	小剣	一		(一二三)鷲、鷹、鳩

新聞掲載年月日	執筆者	面	英訳	単行本収録
三月一三日	小剣	一		（一二四）芸妓の着物
三月一四日	小剣	一		
三月一五日	小剣	一		（一二八）一種の美術
三月一六日	小剣	一		（一三〇）勇士
三月一七日	小剣	一		（一〇三）戦争の出世
三月一八日	小剣	一		（一三一）宴会
三月一九日	小剣	一		（一二七）野獣
三月二〇日	小剣	一		（一四一）本能寺
三月二二日	小剣	一		（一〇四）人と黴菌との戦争
三月二三日	小剣	一		（一四二）万物の霊
三月二四日	小剣	一		（一四三）人間と天然との戦争
三月二六日	朴堂	一	●	
三月二七日	朴堂	一		
三月二九日	小剣	一		
三月三〇日	小剣	一		（一三五）大著述
三月三一日	小剣	一		
四月　一日	小剣	一		（一四四）項羽
四月　二日	小剣	一		（一三七）三十女の花簪
四月　三日	小剣	一		
四月　五日	小剣	一		（一四五）辻車

新聞掲載年月日	執筆者	面	英訳	単行本収録
四月　六日	小剣	一		（一三六）花売り
四月　七日	小剣	一		（一二九）桜の花
四月　八日	小剣	一		（一四〇）桜の実
四月　九日	小剣	一		（一三八）横町の隠居
四月一〇日	小剣	一		（一三四）向島
四月一一日	孤瓢	一		
四月一二日	小剣	一		（一三九）柳と桜と
四月一三日	小剣	一		（一三二）甘味と赤色と
四月一四日	小剣	一		
四月一七日	小剣	一		（二一八）神主の昼寝
四月一八日	孤瓢	一		
四月一九日	小剣	一		（二三〇）植物園
四月二〇日	小剣	一		（一一二）辣薑の皮
四月二一日	小剣	一		（二一九）下宿屋楼上
四月二二日	小剣	一		
四月二三日	小剣	一		（二三五）柳
四月二四日	小剣	一		
四月二五日	禾火	一		
四月二六日	回天	一		
四月二七日	小剣	一		（二一五）菫
四月二八日	小剣	一		（二一七）蝶と蜂と

新聞掲載年月日	執筆者	面	英訳	単行本収録
四月二九日	小剣	一		
四月三〇日	小剣	一		(二〇〇)子供の身体
五月　一日	小剣	一		(一八九)植木と鳥と
五月　二日	孤瓢	一		
五月　三日	小剣	一		
五月　四日	小剣	一		(二〇四)武田上杉
五月　五日	小剣	一		
五月　六日	小剣	一		(二一一)九牛の一毛
五月　七日	小剣	一		(一〇九)桃太郎
五月　八日	小剣	一		(一〇七)牡丹と躑躅と
五月　九日	孤瓢	一		
五月一〇日	小剣	一		(二〇一)アレキシーフ
五月一一日	小剣	一		(二〇二)蝙蝠傘
五月一二日	小剣	一		(二〇五)前だれ
五月一三日	小剣	一		
五月一四日	小剣	一		(一〇八)敵
五月一五日	小剣	一		(二〇七)東京言葉
五月一六日	孤瓢	一		
五月一七日	小剣	一		(一一〇)動物性
五月一八日	朴堂	一		
五月一九日	朴堂	一		

新聞掲載年月日	執筆者	面	英訳	単行本収録
五月二一日	小剣	一		(二一二)水引
五月二二日	小剣	一		
五月二三日	孤瓢	一		
五月二四日	小剣	一		(二八六)活花の師匠
五月二五日	小剣	一		
五月二六日	朴堂	一		
五月二七日	小剣	一		(一九二)雄弁家
五月二八日	小剣	一		
五月二九日	小剣	一		
五月三〇日	剣菱	一		
五月三一日	回天生	一		
六月　一日	小剣	一		(二八五)蚊帳
六月　二日	格堂	一		
六月　三日	小剣	一		
六月　四日	小剣	一		(一九八)家康
六月　五日	小剣	一		
六月　七日	小剣	一		(三二一)梅雨
六月　八日	小剣	一		
六月　九日	格堂	一		
六月一一日	孤瓢	一	●	
六月一五日	小剣	一		(一九四)西洋婦人の奴傘

新聞掲載年月日	執筆者	面	英訳	単行本収録
六月一六日	小剣	一		
六月一七日	小剣	一		(一七九)地球
六月一八日	小剣	一		
六月一九日	小剣	一		(一九七)豊太閤
六月二〇日	孤瓢	一		
六月二二日	小剣	一		
六月二三日	小剣	一		
六月二四日	小剣	一		(一九三)征伐
六月二五日	格堂	一		
六月二六日	小剣	一		
六月二七日	孤瓢	一		
六月二八日	小剣	一		(二〇六)蝉
六月二九日	小剣	一		(一九〇)蚊
六月三〇日	格堂	一		
七月　一日	小剣	一		(一九六)京都の女と東京の女と
七月　二日	小剣	一		(一八六)モスリン友染
七月　三日	小剣	一		
七月　四日	孤瓢	一		
七月　五日	小剣	一		(一八五)円いもの
七月　六日	小剣	一		

新聞掲載年月日	執筆者	面	英訳	単行本収録
七月　七日	小剣	一		
七月　八日	小剣	一		(一七五)赤のかすり
七月　九日	小剣	一		
七月一〇日	小剣	一		(一〇六)産婆
七月一一日	孤瓢	一		
七月一二日	小剣	一		(一八八)軍旗
七月一三日	小剣	一		(一八七)お布施
七月一四日	小剣	一		(二〇八)晩飯のさしみ
七月一五日	小剣	一		(一七六)零番
七月一六日	小剣	一		(一八一)赤い提灯
七月一七日	小剣	一		
七月一八日	孤瓢	一		
七月一九日	小剣	一		
七月二〇日	小剣	一		
七月二一日	小剣	一		
七月二二日	小剣	一		(一七七)火
七月二三日	小剣	一		(一六二)日傘
七月二四日	小剣	一		
七月二五日	禾	一		
七月二六日	小剣	一		
七月二八日	小剣	一		(一七三)寄席

新聞掲載年月日	執筆者	面	英訳	単行本収録
七月二九日	小剣	一		(二二三)悪罵
七月三〇日	小剣	一		
七月三一日	小剣	一		
八月　一日	孤瓢	一		
八月　四日	小剣	一		(一八〇)団扇と扇と
八月　六日	小剣	一		(一七八)立ン坊
八月　七日	小剣	一		
八月　九日	小剣	一		(二一六)リボン
八月一〇日	小剣	一		
八月一一日	小剣	一		
八月一二日	小剣	一		
八月一四日	小剣	一		(二三一)大将
八月一五日	小剣	一		(二三二)俳優の死
八月一七日	小剣	一		(二三七)金の力
八月一八日	小剣	一		(二三六)二年兵役
八月一九日	小剣	一		(一一三)軍艦内の美少年
八月二〇日	小剣	一		
八月二一日	小剣	一		
八月二五日	小剣	一		(二二四)鶏
八月二六日	小剣	一		
八月二八日	小剣	一		(一九五)空論

新聞掲載年月日	執筆者	面	英訳	単行本収録
八月二九日	菱生	一		
八月三〇日	小剣	一		(一六七)芸術家の奮戦
八月三一日	小剣	一		
九月　一日	小剣	一		
九月　二日	小剣	一		(一六九)士官
九月　三日	小剣	一		(一六八)トルストヰ翁の子
九月　四日	小剣	一		(一〇五)孔雀の尾の蓑
九月　六日	小剣	一		
九月　八日	小剣	一		(一八二)もり蕎麦
九月　九日	小剣	一		(一七一)役人
九月一〇日	小剣	一		(一七二)露骨の趣味
九月一一日	小剣	一		
九月一四日	小剣	一		
九月一七日	小剣	一		(二四四)美食
九月一八日	小剣	一		(二四三)鉢巻
九月二〇日	小剣	一		
九月二二日	春坡	一		
九月二三日	小剣	一		(二四〇)秋の登山
九月二四日	浩堂	一		
九月二五日	小剣	一		
九月二七日	小剣	一		(二四一)美人

新聞掲載年月日	執筆者	面	英訳	単行本収録
九月二八日	大	一		
九月二九日	小剣	一		(二三八)写真と絵画と
一〇月　七日	小剣	一		(二三九)同一の軌道
一〇月　八日	小剣	一		
一〇月　九日	小剣	一		(二四二)長い行列
一〇月一〇日	孤瓢	一		
一〇月一一日	小剣	一		(二三六)西太后
一〇月一二日	小剣	一		(二三七)海老茶の袴
一〇月一三日	小剣	一		
一〇月一四日	小剣	一		(二三三)電話
一〇月一五日	小剣	一		(二三五)松茸
一〇月一六日	小剣	一		(二三二)弥縫策
一〇月一八日	小剣	一		(二一三)釣と網と
一〇月一九日	小剣	一		
一〇月二〇日	小剣	一		(二三一)優しい論文
一〇月二一日	小剣	一		
一〇月二二日	春坡	一		
一〇月二三日	小剣	一		(一一四)間食
一〇月二五日	小剣	一		
一〇月二六日	小剣	一		
一〇月三一日	春坡	一		

新聞掲載年月日	執筆者	面	英訳	単行本収録
一一月　一日	春坡	一		
一一月　二日	小剣	五		(一五〇)菊の花
一一月　三日	小剣	一		
一一月　四日	小剣	一		(二〇三)美人と力士と
一一月　六日	小剣	一		(二一四)公園
一一月　九日	小剣	一		(二三四)石橋
一一月一〇日	小剣	一		
一一月一一日	小剣	一		
一一月一二日	小剣	一		
一一月一三日	小剣	一		
一一月一五日	小剣	一		(二二八)一貫
一一月一六日	小剣	一		(二一〇)愚妻
一一月一七日	小剣	一		
一一月一八日	小剣	一		
一一月一九日	小剣	一		
一一月二〇日	小剣	一		
一一月二二日	小剣	一		
一一月二三日	小剣	一		(一九九)野獣的紳士
一一月二四日	小剣	一		(一四六)癲狂院
一一月二五日	小剣	一		(一四九)鴨
一一月二六日	小剣	一		(一四七)人情の自然

新聞掲載年月日	執筆者	面	英訳	単行本収録
一一月二七日	小剣	一		(一五一)愛
一一月二八日	瓢	一		
一一月二九日	小剣	一		(一四八)笑
一一月三〇日	小剣	一		(一五二)騎馬巡査
一二月 一日	小剣	一		
一二月 三日	小剣	一		
一二月 四日	小剣	一		
一二月 五日	菱生	一		
一二月 六日	小剣	一		(一五七)焼芋
一二月 七日	小剣	一		(一五四)少女の服飾
一二月 八日	小剣	一		(一五三)ダダーヤ、ガマーヤ
一二月 九日	小剣	一		
一二月一〇日	小剣	一		
一二月一一日	小剣	一		(一五六)礼服
一二月一二日	菱生	一		
一二月一三日	小剣	一		
一二月一四日	小剣	一		(一五八)道者
一二月一五日	小剣	一		(一五九)雪の日
一二月一六日	小剣	一		
一二月一七日	小剣	一		

新聞掲載年月日	執筆者	面	英訳	単行本収録
一二月一八日	小剣	一		(一五五)えらい細君
一二月一九日	生菱	一		
一二月二〇日	菱生	一		
一二月二一日	小剣	一		(一六一)盲人の眼鏡
一二月二二日	小剣	一		(一六六)芸人
一二月二三日	小剣	一		(一六三)善良の父
一二月二四日	小剣	一		(一六四)ヒーロー
一二月二五日	小剣	一		
一二月二六日	菱生	一		
一二月二七日	小剣	一		
一二月二八日	小剣	一		(一六五)水仙
一二月二九日	小剣	一		
一二月三一日	小剣	一		
明治三八年				
一月 七日	小剣	一		
一月 八日	小剣	一		(一七〇)紅白
一月一〇日	菱生	一		
一月一一日	小剣	一		
一月一三日	小剣	一		
一月一四日	小剣	一		(二四六)手袋
一月一五日	小剣	一		(二六〇)花屋

新聞掲載年月日	執筆者	面	英訳	単行本収録
一月一七日	小剣	一		(二五〇)狐と犬と
一月一八日	小剣	一		(二五三)チース
一月二〇日	小剣	一		(二五六)政府の作つた短篇小説
一月二一日	小剣	一		(二五四)河合と芝翫と
一月二二日	小剣	一		
一月二四日	小剣	一		(二五五)活花
一月二五日	小剣	一		(二五二)源氏節と浪花節と
一月二六日	小剣	一		(一一五)着物の裏
一月二七日	小剣	一		(一一六)自慢
一月二八日	小剣	一		
一月二九日	小剣	一		
一月三一日	小剣	一		(二六一)箱と桶と
二月　一日	小剣	一		(二五九)梅の樹
二月　二日	小剣	一		(二五七)蛆虫
二月　三日	小剣	一		(二五八)八公の詩想
二月　四日	小剣	一		(二五一)海苔巻
二月　五日	小剣	一		
二月　七日	菱生	一		
二月　八日	小剣	一		(二六二)人形芝居
二月　九日	小剣	一		(二六三)月

新聞掲載年月日	執筆者	面	英訳	単行本収録
二月一〇日	小剣	一		(二六四)真珠のやうな米粒
二月一一日	小剣	一		(二六五)でこぼこ
二月一二日	小剣	一		
二月一四日	小剣	一		(二六六)戦争絵
二月一五日	小剣	一		
二月一六日	小剣	一		
二月一七日	小剣	一		(二七七)袴
二月一八日	小剣	一		(二七四)妙な空想
二月一九日	小剣	一		(二七三)病車夫
二月二一日	小剣	一		(二六八)月見蕎麦
二月二二日	小剣	一		(二六七)支那の書物
二月二四日	小剣	一		(二七五)虱
二月二五日	小剣	一		(二七六)曳くもの、押すもの
二月二六日	小剣	一		
二月二八日	小剣	一		(二六九)鴉と鶴と
三月　一日	小剣	一		(一六〇)退歩
三月　三日	春坡	一		
三月　四日	小剣	一		
三月　五日	小剣	一		(二七八)聖書の訳文
三月　七日	小剣	一		(二七二)夜が明けたやう

新聞掲載年月日	執筆者	面	英訳	単行本収録
三月　八日	小剣	一		(二七九)空気と水と
三月一〇日	小剣	一		
三月一一日	小剣	一		(一八四)星
三月一二日	小剣	一		(一一七)少女の手筐
三月一四日	小剣	一		(二八三)友染の座蒲団
三月一五日	小剣	一		(二八〇)先進者
三月一七日	小剣	一		
三月一八日	小剣	一		(二八七)巴里と倫敦と
三月一九日	小剣	一		(二七一)画題
三月二一日	小剣	一		(二七〇)跣足
三月二二日	小剣	一		
三月二三日	小剣	一		(一一八)錠
三月二四日	小剣	一		(二八二)ひさし髪
三月二五日	小剣	一		(二八一)羽織の紐
三月二六日	小剣	一		(二八八)字入新聞
三月二八日	小剣	一		(二八四)礼儀
三月二九日	小剣	一		(一八三)高等便所
三月三〇日	小剣	一		(一一九)豆腐
三月三一日	小剣	一		(二八九)大男と小男と
四月　一日	小剣	一		(二九〇)三人の少年
四月　二日	小剣	一		(二九二)昼寝

新聞掲載年月日	執筆者	面	英訳	単行本収録
四月　四日	小剣	一		
四月　六日	小剣	一		
四月　七日	小剣	一		
四月　八日	小剣	一		(二四五)陳腐
四月一一日	小剣	一		
四月一二日	小剣	一		(二九一)洗濯屋と炭屋と
四月一三日	小剣	一		
四月一四日	小剣	一		
四月一五日	小剣	一		
四月一六日	小剣	一		(二三〇)上野の花
四月一八日	小剣	一		(三〇八)餓死と飽死と
四月一九日	小剣	一		(三〇四)米の料理
四月二〇日	小剣	一		(三〇五)緋の袴
四月二一日	小剣	一		(二四八)夢と病気と
四月二二日	小剣	一		(二九三)朝露
四月二三日	小剣	一		(三〇六)食物の快楽
四月二五日	菱生	一		
四月二六日	小剣	一		(二二九)所天
四月二七日	小剣	一		(二九九)帽子、杖
四月二八日	小剣	一		(二四九)結婚
四月二九日	小剣	一		

新聞掲載年月日	執筆者	面	英訳	単行本収録
四月三〇日	小剣	一		(二九四)女の元禄姿
五月　二日	小剣	一		(二九八)福沢先生の墓
五月　三日	小剣	一		(二九五)芝居の悪人
五月　四日	小剣	一		(二九七)動物
五月　五日	小剣	一		(二九六)日比谷公園
五月　六日	小剣	一		(三〇〇)希望
五月　七日	小剣	一		(三〇七)男帯
五月　九日	小剣	一		(三〇三)板一枚
五月一〇日	小剣	一		(三〇二)日本の仮名
五月一一日	小剣	一		(三〇一)躑躅
五月一二日	小剣	一		(三〇九)弁当
五月一三日	小剣	一		(一七四)牡丹
五月一四日	小剣	一		(三一〇)筍
五月一六日	小剣	一		(三一一)サボンの泡
五月一七日	小剣	一		(三一二)ほゝづき
五月一八日	小剣	一		(三一四)葉がきの表
五月一九日	小剣	一		
五月二〇日	小剣	一		(三一三)草原
五月二一日	小剣	一		
五月二三日	小剣	一		(三一五)元禄風
五月二四日	小剣	一		
五月二五日	小剣	一		(三一五)頬の色
五月二六日	小剣	一		
五月二七日	小剣	一		
五月二八日	小剣	一		
五月三〇日	小剣	一		
五月三一日	小剣	一		
六月　一日	小剣	一		(三一六)祝辞、弔文
六月　二日	小剣	一		(三一八)月代
六月　三日	小剣	一		(三一七)小説の場面
六月　四日	小剣	一		(三一九)詩人
六月　六日	小剣	一		
六月　七日	小剣	一		(三二〇)赤
六月　八日	小剣	一		(三二一)梅雨
六月　九日	小剣	一		(三二二)語学
六月一〇日	小剣	一		(三二三)イヤなもの
六月一一日	小剣	一		(三二四)一日の保養
六月一三日	小剣	一		
六月一四日	小剣	一		(三二六)日蓮宗
六月一五日	小剣	一		(六)臆断
六月一六日	小剣	一		
六月一七日	小剣	一		(三五一)便宜

新聞掲載年月日	執筆者	面	英訳	単行本収録
六月一八日	小剣	一		(一一)蓮の花
六月二〇日	小剣	一		(五)山王祭
六月二一日	小剣	一		
六月二二日	小剣	一		(三四九)枇杷のタネ
六月二三日	小剣	一		(八)硝子瓶
六月二四日	小剣	一		(三五〇)裾模様
六月二五日	小剣	一		(九)床屋
六月二七日	小剣	一		(三四七)シルコ
六月二八日	小剣	一		(一〇)聖人の罪悪
六月二九日	小剣	一		(三四八)娯楽
六月三〇日	小剣	一		(三四六)運転手
七月一日	小剣	一		(四)蛍
七月二日	小剣	一		(三四四)紫陽花
七月四日	小剣	一		(三四五)源氏節
七月五日	小剣	一		(三四三)下水の河
七月六日	小剣	一		
七月七日	小剣	一		(三四二)老人と公園と
七月八日	小剣	一		(三四一)宇宙
七月九日	菱生	一		
七月一〇日	月生	一		
七月一一日	小剣	一		(二)鯛と蚊と

新聞掲載年月日	執筆者	面	英訳	単行本収録
七月一二日	小剣	一		(三四〇)模倣
七月一三日	小剣	一		
七月一四日	小剣	一		(三三九)あんぱん
七月一五日	小剣	一		
七月一六日	小剣	一		(七)西洋の婦人服
七月一八日	小剣	一		(三三八)西洋の筆
七月一九日	小剣	一		
七月二〇日	小剣	一		(一)真鯉緋鯉
七月二一日	小剣	一		(三三七)和洋折衷
七月二二日	小剣	一		
七月二三日	小剣	一		(三三六)高利貸し
七月二五日	小剣	一		(三三五)飛白の国旗
七月二七日	小剣	一		
七月二八日	小剣	一		
七月二九日	小剣	一		(三)蝶
七月三〇日	小剣	一		(三三四)滅多に無い
八月一日	小剣	一		(三三二)老婆
八月二日	小剣	一		
八月三日	小剣	一		(三三一)西洋音楽
八月四日	小剣	一		(三三〇)桃われ
八月五日	小剣	一		

新聞掲載年月日	執筆者	面	英訳	単行本収録
八月　六日	小剣	一		(三三三)けんてん
八月　八日	小剣	一		(三一九)黒塗りの馬車
八月　九日	小剣	一		(三一八)壮士
八月一〇日	小剣	一		(三一七)宝丹水
八月一一日	小剣	一		
八月一二日	小剣	一		
八月一三日	小剣	一		
八月一五日	小剣	一		
八月一六日	小剣	一		
八月一七日	小剣	一		
八月一八日	小剣	一		(一九一)五月の鯉
八月二〇日	小剣	一		
八月二二日	小剣	一		
八月二三日	小剣	一		(二〇九)長計
八月二四日	小剣	一		
八月二六日	小剣	一		
八月二七日	小剣	一		
八月三〇日	小剣	一		
九月　一日	小剣	一		
九月　二日	小剣	一		
九月　三日	小剣	一		
九月　五日	小剣	一		
九月　六日	小剣	一		
九月　八日	小剣	一		
九月　九日	小剣	一		
九月一〇日	小剣	一		
九月一三日	小剣	一		
九月一五日	菱生	一		
九月一九日	小剣	一		
一〇月一〇日	小剣	一		
一〇月一一日	小剣	一		
一〇月二九日	小剣	一		
一〇月三〇日	小剣	一		
一〇月三一日	小剣	一		
一一月　一日	小剣	五		
一一月　八日	小剣	五		
一二月　一日	小剣	五		
一二月　二日	小剣	五		
一二月　六日	小剣	五		
一二月　七日	小剣	五		
一二月　八日	小剣	五		
一二月一四日	小剣	五		

上司小剣と野村胡堂

――野村胡堂宛上司小剣書簡を中心に――

一、はじめに

上司小剣は「おもかげ草紙」（『レコード』第2巻6号、昭和6年6月1日発行）の中で、「あらえびす」の人となりについて、次のように語っている。

あらえびす氏と語る時、玲瓏月の如き感じを催す。人格の輝きであらう。非常に細い線が、しじゆう張り切つてゐるところに、氏の芸術的天分を窺ふことができる。新聞社で縁の下の力持ちのやうな仕事をしてゐなかつたら、もつと早く、作家として大成した人であらう。大衆作家として、堂々と一流の道を歩み初めたのは、まだ昨今のことながら、早くも鬱然たる大家の風格を備へて来た。

周知の通り「あらえびす」というのは、「銭形平次」の作者として有名な野村胡堂のことである。

野村胡堂は、明治十五年十月十五日、岩手県紫波郡彦部村に、農業を営む父長四郎と母まさの次男として生まれた。上司小剣は明治七年十二月十五日に生まれているから、野村胡堂は上司小剣の八歳下ということになる。胡堂の本名は長一《おさかず》。明治三十年に岩手県立盛岡中学校に入学。この年、上司小剣は読売新聞社に入社している。明治四十年、野村胡堂は東京帝国大学法科に入学するが、中退。明治四十五年に報知新聞社に入社した。大正三年、人物評論「人類館」を『報知新聞』に連載し、〝胡堂〟というペンネームを用いるようになった。大正三年と言えば、上司小剣が「髑の皮」（『ホトトギス』第17巻4号、大正3年1月1日発行）で、文壇で広く認められた年である。野村胡堂が作家となるのはもう少し後で、大正十三年からは〝あらえびす〟のペンネームで、レコード評論家として活躍した。昭和期に入って、野村胡堂は創作活動を本格的に開始。昭和六年『文藝春秋〈オール読物号〉』の創刊にあたり、「銭形平次」を発表した。以後昭和三十二年までの二十六年間、「銭形平次」の物語を長短併せて三百八十三篇を書き続けた。

上司小剣は、前掲の「おもかげ草紙」の中で、続けて「報知新聞の『ユモレスク』だけで、氏を識つてゐた頃の私は、恥かしながら、氏をば、文章の人、芸術の人として、かくまでにすばらしさをもつてゐるとは思はなかつた」「『人は見かけによらぬもの』といふ言葉はあるか《ママ》、氏の場合は真に『見かけによらぬもの』で、デリケートに、張り切つてゐて、しかも柔かみのある氏の人格に触れながら、氏の芸術を知らなかつたのは、私の不明であつた」と述べている。

上司小剣は、野村胡堂の「文章の人」「芸術の人」としての資質よりも先に、「柔かみのある氏の人格に触れ」ていたのである。つまり、野村胡堂が小説家として活躍する以前から、既に上司小剣は野村胡堂と「人格に触れ」るようなつきあいをしていた。

しかし、在来の年譜では正宗白鳥との出会いや、幸徳秋水や堺利彦などの社会主義者たちとの交流については言及されているが、上司小剣と野村胡堂の関係については一切触れられていない。また、槍田良枝が『近代文学研究叢書第六十二巻』（平成元年6月5日発行、昭和女子大学近代文化研究所）の中で、上司小剣の生涯や業績について書いているが、そこにも野村胡堂の名は出てこない。

上司小剣と野村胡堂の親交について触れているのは、太田愛人の『野村胡堂・あらえびすとその時代』（平成15年9月25日発行、教文館）である。太田愛人は、「レコード交友録」「旧友・上司小剣」の項で、「胡堂と親しかった菊池寛、吉川英治らが戦争協力の姿勢をとる中で、和服一辺倒の胡堂は静かな抵抗を示していた。上司とは音楽を介しての友だけでなく、時局に迎合しない仲間として交流を続けていたのである」「上司との交友が胡堂を論じるにあたって見逃すことができないのは、レコードを介しての交友だけでなく、戦時中といえどもリベラリストとしての姿勢を保ち続けた胡堂の立場を考える上で、大切なことであった」と述べている。

その野村胡堂は「蓄音機友達」「上司小剣氏（一）」「上司小剣氏（二）」（『胡堂百話』昭和34年11月10日発行、角川書店）で、上司小剣について、「蓄音機を通じての友達は、四十年間に、ずいぶん出来た」「その中で終始変らなかったのは、上司小剣氏が一番であろう」と述べ、「レコード・ファンというと、妙な新らしがり屋ばかりと思われがちだが、上司小剣氏は、その中にあって、すこぶる印象的だった」「内省的で、孤高で、そしていくらか反逆的で、同じ時代の自然派のジメジメした作品の中で、ひとり、背骨がシャンとしていた」という。そして、上司小剣が相手の家であっても自分の家であっても決して玄関まで自動車で乗り付けないエチケットを心得ていたことや、藤枝義江の楽壇デビューの後援を頼まれた際に招待券で行ったのでは後援にならないからと自分でキップを買って行ったエピソードなどを紹介し、「上司小剣氏について、私が特に書きたいのは、こういった、つつましい人柄についてである」と記している。

ここでも、野村胡堂が強調して書いているのは、上司小剣の「つつましい人柄」である。

では、上司小剣と野村胡堂はいつどのようにして、お互いの「人格」や「人柄」に触れるような人間関係を築いていったのであろうか。

野村胡堂宛上司小剣書簡が、封書とはがきを合わせて百二十八通、野村胡堂・あらえびす記念館に所蔵されている。日付が記されていないものや消印が薄くて判読不可能なものも多いが、いつの書簡か確認出来る限りで最も古いものは大正十三年、一番新しいものは昭和二十二年である。これらの約二十五年分の書簡から上司小剣と野村胡堂の交友関係を探ってみたい。なお、引用書簡中の□印は判読出来なかった箇所である。

二、蓄音機とレコード

野村胡堂が「蓄友上司小剣氏を惜む」(『面会謝絶』昭和26年12月5日発行、乾元社)で、「私と上司氏との交際は、蓄音機道楽に始まつた」と述べている。

また、上司小剣も「二月の回顧」(『レコード』第3巻2号、昭和7年2月1日発行)において、「偏狭と言はれるのを、むしろ誇りとする私の生活には、もと〱友人といふもの丶乏しい上に、幾人かあつたその少い友人達も、一人二人と離れ去つて、いまは親しくする人の数が片手の指を屈するにも足りない。しかし、蓄音器友だちだけは、どれもこれも皆い丶人である。その中でも、殊にあらえびす大人は、どうやら私と同じやうに、キチンとした折目正しい生活をする人らしく、この人となら、いつまでも変らずに付き合つて行けさうな気がしている」という。

両者の共通の趣味であった「蓄音機道楽」が上司小剣と野村胡堂を結びつけ、「蓄音機道楽」を通じてお互いの人となりを知ることになり、二人の親交は深まっていったのであろう。書簡の内容は蓄音機とレコードの話題がほとんどである。

共通の趣味を介しての野村胡堂との交流がいつ頃から行なわれていたかを考える上で、上司小剣の「蓄音機道楽」がいつ始まったのか、ここで確認しておく必要があるであろう。

上司小剣の「レコード図書館を設立したい」（『蓄音機読本』昭和11年6月20日発行、文学界社出版部）によると、上司小剣が「初めて蓄音機なるものを手に入れたのは」、「大正の二三年頃」で、「神田の連雀町で朝顔形のラッパの付いた大阪出来の粗末な機械を、忘れもせぬ金二十二円かで買つて来たのであつた」という。

この頃は、作家・上司小剣にとって、非常に充実した時期であったと言えよう。大正三年一月、『ホトトギス』に発表した「鱧の皮」が文壇でもてはやされ、作家として確固たる地位を得た上司小剣は、意欲的に創作活動を展開した。そして、『鱧の皮〈現代文芸叢書第四十一篇〉』（大正3年9月15日発行、春陽堂）や『父の婚礼』（大正4年3月18日発行、新潮社）、随筆集『小ひさき窓より』（大正3年3月23日発行、大同館書店）などを相次いで刊行したのである。このような大正三年における作家としての成功もあって、上司小剣は蓄音機という趣味を持つようなゆとりが出来たのではないだろうか。

しかし、上司小剣が本格的に蓄音機にのめり込んでいったのは、「大地震の翌年あたりから」らしい。先の「レコード図書館を設立したい」には、次のようにある。

　大地震の翌年あたりから、私の蓄音機病はなか〳〵の重態となり、どうもヴイクターは丈夫一式で、余韻に乏しく、その上モーターの出来上りが粗雑だと気づいて、外国の雑誌なぞで、いろ〳〵研究した揚句、ヱヂソンはよいが上下振動だから困るし、水平振動では、エオリアンボカリオンと、ブランスヰツクとがよいといふことを確かめ、そのいづれかの高級機械を手に入れたいものだと思つてゐたところ、幸ひにも友人で音楽批評家の伊庭孝氏が、ブランスヰツク東京代理店の坂齋匡氏を紹介してくれたので、初めて一台の高級機（定価千円）といふのを手に入れ、その音色の優秀なのに舌を巻いたのであつた。〈中略〉

どうも私は、機械の方に熱中し過ぎる方で、レコードの蒐集は割り合ひに緩慢だが、それでも五百枚ぐらゐには達して、今は容易に手に入らぬ珍品も二枚や三枚は持つてゐる。

「大地震の翌年あたり」すなわち大正十三年あたりと言えば、野村胡堂が〝あらえびす〟のペンネームで『報知新聞』にレコード評論を書き始めた時期である。また、野村胡堂宛上司小剣書簡も一番古いものが大正十三年である。

野村胡堂宛上司小剣書簡のうち、封筒が欠けていて、中身しか残っていないものがある。上司小剣が「七月一日」と記しているが、消印を確認できないため、何年の「七月一日」かわからない。しかし、書簡の中で上司小剣が「モジユヒン氏の会の入場券をお贈り下さいまして有りがたう存じます」と述べている。この「モジユヒン氏の会」とは、大正十三年八月、報知新聞社がロシアの世界的声楽家モジュヒンを招聘して行われた音楽会のことである。『報知七十年』（昭和16年6月10日発行、報知新聞社）によると、「モジユヒンは日本にはじめて来た世界的バスの歌手であり、我国第一流の音楽家達は、毎会熱心な研究態度をもつて出席するという有様で」あったという。したがって、「七月一日」と記された先の封書は、大正十三年七月一日に出されたものと断定してもよい。上司小剣は、野村胡堂にもらった「入場券」で八月二十一日に聴きに行ったらしい。消印は判読出来ないが、先の封書と同様大正十三年に出されたものと推定される「八月二十二日」の封書には、「昨日ハありがたうございました。モジユヒンを初めて聴いて、感心いたしました。舞台のドアが開いてゐる時、あなたのお姿も拝見したやうでした」とある。

また、上司小剣は同じ大正十三年八月二十二日の封書で、レコードについても、次のように書いている。

スパニツシユハ銀座にありました。実は三田のふさ屋といふ家（丁度牛込のみどり屋のやうな狭い店です）で、コロンビアの取次をしてゐまして、パセチツクもそこで求めたものですから、早速便をやりますと、『スパニツシユダンスなんて、コロンビアにはありません』といふ返辞なのです。手もとのカタログをしらべればよかつたのですが、若しやほかのおまちがひではないかと思つて、お尋ねなんかして、お手数をかけました。ふさ屋でハ可なり多くの品かずをおいて居りますし、機械も並べてゐますから、もう少し知つてゐるやうに思つたのでございました。

上司小剣は大正十三年八月七日の封書で「スパニツシユダンスはほしいと思つております」と言っていた。どうやら野村胡堂の情報を頼りに「スパニツシユダンス」を探したところ、「ふさ屋」が『スパニツシユダンスなんて、コロンビアにはありません』と言ったので、再び野村胡堂に「スパニツシユダンス」について照会したようだ。

このように、音楽会の招待やレコードに関するやりとりが、大正十三年の時点で既に行われていたのである。前掲の野村胡堂の「蓄友上司小剣氏を惜む」には「私と上司氏との交際は、蓄音機道楽に始まつた」とあるだけで、上司小剣と野村胡堂がいつどのようにして知り合ったのか、具体的な日付や二人が初めて出会ったいきさつなどはわからない。しかし、上司小剣と野村胡堂のエッセイの記述や書簡の内容から、上司小剣の「蓄音機病がなか〳〵重態とな」った大正十三年あたりには、既に二人の「蓄友」としての交際は始まっていたのである。

上司小剣と野村胡堂の「蓄友」としての交際は、書簡で蓄音機やレコードについての情報を交換するだけではなかった。

野村胡堂は、自分がレコード蒐集で利用していたレコード店に、上司小剣を案内した。その時のことを、上司小剣が先の「二月の回顧」において、「大衆作家の人気者として、将た新聞記者の故参として、お忙しい年末の或る日を、あらえびす氏は、特に私のために、半日を割いて、神田の古レコード屋を六軒、タクシーを飛ばして案内してくれた」、「ある古レコード屋では、二階がダンスホールになつてゐて、ドタバタと足音が響いてゐたが、突然階子段を踏み鳴らして、川端康成氏が下りて来た。この人と私は初対面であつた。しばらくストーブを囲んで話した」と語っている。

また、上司小剣と野村胡堂は互いの家で頻繁に音楽鑑賞会も行っていた。書簡には、上司小剣が野村胡堂宅を訪問する際に書いた「二十一日午後伊庭氏同道参上いたします」（年未詳4月18日はがき）や上司小剣が野村胡堂を自宅に招待した「五月六日は私共がブランスヰツク蓄音機購入の一周年にあたりますので、些か記念の賀苑を催したく、午後一時より七時迄（上司宅）仝七時半より夜半まで（伊庭宅）へ御来会を得ば幸甚」（年未詳4月7日はがき）など、「蓄友」の集まりに関する内容のものが多数ある。

ここで名前が出ている「伊庭氏」とは、演出家で劇作家でもあった伊庭孝のことである。伊庭孝は、明治二十年十二月一日に東京に生まれた。上司小剣より十三歳下、野村胡堂よりは五歳下になる。明治四十五年、雑誌『演劇評論』を創刊し、近代劇協会を組織した。大正六年に、歌舞劇協会を立ち上げ、浅草オペラの発展に寄与した。関東大震災前後からは楽壇に進出、音楽評論家としても活躍していた。

上司小剣は「音楽とタバコの烟り」（『レコード』第2巻4号、昭和6年4月1日発行）の中で、「目黒に住んでゐた頃、さして遠くもなかつたので、伊庭孝君の家と、よく相往来したものだつた」と述べている。その「往来」の際に書かれたものであろう、大正十五年六月七日と昭和二年二月十五日のはがきは、上司小剣と伊庭孝の連名になっている。

当初は、家が近所であったことから上司小剣と伊庭孝が野村胡堂を誘ったり、野村胡堂が二人を招待したりして、三人で試聴会を催していた。しかし、そのうち、「近所の伊庭氏の蓄熱低下のため、話し相手がなくなつて、唯一の蓄友野村氏をたよるわけです」（年未詳3月10日封書）というように、伊庭孝が「蓄音機道楽」から足を洗い、残された「蓄友」同士、上司小剣と野村胡堂の交友はますます深まったようである。

先に述べたように、上司小剣と野村胡堂、そして伊庭孝の三人は、しばしば蓄音機やレコードの試聴会を催していた。その中に「窓律度祭」と名付けられた会があった。昭和二年四月一日のはがきには、次のようにある。

伊庭氏に承りますれば此頃は特に御多忙との御事でまことに恐縮でございますが、先頃申し上げました窓律度祭をば今月の中頃までに催したいと存じますので、先づ主賓の御都合を承りたいのでございます。

また、昭和二年四月九日（消印は10日）のはがきに「例の会伊庭氏の都合もよろしく、十三日午後二時からと確定いたしました」とあるから、「窓律度祭」は昭和二年四月十三日午後二時に開催されたようである。

野村胡堂が「上司小剣（一）」（前掲『胡堂百話』）で、「上司氏の愛用機は、ブランスウィックのテーブル型で、マドリッドという手巻き式だった」というように、「窓律度祭」の「窓律度」とは、上司小剣愛用の蓄音機の名前である。

この上司小剣の愛用機であったマドリッドの鑑賞会をするにあたって、上司小剣は先のはがきで野村胡堂を誘ったのだが、ではこの「窓律度祭」では具体的にどのようなことが行われたのか。この時の祭の様子が、上司小剣のエッセイ「マドリツド祭の記」（『騒人』第2巻5号、昭和2年5月1日発行）に詳しいので、次にあげておく。

それで私は、毎年三月六日に、私の家でマドリツド祭を行はうと思つたのである。マドリツドの好きな私のところへ、マドリツド号が来たのも奇しき因縁だし、其の日が日本の祝日といふのもうれしい。しかし、今年は間にあはないから、四月の六日にマドリツド祭を行ふことにして、数人の蓄音機友達へ招待状を出したのであつた。〈中略〉祭の準備は既に整ふて、マドリツド号の前には御酒、御食、海魚、河魚、海のもの、野のもの、山のものなぞ、日本流の神饌が供へられてある。海魚は腹を神前に向け、河魚は背中を神前に向けて供へるといふやうな作法も、私は家が神主だから、よく心得てゐる。〈中略〉

それは偖おき、私の家のマドリツド祭のプログラムは、シユウベルトの未完成シムフオニイを最初に、グウノオのフアウスト舞曲、それから、モツアルトの三十五番のシムフオニイに、同じく弦楽四重奏。ブラアムスのエフ・マイナーのソナタと、これだけ、偶然コロムビアものばかりになつたが、最後にヴイクターの胡桃割りとブランスヰツクのフイデリオとを加へた。以上いづれもニュープロセスだが、マドリツドに因んで、古いレコードを一つ、スパニツシユダンス（グラナドス）をかけて、祭りを終ることになつてゐる。

上司小剣は初め二千五百円の電磁式の蓄音機が欲しくて「夜業までした」が、その蓄音機に欠陥があって、最終的には手巻き式のマドリッドを購入した。電磁式はあきらめることになったが、高級蓄音機が手に入ったことがうれしかったのであろう、上司小剣は「今のところ日本に一台しか来てゐないもの、可なり活々しい音楽を再生する」とマドリッドの自慢をしている。そして、マドリッドの購入を記念し、「蓄友」を招待して、上司小剣は鑑賞会を開く。しかし、「窓律度祭」は「蓄友」が集まって音楽を楽しんだり、蓄音機の音質を聴き比べたりする、いつもの鑑賞会ではなかった。「マドリイ号の前には、御酒、御食、海魚、河魚、海のもの、野のもの、山のものなぞ、日本流の神饌が供へられて」いた。上司小剣の催した「窓律度祭」は、マドリッドという蓄音機を祀る祭であったのである。

上司小剣にとって蓄音機は単なる音楽を聴くための道具ではなかった。上司小剣は「蓄音機神聖論」（前掲『蓄音機読本』）で、「私にとつて、私の愛機は絶対であります。愛機を通さなければ、私には音楽芸術がないのである」と述べている。上司小剣にとって「愛機は絶対」なのであり、上司小剣は蓄音機を神聖視している。

家が神主であった上司小剣にとって、神聖なものを祀るという行為は日常的なものだったのかもしれないが、蓄音機のために祭を催すなど一般人には理解しがたい行動である。野村胡堂も「蓄友上司小剣氏を惜む」（前掲『面会謝絶』）の中で、「上司氏の蓄音機愛撫は常軌を飛び離れたもので」あったと語っている。

野村胡堂が「蓄音機愛撫」と表現したように、上司小剣の「蓄音機道楽」は、蓄音機に対する器物愛的な要素が強い。上司小剣は「玄上の琵琶」（『レコード』第2巻2号、昭和6年2月1日発行）において、「単に乗り廻はすばかりが馬を愛するのではなく、抜いて闘ふのが、刀剣道楽ではない」のと同様に、「たゞ、鳴らすがために、レコードをかけるがためにのみ蓄音器を持つてゐるといふ程度では、ほんたうの道楽ではない」と述べている。上司小剣にとって蓄音機は、音楽を楽しむというよりも、眺めて楽しむものであったのである。

したがって、「どんなよい蓄音器であらうとも、その外函の木質がわるかつたり、形がよくなかつたりすると、聴くことはさておき、見るのもいやである」（前掲「玄上の琵琶」）という。このように当初は蓄音機の外観にこだわっていた上司小剣だが、そのうち蓄音機の内部構造に関心を持ち始めた。昭和七年四月七日のはがきには、「私はまたます〳〵機械蓄音機の内部の構成に対する道楽がひどくなつてまゐりました」とある。さらに上司小剣は、年未詳四月十五日の封書の中で、「小生の蓄音機道楽はだん〳〵レコードよりも機械の方に傾くといふ変態性で、内部を開けて機械美を見るのが嬉しくてたまりません。一種の構成芸術で、新聞社なら、編集局よりも事務局よりも、輪転印刷機にばかり見惚れるといふ状態でございます」と述べ、さらに続けて、次のように語っている。

機械美としてハ、やはりブランスヰツクの高級品がよく、歯車から何から実に完美したものです。タンクがあつて、それへオイルを入れておくと、数條のパイプが錯綜してゐて、要所〳〵へ、適度に油を滴らす装置や、ガヴアーナーを金梃で挟んで廻転を止める、なんぞ実にいつまでも見惚れてゐます。いろ〳〵の構造が複雑で、ちよツと輪転機の小さなのゝやうに見えるのも、機械美なるかなです。ヱヂソンの蓄音機もなか〳〵よく、これはゼンマイがたゞ一本で三丈もあるには驚きました。（幅二インチ）ソノラーの高級品のモーターも実に美しくて、或はブランスヰツク以上かも知れません。チニーの内部は思つたよりも簡素でした。一ばんいけないのは、ヴイクターで、例のクレデンザなど、内部の機械美としては無価値に近いと思ひます。当然ハスに切るべき歯車が普通のやつを使つてあつたり、金属の質もわるいやうでした。丈夫には丈夫かもしれませんがおそろしく簡単で、ゼンマイも短い、四丁ゼンマイと言つても、低級品のゼンマイが数多く入つてゐるだけでした。

和製のモーターは皆駄目でしたが、特に驚いたのは例のマーヴエルでよくあんなもので、やつて行けたことだと思ひました。例のクマベとアポロンのモーターを見たいと思つて居りますが、機会を得ません。電気の方もそろ〳〵内部拝見の段取りに取りかゝりたいと、研究熱を煽つて居りますが、何分これハ真空管次第で、ウエスタンでもどうかして手に入れバ立派なものが造れるかも知れませんね。トランスが細いと音がよいのでせうが、湿気で切れるから、太くする、音がわるい、となるのでハないでせうか。先日或る電気チクオンキのピツクアツプの内部をちよいと見ましたがこゝにも機械美がありますね。あのまん中（真の中心）へ釘が来るのが大必要と思ひました。それから電気モーターにも非常によしあしがあるやうでございますね。とにかく小生は貴下の骨董レコードを機械の方で行つて、各種のモーターばかりを集めたいと思つてゐますが、高級品は旧式でも二三百円以下では売つてくれませんので、貧乏人にはむづかしい仕事です。精巧なモーターを見てゐると一日でも飽きません。

上司小剣自身が自分の「蓄音機道楽」の「変態性」を認めているように、音楽を再生するという蓄音機本来の価値から離れて、蓄音機内部の「機械美」に熱中する上司小剣の趣味は特殊である。いわゆるマニアというものは、こういった偏奇な側面を兼ね備えているものなのであろう。

また、昭和十四年五月二十日のはがきには、「私ハ蓄音機熱いよ〳〵高く、毎日機械ばかり磨いてゐます。その代りレコードハカビだらけ」とある。極度の潔癖症の上司小剣がレコードを「カビだらけ」のままで放置しているというようなことは考えられないから、「レコードハカビだらけ」というのは上司小剣の単なる言葉の綾だろうが、私にとっては、レコードは蓄音先にあげた「蓄音機神聖論」（前掲『蓄音機読本』）で「少し極端かも知れないが、私にとつては、レコードは蓄音機の良否を試めす検温器ぐらゐにしか思へないことがある」と公言して憚らないように、上司小剣の興味はレコードよりも、むしろ蓄音機そのものにあったのである。
一方、野村胡堂の関心は、蓄音機よりもレコードにあった。野村胡堂の「蓄音機友達」（前掲『胡堂百話』）によると、野村胡堂はレコードに夢中で、蓄音機を粗雑に扱うので、よく上司小剣に叱られたという。野村胡堂はレコード蒐集を振り返って、「音盤四十年」（『随筆平次の横顔』昭和29年2月5日発行、要書房）の中で、次のように述べている。

最初に買つたレコードは、何であつたか記憶しない。機械は三光堂製のものを人様から借用したように思う。それから自分で日蓄のを求め、チニーになり、クレデンザになつたはずである。
関東大震災の後、世間を憚かつて、蓄音機に毛布を着せ、ホーンに風呂敷を詰め、妻楊枝を削つてベートヴェンの「第五」を掛けたことを記憶している、〈中略〉
このころ百枚か二百枚だつた私のレコード収集も、太平洋戦の始つたころは遥かに一万枚を越し、持て余して一部重要でないものを、ゴミのように売つたこともある。今となつては、惜しいことであつたと思う。あれは床下に積んで放り込んでも、保存して置くべきであつた。
この手入れがまた大変で、一番多かつた十二、三年前の手入れには、二人の女中と一人の派出婦と、老妻と娘と五人の女手で十一月から着手して翌年の四月までかかつたことがある。一枚一枚ビロードの布で拭いて、袋を乾すだけのことであるが、雨降り、風間があるから、なかなか容易でない。

「関東大震災後」から「太平洋戦の始まつたころ」までの約二十年の間に、野村胡堂は一万枚ものレコードを集めたのである。上司小剣の「蓄音機愛撫」が常軌を逸したものであったように、一万枚のレコードを集めた野村胡堂の「収集癖」も尋常でないものであったに違いない。

また、野村胡堂の「音盤蒐集迷語─骨董品？になつた一万枚」（前掲『随筆平次の横顔』）には、「私の眼の黒いうちは、私のコレクションは、古い写真や、古い手紙のように、幾多の思い出をこめて、私の物置の中に眠り続けるだろう、足腰が立たなくなつた頃、私はその一枚一枚を孫に取りださせて、昔の恋人にでもめぐり逢つた心持で、しみじみとした心持で聴くのかもしれない」とある。一万枚のレコードに対する野村胡堂の強い思い入れがわかる。上司小剣と野村胡堂は、蓄音機とレコードというように、例え興味の対象が違っても、人並み外れた執着心ではお互い相通ずるものがあったであろう。

上司小剣と野村胡堂は「蓄音機道楽」という共通の趣味を持ちながらも、その関心は別々のところにあった。そして、関心の相違は、お互いの研究に大いに貢献したようである。蓄音機やレコードに関する情報交換はもちろんとして、上司小剣は試聴用として蓄音機の針を野村胡堂に送ったり（年未詳10月14日封書）、野村胡堂は上司小剣にレコードをあげたり（昭和6年10月6日封書）している。

このようにして、上司小剣と野村胡堂の交友関係は、蓄音機とレコードを介して築かれていったのである。

三、新聞人、作家として

趣味だけではなく、新聞人であり、作家であったことも二人の共通点であった。

野村胡堂が報知新聞社在社中、上司小剣は書簡で、もと朝日新聞社で働いていた高士乙丸の再就職の世話を依頼したり（年未詳3月9日封書、高士乙丸持参のため消印はなし）、原稿料の催促をしたり（大正13年8月10日封書）している。「蓄音機道楽」だけではなく、上司小剣と野村胡堂の間には仕事の上での付き合いもあったようだ。

野村胡堂が作家となる以前に『報知新聞』に連載していたコラム「その日〳〵」について、上司小剣が書簡の中で次のような意見を述べている。

今夜、報知の「その日〳〵」を拝見しました。が、東京市の人口に就いて、諸新聞の記事がどうも徹底しないやうで遺憾です。御承知の通り東京は震災で激減してゐますのに加へて、大阪はこの春付近の三郡を市に編入して、田や畑の中まで大阪市となり、市中に藁で覆ふた肥料溜があるといふ有様です。東京が若しあの程度に市域を拡げたら、忽ち三百六十万以上の人口となりませう。東京は大阪よりも人口が少ないのではなく、都制案に引ツかゝつて、接近郡部の編入がおくれてゐるのです。則ち渋谷町たゞ一つを市部に編入したゞけでも大阪よりは人口が多くなるといふ実際談をよく読者に呑み込ませるのが、人口に対する新聞紙の責務ではなからうかと存じます。小生は元来大阪が好きで、大阪贔負ですが、あんな風に早や合点をしての大阪第一説を聞くと冷汗が出ます。実際に大阪よりも東京の方が人口の多いのは、双方の市の中心に半時間も立つてゐればわかります。市内電車は東京九十余哩、大阪五十余哩、運転車台東京千台前後大阪六百台前後、さうして、電車の混雑は双方同じくらゐです。この外に東京には省線の高架電車が大に輸送を助けてゐます。若し行政区画に拘泥しなければバ、東京の人口は大阪の約倍数ぐらゐある訳です。この点の説明がどの新聞も不足してゐるせうでございます。いや飛んだことで長手紙を書きました。内々でその日〳〵筆者先生に申し上げたまでゝございます。若し府全体の人口をくらべるならば、東京府四百数十万、大阪府三百万そこ〳〵だらうと思ひます。

消印が不鮮明なため年未詳であるが、上司小剣自身によって「十月十三日夜」と記されている。「御承知の通り東京は震災で激減してゐますのに加へて」というから、関東大震災の起こった大正十二年以後の書簡には間違いない。そして、さらに「大阪はこの春付近の三郡を市に編入して」とある。大阪市の第二次市域拡張が行われたのは大正十四年四月一日である。したがって、「この春」というのは、大正十四年の春であり、この書簡は大正十四年十月十三日夜に書かれたものである。しかし、『報知新聞』の「その日〳〵」に東京と大阪の人口比較についての文章が掲載されたのは、大正十四年十月十三日ではなく、十四日である。したがって、書簡に「十月十三日夜」と記したのは上司小剣の勘違いで、実際にこの書簡が書かれたのは十月十四日夜だったのではないか。

『報知新聞』の「その日〳〵」に先行して、上司小剣は「その日〳〵」という随想雑感コラムを明治三十六年一月二十七日から明治三十八年十二月十四日まで『読売新聞』紙上に連載している。そして、明治三十八年九月五日に『小剣随筆その日〳〵』を読売新聞日就社より刊行した。『報知新聞』のコラムが「その日〳〵」と名付けられたのはどういう経緯からかは判明しない。しかし、『読売新聞』に連載された上司小剣らの「その日〳〵」のコラムが明治時代に既にあったことを知らないで命名したわけではないであろう。上司小剣の「その日〳〵」のコラムを念頭に置いて『報知新聞』の「その日〳〵」は創設されたのではないか。「その日〳〵」というコラム名を使用することについて、上司小剣の何らかの了解を得ていたと考えられる。そのため、上司小剣は内容に立ち入って好意ある忠告の手紙を出しているのである。

上司小剣は、「東京市の人口に就いて、諸新聞の記事がどうも徹底しないやうで遺憾です」、「若し行政区画に拘泥しなけれバ、東京の人口は大阪の約倍数ぐらゐある訳です。この点の説明がどの新聞も不足してゐるせうでございます」と述べ、東京と大阪の人口の比較について具体的な数値を上げながら詳しく説明している。上司小剣は「内々でその日〳〵筆者先生に申し上げたまで、ございます」と述べ、新聞記者のかつての経験から先輩として、野村胡堂にアドバイスをしたのではないか。

また、作家としても上司小剣は野村胡堂より先輩であった。野村胡堂が小説家として活躍するようになったのちの書簡で、野村胡堂の作品に触れている書簡が一通ある。次のようである。

> 倦余読に渉りますが、朝刊に御連載の『奇談クラブ』は毎月□に途切れ〳〵に拝読して居ります。痒いところへ手のとゞくやうな書き振りに敬服して居ります。わざとお世辞を言ふやうにおとりになつてはいやですから、今まで讃辞を差し控えて居りましたが、今日（十七日）の暗闇《ダンマリ》の御描写を読んで、たまらなくなつたので、専門家《くろうと》跣足のお腕前に満腔の敬意を捧げます。里見氏の『蛇毒』を読みくらべて、一種の感慨を催しました。里見の東京駅の描写は軽くて、□□的ですが、や丶走り書き式で、奇談クラブの鈍重さがないと思ひました（一回きり読んだのではわかりませんが）とにかく専門の小説家のものでなければ売り物にならんやうに思ふのは、小説家のうぬぼれだと思ひます。
>
> （十月十七日）

「この手紙、十月十七日付けで差し上げたのですが、お番地を九五四と書きちがへたゝめ、今日符箋付で戻つてまゐりました」として「十月二十一日」と日付が追記されている。消印が判読出来なくて、何年の「十月二十一日」かはわからない。しかし、書面に野村胡堂が「奇談クラブ」を『報知新聞』の「朝刊」に連載中というから、昭和二年十月二十一日のものであろう。「わざとお世辞を言ふやうにおとりになつてはいやですから、今まで讃辞を差し控えて居りましたが、今日（十七日）の暗闇《ダンマリ》の御描写を読んで、たまらなくなつたので」というから、野村胡堂の手腕に余程感心したのであろう。しかし、ここで注目したいのは、上司小剣が「専門家《くろうと》跣足のお腕前に満腔の敬意を捧げます」「とにかく専門の小説家のものでなければ売り物にならんやうに思ふのは、小説家のうぬぼれだと思ひます」と述べていることである。つまり、昭和二年の時点では、上司小剣の中でまだ、野村胡堂は小説家として認知されていなかったのであろう。

逆に、上司小剣が自作について触れているものもある。年未詳五月二十六日の封書に、次のようにある。

> 拙作『伴林光平』お読み下すつたさうで何分二百二十枚といふ残数に制限されたゝめ半分が小説、半分が伝記といつたふうの木に竹を接いだやうなものになり不満を感じてゐます。よく売れますのでスツカリ小説に書きかへて再版と思つてゐますが紙がない上、本屋が消極的で、しやうがありません。創元社と小学館と、あの厚生閣と三方同時に口がかゝつたのでしたが創元社にすればもつと積極的にやつてくれたかと残念に思つて居ります。

『伴林光平』は、昭和十七年十月十五日に厚生閣から刊行された。したがって、日付が五月二十六日になっているこの書簡は、昭和十八年以降のものと推定される。上司小剣自身は小説と伝記の二本立てになっている単行本の構成にあまり満足していないようだが、「よく売れ」たらしい。

この他にも上司小剣が自作について述べている書簡がいくつかあるが、それらの書簡においても上司小剣は自作の具体的な内容についてほとんど触れていない。また、野村胡堂の創作についても、意見のやりとりをしていない。上司小剣が先輩作家として、野村胡堂に小説の手ほどきをするようなこともなかったようだ。創作面においては、蓄音機とレコードについて交わされた情報提供や意見交換のようなことは行われなかったのだろう。

上司小剣が「蓄友の関係は無邪気なものです」（年未詳9月30日はがき）、「蓄友ほどよいものはありません」（年月未詳20日封書）と述べているように、上司小剣は、野村胡堂を同じ新聞人や小説家仲間というよりは、蓄音機とレコードという同じ趣味を持つ者として尊敬し、大事にしていたようである。

四、親として

消印が「3．2．2」になっている上司小剣のはがきに「ご無沙汰して居ります。御忌中といふことを忘れてうツかり年賀を申し上げ失礼でした」とある。この年賀状の前年に出されたと思われる「2．9．17」の消印がある封書で、上司小剣は「昨日伊庭氏来訪され、初めて御不幸があつたことを承知いたし驚きました。存ぜぬこと、ておくやみも申し上げず失礼いたしました。嘸ゝ御愁傷の御事と□わし入ります。私にはまだ経験がないことで、想像もつきかねますが、蓄音機どころではなからうと、たゞ〳〵御同情申し上げて居ります」と書いていた。野村家に「御不幸」があったようである。「私にはまだ経験がないことで、想像もつきかねますが」というが、上司小剣の両親はこの時既に死去しているから、野村胡堂の親が亡くなったのではないのであろう。では、この時野村胡堂にとってどういう関係の人が亡くなったのか。

野村胡堂・ふさ夫妻は、明治四十四年に長女淳子が生まれ、大正二年に長男一彦、五年に二女瓊子、九年に三女稔子が誕生し、一男三女に恵まれる。しかし、長女淳子が昭和二年夏、父胡堂の故郷である岩手県紫波郡彦部村で、急病のため十五歳の若さで亡くなったのである。

上司小剣の封書の消印にあった「2．9．17」は昭和二年九月十七日を指し、封書にあった「御不幸」とは、野村胡堂の長女淳子の死を意味していると思われる。上司小剣は「蓄音機どころではなからうと、たゞ〳〵御同情申し上げて居ります」と言いながら、追伸に「こんな折りに申し上げてハ何んですが」と探していたレコードがようやく手に入ったことを付け足している。上司小剣は子供を亡くして気落ちしている野村胡堂を思って、音楽によって慰められることを暗に勧めたのではないか。したがって、先のはがきの消印「3．2．2」は、昭和三年二月二日と断定してもよいであろう。野村胡堂が前年に長女淳子を亡くしたことを失念して、上司小剣が「うツかり」年賀状を出してしまったようだ。

昭和九年一月、野村胡堂は再び長男一彦を腎臓結核で喪った。上司小剣は雑誌でその訃報を知って、次のような手紙を送っている。

拝呈

御令息御逝去のおもむき今日『レコード音楽』にて拝承驚き入りました。小生ハまだ子供を喪ふた経験がありませんのでなんと申し上げてよいやらお慰めの言葉も適当にハ浮ばず唯ヽ御愁傷に存じ上ぐるばかりでございます。早速参上おくやみ申し上ぐるところでございますが却つてお邪魔とも存じ乍勝手不取敢書中で御弔問申し上ぐる次第でございます。失礼のだんおゆるしを願ひ上げます。

敬具

奥様へも何卒よろしく願上げます。なほ粗香一函鳩居堂からお送りいたさせました。御霊前へよろしく。

上司小剣

三月六日

野村様

侍史

昭和四年、野村胡堂一家は腎臓病を患っていた長男一彦の健康を気遣って、東京から鎌倉に移った。以後七年までそこで暮らした。上司小剣は、野村胡堂を訪ねて何度も鎌倉に足を運んだようで、野村胡堂の歓待に対する、「昨日は久々にてお逢いいたし非常に愉快に存じました。なほ御丁重なるおもてなしに預り、且つ珍らしいレコードまで頂き、なんともお礼の申しやうがありません」（昭和6年10月6日封書）などの礼状が残っている。これらの書簡からは上司小剣と野村胡堂の長男一彦が面識があったかは定かではないが、上司小剣は野村胡堂の長男一彦が病気であったことは以前から知っていたようで、昭和八年一月四日の封書では「御令息御病気の由、何卒御大事に」と見舞いの言葉を記していた。もしかすると長男一彦が病気であることは、野村胡堂本人から聞かされていたのかもしれない。

上司小剣にも二男一女の子どもがあった。上司家には明治三十五年五月に長女照が、三十七年七月には長男延彦が、四十一年九月に次男延秋が誕生している。野村胡堂は「蓄友上司小剣氏を惜む」（前掲『面会謝絶』）の中で、上司小剣が「『子供が飛んで来て愛用の蓄音機に頭を打つ付けて倒れたとしたら、私は子供の頭の瘤を見る前に、蓄音機が損じないかどうかを見るだらう』ということを何んかの雑誌に書いて、何々女史とか言ふ怖い小母さんに厳重な抗議を持込まれたといふ話を聴いたことがある」と書いている。しかし、野村胡堂は続けて、「現に上司氏は、自分の子供の世話など一向にしないやうな事を言つて居乍ら、死ぬまで二人の令息のために、何彼と肝胆を砕き、物心両方面の援助をして居たことは、上司氏と親しく語る機会を持つた私などの、かなりよく知つて居ることである」という。上司小剣と親密な交際をしていた野村胡堂だからこそ、文章の上には表れない、上司小剣の父親としての姿を知っていたのである。

野村胡堂に会うために鎌倉まで赴き、交際がますます親密になっていく中で、「二人の令息のために、何彼と肝胆を砕き、物心両方面の援助をして居た」上司小剣と、病身の息子を案じて鎌倉に引っ越した野村胡堂の間には、蓄音機道楽だけではなく、子供を思う父親としての共感のようなものも生まれたのではないだろうか。だからこそ、野村胡堂が先に長女を喪い、さらに長男にまで死なれてしまったことを思うと、上司小剣は「なんと申し上げてよいやらお慰めの言葉も適当にハ浮ば」なかったのであろう。

五、時代の影

野村胡堂宛上司小剣書簡は大正十三年から昭和二十二年まで約二十五年分残っている。それはちょうど関東大震災後から日本の開戦、そして敗戦までの期間にあたる。その時代の変遷が、野村胡堂宛上司小剣書簡から読み取れる。

大正十五年十二月二十三日のはがきには、次のようにある。

此頃はどうも蓄音機も大びらにかけられないので、お互いに閉口の次第ですね、御見舞を申し上げます。全く無蓄の世界は我々に暗黒ですね。

「此頃はどうも蓄音機も大びらにかけられない」という。大正十五年末には、なぜ「蓄音機も大びらにかけられな」かったのであろうか。

このはがきが出された前日の大正十五年十二月二十二日の『読売新聞』の記事には、「国民の声を聴き微細な御容体書を宮内省、発表に決す」とある。その内容を詳しく記すと、次のようである。

聖上陛下の御容体およろしきに向はせらるゝ時民草の中には猶且つ畏れ多い憶測を逞うする向きがあるといふがそれは、〈中略〉宮内省でも漸く諒解し国民として全く無理からぬことであるといふことに意見一致〈中略〉国民の満足する御容体書を発表することになつた、〈後略〉

「聖上陛下の御容体」について「民草の中には猶且つ畏れ多い憶測を逞うする」というから、大正天皇の病状に対する国民の関心が高まっていたのであろう。また、同じ紙面に「聖上御平癒を祈念して割腹」と題し、福岡県筑紫郡那珂村の村会議員の弟が末っ子の嬰児を道連れに出刃包丁で割腹自殺を図ったことが記されている。

つまり、この手紙の書かれた大正十五年十二月二十三日には、大正天皇が病気で、社会全体が天皇の病状を案じて、屏息するという雰囲気であったようである。そんな中で、蓄音機を「大びらに」かけることは不謹慎であり、国賊とも見なされかねない行為である。したがって、「此頃は」上司小剣も「蓄音機道楽」を自粛していたのであろう。この手紙が出された二日後の、すなわち大正十五年十二月二十五日に大正天皇は逝去され、昭和と改元された。

戦争が始まって、それまでのように音楽を楽しむ余裕がなくなっても、上司小剣と野村胡堂の交友は続いている。この時には、蓄音機やレコードという趣味を介さずとも、お互いにかけがえのない友人同士であったようだ。

野村胡堂は、戦時下の上司小剣について、「蓄友上司小剣氏を惜む」（前掲『面会謝絶』）で、次のように述べている。

若い作家石上玄一郎君は、上司氏を評して「権勢にも屈せず、富貴にも淫せずと言つた概がある」と言つたことがある。これはまことに至言で、私の知る限りに於て、当代文壇人中、此人ほど首の骨の固いのを見たことはない。〈中略〉

戦時中には当時の軍部や特高から睨まれるほどの戦争反対論者で、随分思切つた平和論を称えて居たが、戦争末期には「いよ〳〵日本は負けるよ、今に我々は裸になるに決つて居る」などとヅケヅケやつて居ることがあつた。

野村胡堂には、「首の骨の固い」上司小剣の印象が強かったようである。上司小剣は野村胡堂との関係の中では自分の主張を曲げない強さを感じさせるところがあったのであろう。しかし、野村胡堂宛上司小剣書簡から、次第に気弱になっていく上司小剣の様子が窺える。昭和十年五月十一日の封書には生きることに消極的になっている上司小剣の姿が、次のように書かれている。

どうも当初お目にかゝつたときから、私の気もちを諒解して下さる方のやうに感じたのですが、これほどまで生活態度が共通してゐるとは思ひ設けませんでした。私も文壇に出たのは、比較的おそい方で、三十過ぎてからでした。過当の讃辞を受けて、代表作なぞとおだてられた作品の発表は、大正三年ですから、時折り明治の元老（?）のやうに言はれるのは、気恥かしくもあり、心外であるのでございます。しかし、私なんぞが仮りにも文壇生活をしたのは誤りで、田舎神主ぐらゐが柄相応だと思つて居ります。とにかく、『強く生きる』ことの大流行な現代に『弱く生きる』ことより知らぬものは、世間とくひちがひ勝ちで、いやなことばかり見聞して、生きつゞけるがおツくうになります。

「私なんぞが仮りにも文壇生活をしたのは誤りで、田舎神主ぐらゐが柄相応だと思つて居ります」というのは上司小剣なりの謙遜であろうが、上司小剣自身は自らを「『強く生きる』ことの大流行な現代に『弱く生きる』ことより知らぬもの」と見ていたようである。

「世間とくひちがひ勝ちで、いやなことばかり見聞して、生きつゞけるがおツくうに」なっている中で、上司小剣にとって野村胡堂は「私の気もちを諒解して下さる方」であり、「生活態度が共通してゐる」という親近感もあって、気の置けない貴重な友人であったに違いない。野村胡堂の「あらえびすの手帳」（前掲『面会謝絶』）によると、上司小剣は「戦争の激しくなつた頃、文字通り弁当を背負つて、私の家へ遊びに来たことがある」という。

また、野村胡堂は「上司小剣（二）」（前掲『胡堂百話』）の中で、野村胡堂が「軽井沢へ逃げ出すと決めた時」に上司小剣が「ひどく心細がって、わざわざ高井戸まで、やってきた」エピソードを、次のように紹介している。

私が、軽井沢へ逃げ出すと決めた時は、ひどく心細がって、わざわざ高井戸まで、やってきた。

「キミに逢うのも、これが最後かも知れないね」

私の顔を見つめて、中学生みたいなことをいっているうちに、空襲警報が出て、井の頭線の電車がとまった。

薄暗くなった秋空の下を、リュック姿で、何べんも振り返りながら国鉄荻窪駅の方へ歩いて行った。

「年をとると、友達が少くなる。キミとボクだけは、何時までも付き合おうよ」

そんな子供っぽい手紙を軽井沢へ、何回もよこした。そのくせ、自分は東京を離れようとしない。

「『年をとると、友達が少くなる。キミとボクだけは、何時までも付き合おうよ』そんな子供っぽい手紙を軽井沢へ、何回もよこした」というが、それらしい書簡は管見に入っていない。「そのくせ、自分は東京を離れようとしない」というように、上司小剣は空襲が激しくなっても東京を離れなかった。最後まで意志を貫き通して東京を離れなかったというよりも、戦争末期には東京を離れたくても離れることが出来なかったようで、自分も早い時期に野村胡堂の近所へ移っておけばよかったと年未詳三月十四日付の封書で述べている。

おひ〱物騒になつてまゐりましたが、お変りもなく重畳に存じます。さて、本年はいつまでも寒気強く、私の辺はつい二三日前までまた地下一尺余凍てゝ居り、御恵与の馬鈴薯の種を植ゑませうにも耕すことができず。漸く二三日前から着手、今日植ゑつけを了しました。御指示の時期より十日もおくれ、いかゞかと心配いたして居ります。それに農婦（家内）が欲張つて、一個を大小の別なく四つに切りましたさうで、これで発芽すれバよいがと、危んで居ります。この種薯がよく出来て、鈴生りに何貫目もとれるか、またそれまで無事で居られるか、全くわからない明日知れぬ生命となりました。でもお宅の方は田園の真ん中ですから、先づ御安泰と存じます。もう少し時期が早ければ私もご近所へ草廬を移すのでした。

　河豚汁の我れ生きてゐる寝覚め哉

のお句を毎朝想ひ出して御手水を使つて居ります。

注目したいのは、上司小剣が野村胡堂に「馬鈴薯の種」をもらって自宅に植えていることである。既に一般国民にとって、食べ物そのものが手に入りにくい状況になっていたのであろうか、物を書いているだけでは食べていけず、家庭菜園をして自分たちの食糧を生産しなければならない状況であった。生きていくために自給自足生活を余儀なくされたのである。

戦局が激しくなるにつれて、上司小剣の生活は、ますます悲惨な状況に追い込まれていったようだ。年未詳（昭和十九年か）五月二十六日の封書には、「家内が水戸の奥十数里のところへ買ひ出しに出かけ」たことが、次のように述べられている。

昨年の九月から千枚ほどの歴史小説にとりかゝり漸く脱稿してほツとしてゐます。書いてゐるうちは気が張つてゐたのでからだもよかつたのですれど《ママ》書きあげるとほツとしたせゐか散歩に出るのもおツくうになりごろごろしてゐます。空襲でもあつてからだも家も僅かな財産も一と思ひにこなみじんになつてしまへば、………と棄鉢イズムに襲はれてゐます。

砂糖がないのが何より苦痛、でも本年正月ごろまでは、各地の愛読者や同情者から贈物があり汽車便も郵便小包も駄目なので遠いところをわざ〳〵持つてきてくれたり、また禁を犯して〝蠟燭〟などと表記したのが無事に着いたり、或は発覚して罰金を少々取られたが品物は安着……といふやうなこともあり、おかげで紅茶、珈琲に不自由はしませんでしたがちかごろはそれがすべて駄目、只いまもサツカリンで紅茶を飲んでゐるところへお手紙をいたゞきました。

家内が水戸の奥十数里のところへ買ひ出しに出かけ二三日るすなので退屈してゐるところとて下らないことを、とりとめもなく書きました。

「千枚ほどの歴史小説」とは『菅原道真〈日本叢書28〉』（昭和21年2月20日発行、生活社）をさしているであろう。食糧を求めて歩き回らなければならないほど切迫した状況である。そんな中、上司小剣は「空襲でもあつてからだも家も僅かな財産も一と思ひにこなみじんになつてしまへば、………と棄鉢イズムに襲はれてゐ」る。また、生きるか死ぬかの極限の状態で、最早「蓄音機道楽」どころでなかったのであろう。同じ書簡の中で、「レコードもこのごろはあまりかけません。荷物になつて厄介だから機械と丶もにみな棄て売りにしようかと考へながらそこまで決心がつきかねます」と述べている。

さらに、年末詳（昭和二十年か）二月二日付の封書は、食糧工面に必死になっている上司小剣の様子が窺える。上司小剣は恥を忍んで、野村胡堂に食糧を分けて欲しいと懇願している。次のようである。

しばらく御無沙汰いたしました。だんだん物騒になつてまゐりましたのでどこかへいはゆる疎開とやらをなすつたか或は不当な予想ながら風邪でもお引きになつたのではあるまいかと心配しながら無事にお返事のいただけない覚悟でこの手紙を書きます。

甚だノンキな御無心でおそれ入りますが実は食料難で苦労のあまり虫のよいお願ひながらもしや余分の御貯蔵でもあることかとさみしい了解を出したのでございます。甘藷か馬鈴薯かのお貯へがあれば五百目でも一貫目でもおゆづりが願へまいかと厚かましいことを申し上げ汗顔の至りです。実ハ家内が遠く水戸の奥まで出かけたり近くハ登戸、或城、溝の口方面をあさつて闇買ひに疲れ果てこのごろはもう㊋の配給を取りに行くぐらゐの体力しかなくなりましたので、私が代つて才覚しなければならず申しにくいのを忍んで光台に白羽の矢を立てました。甘藷はこの極寒期に腐敗のおそれがあるのでたとへ御貯蔵があつても開くことが不能かとも存じますが、試に伺つてみました。どうにか御都合がつきますやうでしたら、日時を御指定下さらば小生頂戴に参上いたします。なほ甚だ卑しいことを申し上ぐるやうでお怒りになつてはと思ひますけれど相当の闇値をお受け取り下さらずば参上しにくいとも考へて居ります。このところどうかざツくばらんにお願ひいたしたいと考へて居ります。

末ながら奥様に何卒よろしく。失礼のだん御免を願います。　　草々

追伸に「この愚書をしたゝめましてから十数日投函を躊躇して居りましたがいよ〳〵おかずのないまゝ、眼をつぶつてポストへ。状袋だけを更めて」とある。金銭よりも食料が優先される状況で、「甘藷か馬鈴薯かのお貯へがあれば五百目でも一貫目でもおゆづりが願へまいか」という無心は、普通でも頼みにくいことである。まして「蓄友の関係は無邪気なものです」（年末詳9月30日はがき）と述べ、利害関係を離れて趣味で結ばれた友達として、野

村胡堂との関係を大切にしてきた上司小剣にとって、食糧を分けて欲しいと言い出すのは非常に辛いことだったに違いない。だからこそ、上司小剣は「いよ〳〵おかずのないまゝ」までこの書簡を投函出来なかったのであろう。

この封書を受け取って野村胡堂が上司小剣に食糧を分けてやったかはわからない。しかし、野村胡堂は「蓄友上司小剣氏を惜む」（前掲『面会謝絶』）の中で、「終戦後軽井沢から東京へ帰つた私は、真つ先に上司氏を訪ねて、お互の無事を喜んだことは言う迄もない」と述べている。上司小剣は戦争末期には食糧難で苦しい生活を強いられたが、東京大空襲による災害は免れた。野村胡堂が東京へ帰って真っ先に訪ね、お互いの無事を喜んだ相手が上司小剣であったことは、上司小剣と野村胡堂が、単なる「蓄音機道楽」の仲間としてだけではなく、長い年月をかけて築かれた深い親愛の情と厚い友情によって結びついていたことを示している。

六、おわりに

終戦後、昭和二十一年五月二十八日のはがきで、上司小剣は今後の創作の予定を野村胡堂に宛てて、次のように書いている。

『生々抄』今度重版いたしましたのでお買ひにならずとも差し上げるのでした。（初版本にくらべてひどく粗末で、定価だけは殆ど十倍ですが）あのうちの「石合戦」といふのを映画にするさうでいまシナリオをこしらへてゐます。偶像破壊と無抵抗、平和主義との思想がどこまで表はせませうか。

二十年前着手した『東京』続編（第四部建設篇）を東寶書店の求めにより書いてゐます。

野村胡堂の「蓄友上司小剣氏を惜む」（前掲『面会謝絶』）によると、上司小剣は「『戦争が終ると、ジャーナリズムが此老人を引張り出して、いろ〳〵の事を書かせたり、言はせたりしようとする』とこぼしてゐた」という。しかし、上司小剣は戦後まもなく昭和二十二年九月二日に亡くなっている。

上司小剣の死を悼み、野村胡堂は「蓄友上司小剣氏を惜む」を『レコード音楽』（昭和22年11月発行、未見）に発表した。その最後に記された「老来友を喪ふ淋しさはどんなに書いたところで慰められるわけでは無い」という一言は、上司小剣を喪った野村胡堂の率直な気持ちであったに違いない。この「蓄友上司小剣氏を惜む」は、その後、野村胡堂の随筆集『面会謝絶』（昭和26年12月5日発行、乾元社）や『コーヒーの味』（昭和30年12月20日発行、東方社）に収録された。

その後、野村胡堂は「あらえびすの手帳」（前掲『面会謝絶』）の中でも、「文壇に、あまり親しい友人を持たない私も、妙な潔癖さで気が合つたものか、この人ばかりは三十年に亘る交際を続け、ひそかに畏友を以て遇し、その心持は上司氏の死後に至るまで続いて居る」と述べている。野村胡堂にとって、上司小剣との交友は格別なものであったに違いない。

ロシア文学者の中村白葉は、「上司さんの思ひ出」（「現代日本文学全集月報第七十五号」昭和32年10月発行）の中で、上司小剣の交友関係について、次のように語っている。

一個の生活人としても、氏（上司小剣をさす・引用者）はすきのない、しつかりした人であつた。それだけに、ずぼらなことは大きらひで、奔放などといつたことはおろか調子にのるといふことにすら殆ど無縁で、親疎の別なく、人に内ぶところをのぞかせる人ではなかつた。しぜん、友人はあつても、誰とも踏み込んだつきあひはなかつたらしい。第一、人を訪ねるといふことをほとんどしない人であつた。人の父として夫としてはどういふ人であつたか―それを私は知らないが、おそらく家庭の中でも、ひとりぼつちのさびしい人ではなかつたかと思ふのである。

中村白葉は、上司小剣が「友人はあつても、誰とも踏み込んだつきあひはなかつたらしい。第一、人を訪ねるといふことをほとんどしない人であつた」というが、上司小剣はしばしば野村胡堂を訪ねているし、野村胡堂とは「蓄音機道楽」という趣味を超えて、お互いの「人格」や「人柄」に触れ合うような「踏み込んだつきあひ」をしていた。中村白葉は、上司小剣が野村胡堂といかに親密な交際をしていたかを知らなかったのだろう。中村白葉は上司小剣が「人の父として夫としてはどういふ人であつたか」を知らなかったが、野村胡堂は上司小剣が父親として「二人の令息のために、何彼と肝胆を砕き、物心両方面の援助をして居た」ことを知悉していたのである。

平生の上司小剣は、中村白葉がいうように「親疎の別なく、人に内ぶところをのぞかせる人ではなかつた」ようだ。宇野浩二も「解説」(『鱧の皮　他五篇』昭和27年11月5日発行、岩波書店)の中で、「小剣といふ人は、私の知るかぎり、たいてい、どんな会にも、出席し、誰にも、(私のやうな者にも、)愛想がよかつた。ところが、小剣とほとんど同時代の秋声や白鳥などは、それほど愛想はよくなかつたのに、私は、したしみが持てたけれど、小剣には、どういふわけか、したしみが持てなかつた」と述べている。このような文壇一般における上司小剣の人付き合いを考えると、野村胡堂との交友が特別なものであったことがわかる。

上司小剣研究において、正宗白鳥との出会いや、幸徳秋水や堺利彦などの社会主義者たちとの交流についてはしばしば問題にされてきたが、上司小剣と野村胡堂との関係は今までほとんど注目されることがなかった。しかし、野村胡堂宛上司小剣書簡によって、上司小剣にとって野村胡堂の存在がいかに大きなものであったかがわかる。関東大震災あたりから上司小剣の晩年まで、上司小剣と野村胡堂は「蓄友」としての交際から生まれた厚い友情と親愛の情によって、深く結びついていたのである。したがって、上司小剣文学、特に大正後期以降の上司小剣の活動を考える上で、野村胡堂との交友関係を看過することは出来ないであろう。

紀延興『雄山記行《ママ》』〈上司家蔵〉翻刻

一、書　誌

ここに紹介する紀延興著『雄山記行《ママ》』は、上司家所蔵である。

写本である。誤字脱字などが極めて少ないことから清書本であろうか。題簽はなく、外題は表紙中央に「雄山記《ママ》行」と記され、表紙の左下には「延興」と作者名がある。内題「八はたまうての記」「伊賀物語」「我伊勢物語」。料紙は楮紙。表紙にも同じ料紙を用いる。寸法二八・〇×二〇・五糎。丁数墨付三十二丁（「八はたまうての記」十二丁、「伊賀物語」十三丁、「我伊勢物語」七丁）。袋仮綴。右端が二か所、紙縒で綴じてあるのだが、「伊賀物語」と「我伊勢物語」にはこれとは別に綴じ穴が二か所残っており、現在のような形で綴じられる以前に、この二編は仮綴じされていたようである。「八はたまうての記」だけに丁付があり、また外題の「雄山記行《ママ》」が「八はたまうての記」をさすと考えられることから、やはり『雄山記行《ママ》』は合冊であろう。「八はたまうての記」には、挿絵が二か所あり、七丁表に「せいなう」の絵が、八丁表に「妙喜庵茶室図」が描かれている。「八はたまうての記」の末尾の十一丁裏と十二丁表には、「延興君の雄山の記行《ママ》を見て／ことしの良夜ともに月見んといたしは／空ことにならし恨もとはたはる、斗の／言の葉にすかりて」として、「勧宣」「憲盛」「延報」の和歌が別筆にて記されている。「伊賀物語」の冒頭の十五丁表から十六丁表に書かれた漢文による序文には「享和三癸亥初冬上院　鶴鳴山人書」と署名があり、他見に供したことが窺い知られるが、この漢文による序文は本文と同筆である。

全体に、発句には朱にて見出し点が付けられ、漢文には同じく朱にて訓点が施されている。その他、地名などには振り仮名や傍線も朱書きで記されている。

二、解　題

著者の「延興」について、『公卿人名大事典』（平成6年7月25日発行、日外アソシエーツ）では、次のように説明されている。

紀延興　きの・のぶおき
江戸時代の人、非参議・南都八幡宮神主。宝暦6（一七五六）年生～文政11（一八二八）年7月没。73才。
南都八幡宮神主に任ぜられ、文政3（一八二〇）年従三位に叙せれる。同年没す。

延興が神主に任ぜられた「南都八幡宮」とは、手向山八幡宮のことである。手向山八幡宮は、天平勝宝元（七四九）年十二月、東大寺大仏殿建立にあたり、豊前国の宇佐八幡宮より東大寺の守護神として迎えられ、梨原宮の南に鎮座した。のちに大仏殿の近くの八幡池（鏡池）の東方に遷座され、建長二（一二五〇）年に北条時頼が東大寺千手院跡と言われる現在地に遷座した。明治維新まで「東大寺八幡宮」と称していたが、神仏分離令により、地名を取り「手向山八幡宮」と称するようになった。

東大寺八幡宮で、代々神主をつとめてきたのが、紀氏である。延興は第二十四代目にあたる。紀氏は維新前後から上司姓を用いるようになった。上司家に伝わる系譜を見ると、紀延興について、次のように記されている。

従三位安藝守

延興

宝暦六年四月二日誕生　童名五男丸　後武丸

前神主　従三位出羽守　延夏卿五男　母家女久子

妻和州狭川城主遺跡　狭川平次兵衛藤原助演女　親子

安永四年三月十五日　元服神役初参廿歳

称権神主延興

同　五年十二月十九日　叙従五位下廿一歳

同　日　任安藝守

同　十年正月廿六日　叙従五位上廿六歳

天明六年二月三日　叙正五位下三十一歳

寛政三年正月廿五日　叙従四位下三十六歳

同　九年二月七日　叙従四位上四十二歳

享和三年三月七日　　叙正四位下四十八歳
文政三年九月十三日　叙従三位　六十五歳
文政十一年七月八日薨　七十三歳

系譜の記述は先の『公卿人名大事典』の内容を補足するところが多い。また、『公卿人名大事典』によると、紀延興の没年は文政三年ということになっていたが、系譜の記述から紀延興が亡くなったのは文政三年ではなく、文政十一年であることがわかる。紀延興の名は『公卿補任』（『国史大系第五十七巻』昭和41年1月31日発行、吉川弘文館）にも見られ、文政三年の項に「〔従三位〕紀延興六十五　南都八幡宮神主。九月十三日叙」とある。また、文政十一年の項にも「従三位　紀延興　七十三　南都八幡宮神主。七月薨」とあり、これらの記述は上司家の系譜と一致している。

紀延興は、大正期に「髑の皮」（『ホトトギス』大正3年1月）や「東光院」（『文章世界』大正3年1月）などの作品を書き活躍した上司小剣の父方の曾祖父にあたる人物でもある。上司小剣は手向山八幡宮との関係について、エッセイ「三十幾代の文学の家」（『文章倶楽部』第3巻3号、大正7年3月1日発行）の中で、「私の家は作物の中に出るやうに代々から神主であつた。三十幾代といふもの同じ仕事をやつて来た」。したがって、国学に志して、「『古事記』とか、『旧事記』とか、『日本紀』とか、『源氏物語』とか、『平家物語』とか、降つては、さういふものを必ず読まなければならぬ家風になつて」いた。自分が文学を志したのは、「さういふ遺伝的な力」だと書いている。また、エッセイ「南山踏雲録を薦む」（『新潮』第39巻3号、昭和17年3月1日発行）では、小説『伴林光平』（昭和17年10月15日発行、厚生閣）の題材となった「南山踏雲録」との出会いを、「私がはじめて『南山踏雲録』に接したのは、小学校の三年か四年かのときで、子供にむずかしい本を読ませることの好きであつた父」によって「科外読本の格で、光平の『南山踏雲録』が取り上げられた」と語っている。上司小剣の父は、伴林光平に就いて、国学と和歌を学んだので、「家には光平の短冊や、また父の詠草数百首に光平が丹念な朱を入れた薄葉の綴ぢ本が一冊あつた」という。そして、「奈良の本家には、伯父がやはり光平に師示したので、光平が奈良の獄中で十数日間に筆を走らして、同じもの三部を作つた『南山踏雲録』が一冊あつた。三部のうち二部は所蔵家がわかつてゐるが、一部は行方不明だと言はれてゐるその一部が、私の本家にあつたのを、私は少年のころ見たことがある」と述べている。つまり、当時ではなかなか目にすることの出来なかった「南山踏雲録」に、子供の頃から慣れ親しんだことが、後の小説『伴林光平』の執筆につながったのであろう。上司小剣の文学的素養を考える上で、手向山八幡宮との関係は看過出来ない。

その上司小剣が自筆年譜の中で紀延興にも触れて、「父の家は、世々手向山八幡宮の神主たり。従三位紀延興の孫。延興、国学に深く、才藻に富み、和歌をよくす」と書いている。ただし、年譜の記述に「従三位紀延興の孫」とあるが、延興の孫にあたるのは上司小剣の父・延美で、上司小剣は延興にとって曾孫になる。延興は文政十一年七月八日、すなわち上司小剣が生まれる以前に亡くなっている。つまり、上司小剣とは面識がなかったわけで、上司小剣は父親か誰かに曾祖父の話を聞かされていたのであろう。「和歌をよくす」とあるように、延興は多くの和歌や句を詠んでおり、詠草や歌合せ、千句集なども残している。中には、『一條関白忠良公御点　従三位紀延興卿詠草』や『芝山殿御点　延興詠草』などもあり、和歌の添削などを通じて、延興と公卿たちとの交流やその文学的活動が知られる。自筆年譜において、上司小剣は、自分が文学を志した理由として、代々神官として国学に志してきた「さういふ遺伝的な力」を意識した時、祖先からの血のつながりの中で、身近な文学者として紀延興に言及したのではなかったか。延興は、和歌はもちろん絵や書を好み、南都の文化人として活躍しただけでなく、社史や神事の研究などによって八幡宮の復興に力を尽したという。そのようなこともあって、延興は、上司小剣はもちろん、上司家にとって、八幡宮にとって重要な人物だったといえよう。

その紀延興の旅の道行を綴ったのが、今回紹介する『雄山記行《ママ》』なのである。『雄山記行《ママ》』は、旅行の日程を箇条書きにしたようなものではなく、和歌や俳諧を好んだ延興らしく、行く先々での感興を詠んだ歌や句が多く記された紀行文であり、岩清水八幡宮への参拝の道中を記した「八はたまうての記」、伊賀の大福寺に住む法師を訪ねる「伊賀物語」、奈良から伊勢への旅立ち、伊勢の宮巡り、奈良への帰郷までを書いた「我伊勢物語」の三編からなっている。

「八はたまうての記」については執筆年代が明記されている箇所がない。したがって、「八はたまうての記」の本文の最後の一文に「葉つき末の三日になりぬ」とあるが、何年の「葉つき末の三日」なのかは断定出来ない。しかし、紀延興が「八はたまうて」をしたのが「葉つき」であることから、「雄と古山の祭」とは、岩清水八幡宮で毎年八月十五日に行われる放生会であることがわかる。また、「八はたまうての記」には、旅先で見つけた「せいなう」の絵や「妙喜庵茶室図」が描かれている。妙喜庵は京都府乙訓郡大山崎町にある庵で、「八はたまうての記」にも「みやこのとう福寺のすへの寺」と記されているように臨済宗東福寺派である。明智光秀を追う秀吉が休憩所としたことから、秀吉や千利休の訪れる所となった。境内の茶室「待庵」は利休の創案により建てられたもので、現在国宝に指定されている。書院の縁から延段で前面の深い土間庇へ、さらに飛石を伝って躙口へ導かれる。茶室内部は二畳で隅炉。次の間一畳と勝手一畳が付属している。大きさの違った下地窓と連子窓を開き、竹骨の障子が入れてある。これらの待庵の構造と一致していることや茶室の側に秀吉の袖摺の松が描かれていることからも、

「八はたまうての記」に描かれた「妙喜庵茶室図」はこの待庵を写したものであろう。

「伊賀物語」の奥書には、「きよう和みつのとし／なか月すゑのむゐかに／ふてをやすめぬ」と記されている。さらに「伊賀物語」の序文にも「享和三癸亥初冬上院　鶴鳴山人書」とあり、「伊賀物語」が享和三年（一八〇三）、延興が四十八歳の頃書かれたものであることを裏付けている。また、書き出しが「なか月十九日」で始まっていることから、「伊賀物語」は享和三年九月十九日に起草され、「なか月すゑのむゐか」、すなわち九月二十六日に脱稿されたようである。「伊賀物語」は、延興の古典文学への関心が窺える。「かさき山さし籠にしいにしへをあはれちしほに染るもみち葉」の歌とともに記される「かさきのた、かひ」は、『太平記』の巻第三の内容を踏まえているのであろうし、また「あかりての代は伊勢の国なりしをわけられて、『風土記』をみれは」の記述は、『風土記』逸文の伊賀国の項に「伊賀の国は、往昔、伊勢の国に属きき」とあるのを引いている。また、「行平」という鍋の名前から「因幡の山の峰に生る松としきかは」という歌の部分を引用している。この歌は「立ちわかれいなばの山の峯におふる松としきかば今かへりこむ」という在原行平の有名な歌で、『古今和歌集』巻第八「離別哥」に収められている。ただ、遍照院を訪れた際に、卜部兼好の和歌を思い出し延興自身も歌を詠んでいるのだが、兼好が詠んだと言われる「うき草も清きなかれをたとる身は都といへと塵の世のなか」の和歌については、実際に兼好の歌かどうか判明しなかった。大方のご教示をお願いする次第である。

「我伊勢物語」も奥書に「ふむくわはしめのとし／なか月よりかみな月の／むゆかまてしるす」とその脱稿日が明記されており、文化元（一八〇四）年九月から十月にかけて執筆されたと断定してもよいであろう。「去年も伊賀へ行て、思い出る儘の筆を染て、いか物語といひしは、山こえのか斐無業なるを、猶あかすして、今年もか丶る事しはへるは、又友かきのわらはれくさなる、我い勢物語ならむ」という一文から、やはり「我伊勢物語」に記された道行が「伊賀物語」の旅の翌年に行われ、「我伊勢物語」は前の「伊賀物語」を意識して執筆されたことが窺える。しかし、その内容は、「伊賀物語」に比べて、発句が主体となっており、散文の部分はその前書を綴り合わせたような形になっている。

これらの三編からなる『雄山記行《ママ》』には、紀延興の名所や旧蹟、神社や仏閣、それらの行事への関心が記されている。また、古人への思慕や古典作品への志向が指摘出来る。『雄山記行《ママ》』は上司小剣の曾祖父である紀延興の文学的素養を示す資料であると同時に、近世後期における手向山八幡宮と他の社寺との交流や当時の地理や交通事情なども知れる史料でもあると言えよう。

末尾ながら、『雄山記行《ママ》』の翻刻及び紹介をご快諾下さいました、手向山八幡宮宮司・上司延訓氏に心より御礼申し上げます。

三、翻　刻

〈凡　例〉

一、翻刻にあたり、旧字体や異体字は全て新字体に統一した。

一、本文の全てにわたり、私に句読点を施した。

一、反復記号については原文のままとし、濁点も私には施さなかった。

一、改行は原文に従った。

一、誤字・脱字等については、一切の訂正や注記を加えることをしなかった。

一、朱書きで記された発句の見出点、地名に付された傍線や振仮名、また、漢文の訓点は特に区別することなく、そのまま翻刻した。

一、判読不可能な文字については、□で表した。

『雄山記行《ママ》』

「雄山記行《ママ》」（十二丁）

八はたまうての記

△なかつ秋のなかのよか、ひつしの貝を聞ころ、より出て雄と古山の祭にまうてんと、古津の川辺にゆきて、ふねをたつぬれは、此ころは水涸て、舟のゆきゝ早からすときゝて、壇つたひにはせのむらや路をさしていそけは、空かきくもり神なりて夕たつ雨に風そひてかさもやふるゝほとなり。されとふた月斗も

日てりて、やう〳〵雨ふりけれは、　」1オ
・世にまつを思へは涼し秋の雨
暮るれは雨やみてまつ宵の月も出ぬ。
・やとしけりわさ田晩田の露の月
はふその村を過るに、いにしへの神領にや、今も宮居
神〳〵敷て、あたりの草むらはむしの音しけし。
・祝薗やかすかのをうつす虫の声
ゆき〳〵て川辺に出る。松のはやしむら立て、白
洲ひろく涼しさにしはし休らひて、
・月みよといはぬ斗の真砂哉
秋の千草むら〳〵ある道のほとりに、ゆきゝの人の　」1ウ
あしを休らはせ茶を煮てすゝめんと、せたいの
かりやをまふけ、賤の男打集り居て、心のまゝに
横にふし、うちわにて蚊をやり、物語なとしたるも、
よる行道のたよりにてなつかしくおほへけれは、
・擣て待やとは小はきを枕かな
とかくして八わた山程ちかくなれは、月影を友として、
いそく道すから、虫の音も一きわに聞なされて、

・神の業むらやの鈴かむしの声
月影の露に袖をぬらすも、中〳〵秋の情
あさからすおほへて、」2オ
・契る秋に咲や女郎花おとこ山
ひさこに酒をたゝへて携へしをとりいてゝ、
・夕顔やさらは美豆野の秋の月
八幡の山もとしみつといへる町に、うのた氏の
家にいたりて足をやすめ、夜のいゐなとたうへて、
・なかかりし夜もはやふけぬ庭の月
暁ちかゝらむと、放生河のほとりにいてゝ、
・魚おとる浪にくまあり川の月
・反橋も影をうつすや水の月
神の御幸を拝まんと、やしろの務のさにしきに
いれとゆるされしも、いとかしこかりて、きぬやの
領といへるかたはらに居て、時のうつるをまつほとに、」2ウ
夜もすからあゆみこし道のつかれいてゝ、
かたねふりするもらうかはし。
・ふしてまちあふきて月を宮居かな

行教和尚の勧請のむかしを慕れし行清法印の
和哥も思いてらて、
・けに月の袖にやとるや神こゝろ
や、明行比に、神の出御あらんと、ふえ竹の声
やま谷にひゝきて、大うち山の月のきみ、みこと
のりをうけたまはりて行ふ司人近き衛り
兵のつかさ、馬のれうの官人なとかす〳〵ありて、
つらなる袖のいろ〳〵に、やしろの人〳〵数しらす
供奉しいつるをめてたう覚へて面立敷、」3オ
・月に立羽のはやしや鳩のみね
寮の御馬をたてまつるゝを見て、
・是も今日神に駒ひくか男やま
下の御あらかに御輿を入奉りて、今日はこと更
かしはての数を尽し豊みてくらをさゆふきに
ふりはへて、限なき君か代を祈奉り、御法の
わさもかす〳〵に時をうつして神の御心を
なくさめ奉る祭のありとかや。」3ウ
和歌五首

・いにしへを思いつれはいと丶猶かしこき神の御幸也けり
・八はた山秋の木のまをさし出る月の光そ世丶にくもらぬ
・石清水濁らぬ御代そしられける底迄すめる月をみるかも
・神祭る君か御代をは守るとはしらる丶四方の国のしつけさ
・おとこ山かひ有神の御幸哉影明らけき月の最中に
辰の時と思ふ比、うのた氏の家に帰りて休らひ
ぬ。鳥けた物は常にいむなれと、祭には猶魚をも」4オ
たうへすとて、竹うな松たけなとの塩にひたし
たるを取いて丶、心ふかく饗せらる丶まゝに、寸過る迄
さけたうへて、前の夜起明したれは、目のふたかる
まゝに枕をとりて、まへともうしろともしらす
ふしぬ。
・夢なれや日は中空に袖の月
高槻の翁、此家に有。あひてさかつき取かはし、
ほくなと口すさまれしも、酔のうちなれは覚へす。
おきなはいつかたへか出ゆかれしとかや。
やう〳〵目も覚ぬれは、本の社へまうてんと、山みちを」4ウ
よちのほる。

・山たかし稲葉の浪を四方の海
御やしろの前にいたりて、宮造のたうとさ
いはむかたなし。武内殿を拝みて、
・かしこしなかれを結ふ水の月
心静に見ゆれは、琴を釣たる堂あり。
・ことの音や松にしらふる秋のかせ
山路をくたりて、かりの御座の廓のうちに入て、
大神を拝したてまつり、
・仰来て更に涼しき宮居かな
放生川の橋をこえて、よしむら仲亮のもとへ
尋ゆきて、年ひさしく相見すなといひて、数〳〵の
物語りに時をうつしはへる。
・とひよれは尽ぬ千種の花野哉
名残尽せねは、遠からすもまた問こんとて、うのた
氏の家に帰りぬ。
△暮て燈をかゝくるころ、
大神の還り給ふを拝んと、また山へ昇り、
さにの鳥居のもとにてまつ。今朝のいつくしき

」5オ

そうそくは改て供奉の人〳〵杖をひきて、白妙の　」5ウ
袖に望月の影しらみ合て、松の火かゝやきて
けむ、申楽の笛つゝみ秋の風にひゝきわたり、
いとかしこきなみたを落すはかりなり。

・明らけし朝日の光夕月夜

・笛たけも松吹風も秋の声

心しつかに山をくたりて、今よひはふもとの
里に枕を結ふ。夜明ぬれは宇野田氏の家
を出て、なし本のわたし舟をよひて、

・落鮎や川瀬の水の秋の色

呉竹のふしみへ引登る舟もをしてるの難波津へ　」6オ
さしわたす舟も水のちからをかりて、一夜のほとに
往来の安けなるそうらやましけれ。

△大山崎の御やしろにまうてゝ、

・とはすしてたかやまさきの神やしろ
かゝる宮居のありけるものを

・いのる身のいつくはあれと我神と
同し御影のことにかしこき

此宮もきのふは祭りとて、うつの広前にて、
すまひのいくつかひもありとかや。やしろのわき、
さうしにかけたる木子のことき[も]の、みきひた」6ウ
りにあり。うしろのかたのみ見ゆるかたの下のほとり、
たてさまにひらくはたして、ひちかねふた所にうてり。
手のあたりにかせ木あるをさうしに掛たり。

〈細男図〉(1)

ある人のいへるは、其垣の透し所より手をいれてねちる
木あり。かくしつれはかしわ手をうたするよし。名は
ほそ男といへるよし。後に聞はへる、わか社にも
せいなうといひて、磯良の御神の舞出たまひ」7オ
しをうつすよしにて、祭ことに立舞へる事あり。
細男とかきて、せいなうといひ伝へたり。
御前をひたりへいつれは、里のかたはらに妙喜庵
といへるあり。尋よれは、豊臣の太閤山さきの
たゝかひに旅屋なりしとて、名ある人の画をかき、

利休居士かこのめるよし。茶室あり。あるしの僧の名をとへは、独園とて、みやこのとう福寺のすへの寺にて、わか身は伏水のうまれのよし。年いまた若けれと、物語いとこまやかなり。」7ウ

〈妙喜庵茶室図〉(2)」8オ

そてすりの松は、はしめ利休のうゑしはかれぬ。うへ改しいまの松も百とせに及へりとかや。大きなる木也。いにしへの松は板につくりて、此寺の腰いたに造れり。幅三尺にあまれり。棗形のてう水はちは、芝山けん物のたてまつりしよし也。書院まち合の間、山水をゑかきたり。さん楽の筆といへり。杉戸は松に鶴の画、かいほう友松かきたり、茶室入口の画は、古法けん元のふかかきしとかや。すへて屋造りさしたる良材にはあらねと、年ふりて物あはれにみゆるなり。」8ウ
宝寺とかや、名高きうちいての小槌とて、銭を送れ

はみするよしいへと、奥へ入みちの遠けれは、つかれを
いとひてゆかす。
・世にたくひあらぬたからも何ならすともしき事をしらぬ御代には
久世村の橋をわたりて、桂の里の方をうちなかめて、
・暮ゆかはこよひも月の桂川さそしら波にいさよひの影
長岡の天神、向日の明神、栗生のくはうみやう寺
なとは、ちかき比とひしまゝに打過て、みやこのかたへ
ゆく道を尋て、嶋原とかやうかれ妻のすむ里も、
夜はさそといひて、余所にこえて東寺へいりぬ。
門のわきに御社あり。いにしへわか御神の
御輿の入洛の時は、こゝに入給ふよし。ふるき
文ともにあり。
・ねかふ事ゆるせと神も其むかし幾夜旅ねの枕かりけむ
日もやう〱傾くころ、宮古にいて、定栄宿祢の
もとに宿をかりぬ。△御霊会を拝みて、
・今日祭る神のめくみに草も木もてる日にかれし陰そうるほふ
あるしの宿祢、としころにかはらすいやましの親しさに、
祭の事なとさわりもあらぬを共にことふきて、

」9オ

日をへていとまをこひて帰る。△ふしみを過るころ、」9ウ
雨いたう降けれは、
・ふし水野や呉竹けふる秋の雨
・朝霧にふか草分ん道もなし
小椋の壇を過るに、猶いたう雨降て、年〳〵に
かよひ馴たる道なから、蓑はみやこにわすれ置、
かさは風そひてしのきかねたれは、長いけの駅に
一夜を明して、よすから鳴神をきゝ、雨も暁かけ
て頻りにふれり。
・鳴神に枕ひやせし夜の雨
あくれは辰巳のかた、少し雲はれて雨やみぬれ」10オ
は、道をいそきて狛の里にいたり、徳平氏の
家をとひてしはし休らふ。
・立ましりなてしこ残る花野かな
・瓜つるもうら枯になる狛野かな
さきの日、雄とこ山まては此家の母なる人
を伴ひし事なと語りあひて、はやわかふる郷の
ちかけれは、古津の川舟をよひわたるとて、水の

面をみれは、八わた山へ詣てし日は水かれて、
舟にのるへくもあらさりしか、夜もすからの雨
に濁れる水出きて、あわの流きたるに、里人 」10ウ
はこゝろ〳〵に網を引、左手をさして落くる
魚をとらむと、こゝかしこにこそり居たり。
・秋の雨水上いかにいつみ川
申の時のかしらと思ふころ、奈良へかへりて、
・わか宿に立帰ても思やれは旅ねの月そ名残有ける
出たゝん○《と》せしさきの日、にしむら氏よりもちの
夜は月を見むと消息ありけれと、日ころの
交りを等閑にして出けれは、
・もち月の影ふくる迄夜もすからふる郷人は無詠けむ
葉つき末の三日になりぬ。 」11オ

延興君の雄山の記行を見て
ことし良夜ともに月見んといたしは
空ことにならし恨もとはたはるゝ斗の
言の葉にすかりて

伴はぬ山路の月も言の葉の
つゆの光りに移してそ見る　勧宣　」11ウ

おなしく
月□会なへて曇れと君のみや
秋の光をそへて見るらん　憲盛

岩清水すみぬる月やむしの音を
めてしこと葉は秋のにしきか　延報　」12オ

「伊賀物語」（十三丁）　」13オ

雅之為《ル》レ事也《ヤ》者雅-実《ニ》匪《ス》レ有《ニ》レ体俗之為《ル》レ事也《ヤ》者
俗亦匪レ有《ニ》レ体矣譬《ハ》如《シ》下縉-紳文-士之述《テ》二市-井商-
旅之煩《シキヲ》一而戴《ル寸ハ》二之諷《ニ》-詠一則市-井商-旅之俗-却為《テナリ》レ
雅-俳《ト》-優-戯-場之学《ンテ》二月-郷-雲-客《ノ》之風《ヲ》一扱《フ寸ハ》二之伎-芸《ニ》一

則月郷雲客之《ノ》雅正《ニ》為《ルカ》俗《ト》矣蛤居先生也者《ヤ》
素以《リテ》為《ルヲ》神祇之職極《メ》国学之《ノ》蘊奥《ヲ》且達《ツス》歌道《ノ》
之玄微《ニ》也曩有《ニリ》同胞《ノ》一法師住《メ》干伊賀上野《ニ》
而為《リ》大福精舎之《ノ》先生也遷化既《ニ》三年今茲《ノ》
暮秋依《テ》其《ノ》祥忌《ニ》而頻発《ニシ》弔古之懐《ヲ》已至《ニテ》其地《ニ》 」14オ
而乃宿《イス》大福精舎《ニ》矣当主頃日雖《ロ》有《ト》翳障之
悩《ミ》然《モ》以《テ》先主同胞《ノ》之由縁《ヲ》而饗応殊《ニ》以《ス》慇懃《ヲ》
於《テ》是《ニ》相留《ルフ》凡《ソ》一旬其間所《ロ》耳聞目撃《スル》之数緒
悉《ク》興不入《トヱフ》諷詠《ニ》也帰《テ》家《ニ》而纂輯《メ》而以《テス》成冊《ヲ》自《ラ》題《メ》
謂賀話《ト》蓋比《スル》勢女之《ノ》勢語《ニ》者乎余以《テ》同志《ノ》不浅《カラ》
速《ニ》来《テ》而令見之余《ヲ》見而《テ》歎《ヌ》日自《リ》詠《セシ》行程山野《ノ》秋
色《ヲ》至《テハ》千或《ハ》一宿遇雷雨《ニ》或弔《ハシ》往古《ノ》戦場《ヲ》或《ハ》夢裏
逢《ヒ》故人《ニ》或《ハ》慕《ヒ》同胞《ノ》之遺蹤《ヲ》或拝《ハシ》土神《ノ》之祭礼《ヲ》或《ハ》
交《シ》遘風騒客《ノ》或遊《ニハ》数《フト》個清《ノ》刹《ニ》之数篇《ニ》者皆是《ヲ》所
以《テ》雅之為《スル》雅《ト》而先生之《ノ》所《ロ》不《ル》難遍《シトリテ》以称揚之《セハ》者若《モシクハ》《コトキ》 」14ウ
謂《ンガ》尋常《ト》乎至《カ》如《テハ》彼《キニ》曳《ノテ》筇干《ヲ》嶮路《ニ》買《ヒ》銅鍋以《ヲテ》機関之《ノ》顕
微鏡《ヲ》而移《セル》近世之変態《ヲ》独《コ》楽《マ》漢《マワシ》之《ノ》感《セル》辨智《ヲ》是等之《ノ》
諸篇《ノ》而乃吾所《イカノ》言之縉紳文士之《ノ》詠《シテ》市井商旅之《ノ》

俗《ヲ》一却《テ》為《ナル》レ雅《ト》之証‐於《テカ》レ是乎《ニ》存《セリ》矣幸哉《ナルカナ》售《ル》レ鍋者《ヲモノ》且《ツ》顕‐微
独‐楽之《ノ》輩不《ラスンハ》レ値《ハ》二先‐生之《ノ》愛‐玩《ニ》一者何得《ソン》レ入《ル》二文‐雅《フヲ》之《ノ》卿《ニ》一
乎《ヤ》実《ニ》可《キノ》レ喜之《フ》酷《シキ》也玩‐味一‐夜不レ設二枕‐席《ヲ》一称‐歎以レ有《ルヲ》レ
余不《リ》レ顧《ミ》二鄙‐陋《ヲ》一逮《テ》レ返《スニ》レ冊《ヲ》而題《スト》レ之云

享和三癸亥初冬上院　　鶴鳴山人書

」15オ

いか物かたり

なか月十九日、いかの国に赴んとて出るに、いもり山の北を過て、ひら野の壇に昇る。
○あふきみる飯盛《イヽモリ》山の麓田のいな葉刈てや嘸急らん
今朝の雨に遅くやとを出ぬれは狭《サ》川氏の許に枕をかりて、暫しまとろむほとに、雨ふり出て風吹、神いたう鳴りと、ろく。
○鳴神のひゝく枕にいな妻の添ふす床と明しかねぬるはつかやう〳〵夜も明ぬれは出行に、笠置の埜川をわたりて、爰は古戦場そと、

」16オ

○かさき山さし籠にしいにしへをあはれちしほに染るもみち葉
峠をこゆれは、所〳〵に里ありて、川のむかひの竹むらの
うちなる里はあすか路むらといひて、是なむかさきの
たゝかひに、山のうしろよりあるいまし者の住しゆかりとて、
いまもかさきの人は腹あしく思ふとかや。
○呉竹のうきふし有し里人の其名や世ゝに猶残るらむ
こその秋はいにしへに稀なるほと水出て、おと歳かよひし
道は崩れかはりて、はり道など処〳〵にあり。
○すきし秋もと来し道は川の辺の高き白州や浪のよすらむ
思よらぬ方迄、塵芥の打よせなかむるに、胸つふれぬ。
○心なき草木は物を思はすや折ふすはかり波はかけても
○ふし沈む姿の儘に川竹の青葉はかれす秋風そ吹
笠なる山をみれは、また空もはれす。
○崖にまの煙か峰の時雨かとうき雲迷ふしからきの山
百舌といへる鳥は、己かすむ梢を下て、問よる鳥をよせ
されは蹴をさるゝよし。喰あへるを見て、
○もみち葉と共に落きて鳴くもすの梢あらそふ秋の山陰
大川原の馬屋より左なるは、近江路の堺なる山にて、

」16ウ

多羅尾といへる山里ありて、かよひくる賤の男は赤いろ」17オ
の布の衣をきたり。藤にて織たるよし。
○絶すしも通ひきぬるかふち衣誰をゆかりのいろとしもなく
此ほとりは、柳生家の領せる地にして、彼のいゑには世ゝつるき
をとりてものゝふの道を守れる名の高きなと思いてゝ、
○弓張の月にむかひてもみち葉のこたち奥ある秋の山さと
嶋か原の渡し守をよへは、むかひの岸なる舟をさして来る。
○爰も又うき嶋か原吾妻路のふしの根うつる浪はたゝねと
晩稲田のまたからねと、わさ田は刈あけてほすも有斗に、
負はせて行もありて、たなつ物のまとしからぬ国のさまそ
みへける。ある賤か家によりて休らへは、商《アキ》人の休らへる有て、」17ウ
あかゝねにて造れる物多くもてる中に、わか宿にあらま
ほしき鍋なとみゆるは、是なむ名は何といふ物そ
と尋はへれは、行平といへるよし。さらは因幡の山の峰に
生る松としきかはなと口すさむもおかしくて、帰りこん
家つとにせはやとかはりをとへは、都にてきゝしには似す、
いと安け也。
○おしますも我に還れよあき人の重荷くるしく山越んより

日のひかりさし水なともりやすらんといへは、なとさる事のある
へきといとあいきやうづきてあたへしに、旅のうさを慰め
行に、日はまた高く、道は程近くなるまゝに、長田《ナガタ》の川へは 」18オ
ゆかす。西蓮《サイレン》寺の前を過て、木《キ》興《コウ》川のいた橋を渡るとて、
○ありしにも替らさりけり此里を過る三年の前の棚橋
森のうちには高尾寺とて僧院あり。
○あひにあふ都床しき高尾てら愛宕の方もほとちかくして
左の方の山に寺ありて、遍照院とかや。昔卜部兼好、
世をのかれて住る所なり。
○ちりの世とみやこを出て住にけむいつくも同し塵の世に居て
彼ほうしの哥にうき草も清きなかれをたとる身は都と
いへと塵の世のなかとよめるを思出るまゝ也。あかりての
代は伊勢の国なりしをわけられて、風土《フト》記をみれは、 」18ウ
天の真名井なとも此国に有て、名所多し。あはれ
その森たれその杜なといへるもあり。
○問来ぬるむかしたれそのあはれその森の名朽す残し置けむ
梢にはなかねと申の時はかりに、あたこのはたて大福
寺にいたりぬ。あるしの僧に此ほとおとつれのう

とかりしをわひて、せうとの法印の世をあかれし秋も、
はや三とせになれるをとふらひ来ぬとて、
○無跡の三とせの秋を問くれはうへ《地名》の時雨て袖そかはかぬ
○おしめ《し》共別れし鴈は又来ても忍ふ三とせの秋はかへらし
○別るゝも三とせ過るとしら露の置かふるまに秋そ移れる　」19オ
物そなへんと折櫃《ヲリヒツ》に花やらじなどたてゝ、無跡を追て
いたうしたへるこゝろをなしぬ。
廿一日、夜明れは、ゆかり有人〳〵来りて、法の師のつとめ
ねんころ也。かれ飯に野山の珍しき物をそへ、追《ヲイ》物《引菜》なと
せしをたうへて、こし方をかたるもくり事なから、引菜世にある人の
常なり。盃の数にゑひしれて、日の暮れはふすかとせし、
枕上にあやしの人の声あなるは、いかなるわさにやと問へは、三とせ
かほとにも人はなく成ぬと聞へ給ひし今日のことの葉
のなつかしくてなといへるを見れは、ものゝふなからいまは姿も
おとろへて、いかなる人そと思ふに、内保《ウチホ》氏なり。　」19ウ
○世になしと思な捨そ桜花ちれは又咲春もこそあれ
かたはらなるは、吉蔵院の弟子すんりやう法師とかや。
○あとさきにかはりもそ行秋風の月をうこかす空の浮雲

誠や師の御房の歎限なからん。うしろなるはたそと
思へは瀧瀬氏にて、
○峰積る雪の光の白妙はいろにもそます香にも匂はす
かれを思ひ是を聞にも、雪月華の時〳〵移りかはる事
とゝめかたきに、暁の風さとふきて有つる夢は覚ぬ。けに
〳〵つかれしまゝのわさならんかし。
廿二日の夕暮より衛藤《エトウ》氏のかたへ行て慈仙《豆腐》なと 」20オ
やきて酒をくむ。
○なかき夜も語り尽さて鶏か音に名残そ残る灯の本
かへりてふすかとすれは、朝日さし昇るに鵜飼して目を
さましぬ。
廿三日、こよひは寺にありて語る。多喜衛藤の二士
来れり。岩高く苔なめらかに水流れ、月清く
雲収りて風涼しく、竹の下陰道細くして窓の灯かす
かに、海広く山遠くして浪空をひたし、けたも
のゝ声怖しうして夜《ヨル》山をこえ、鳥の音おもしろう
してひる野をわけ、四方の国ふり、日の本、もろこし、 」20ウ
月の氏なる国の事まて、すみの四しうもよたりし

て語り尽すはかりにて、二人は帰りぬ。夜更て樫の
実たら〳〵と落る音のみなり。
○小夜ふけて木の実の落る陰とへは、月よりふれる雪のしらかし
此寺に伝へたる、もろこしの懐素といへる僧の筆の跡あ
りて、くろきを白きにはいか、なから、紙にうつしてみるも
めつらし。　冠‐曇《白字》通《シ》二南極《ニ》一文‐章落二上‐台《ヨリ》一
詔《ハ》従二三殿一去《テ》碑《ハ》到《テ》二百蛮《ニ》一開《ン》野‐舘濃‐花発《キ》
春‐帆細‐雨来《ル》不レ知滄‐海《ノホトリ》　上天遣《シメン》二幾時廻《カカヘラ》
書‐更会‐要《ニ》云釈《ノ》懐‐素字《ハ》蔵‐真俗‐姓銭長‐洲《ノ》人　」21オ
徒《ウツス》二家《ヲ》稟‐非《ニ》一玄‐奘三‐蔵之門人也一‐夕観二夏‐雲《ノ》
随《ヲ》レ風《ニ》頓《ニ》悟二筆意《ヲ》一自謂得《タクト》二草‐書三‐昧《ヲ》一
○逢かたき昔をさへにから人の心深さをみつ茎の跡
廿四日、日たけぬれは、雨降いて、屋守す。つれ〳〵なる
ま、に、あたりちかき幸福寺へ至りぬ。西の山際まて
詠られて、雨の中もいとよし。寺のぬしは爰に居すして、
肥前の国より来れる若翁といへる桑門、しはしの
やとりをかれり。詩を作り、花を瓶にさし、はいかい
のれん哥なとこのめるよし也。乞はへるま、にたんさくに

書つけてくるゝをみれは、」21ウ
菊の花おのか白きに世や耻んなと有。又秋の雨
竹よりも其雫かなやつかれにもと乞へる
まゝにいなみかたくて、
○晩稲田や残るいろそふ秋の雨
これはけふの詠をつねの連歌につらねしほく也。
猶たむさくにかいつけよと出せしかは、
○浪白しうつは苫屋のあま衣
さきに擣衣のほく五十はかりせしかうちを思ひ出て
かいつけし也。今日の雨のけしきはなか〳〵に珍しくして、
屈庵といへる隠士なと来り。共にかたりて、入相のかね」22オ
の声を聞捨てかへりぬ。屈庵かはいかいの句にも、
なかき夜やみとりの髪の枕すれなといへり。
廿五日は此町の神祭なれは、やしろに詣てあたりを
見れは、かこめる中に絵をかきて玉の鏡をかけてのそ
めは、海もやまも其遙なる事かきりしられす。
灯の影数しらすありて、星かとそあやまたれ。烏
羽玉のよるのけしきをまのあたりにみする事あやし

といはむもさらなり。なからん後の鬼をせむるも
楽みを極るもみへ、去歳の秋の水張りて、多く民草
のみたれ流しもあり。難波の大寺に鳴神落かゝり　」22ウ
火つきて燃るも有。住の江の塩風あらく吹て、神の
みあらかの炎と消行も見へ、親鸞上人の教へ置
れし安心の道を分迷ひ争ひて、いと狼かはしき
様まて、此かこめるか中にこめたり。
○この玉のあらむかきりは世中にてらさぬ方はあらしとそ思ふ
独楽《コマ》といふ物を手すさみに茶を売もの、いへる、こ
まはいにしへ菅公の宰府にうつされ給ひし時
造り給ひ、かふりの緒をまとひて抛け笏にすへ給ひ
しより初れりと。かゝるしるしなき事をいひても、人に
ゑみをふくませおとかひをとくこそ、世を渡る　」23オ
道は一すちならす覚ゆれ。
○こま〳〵とみまくほしさに諸人の立ならふ袖を分つゝそ入る
市人の物うる声かしかましくてめてまとふうちに、
御神の出ますとて獅ゝの舞きたるは、いにしへ行幸の
蘇芳菲《ソホウヒ》に高麗龍《コマリヤウ》なと番《ツガ》ひて御前にたちて

まつるをうつせし名残なるへく覚ゆ。いろ〳〵のふりう
ともありて、けにいにしへよりほうべんのつけ物ひとつ
物なと、今に絶ぬ神の祭こそいとめてたくおほ
えはへる。
○いまも猶神の御国の末絶す栄へを世ゝにみするかしこさ　」23ウ
○神かせやいせの浜おき打なひき今もゆたけき浦安の国
きのふの雨晴て、朝日さし人の心も雲を払うとみへしも、
神無月ちかくて定なき時雨のふり出て、あふさき□さ
にけ行人のさはかしくなるに、やつかれも袖をかさして
ある寺に立よりてやすらふほとに、笠なとゝのへて
しれる人の家にいたりぬ。是なんさきの夜夢にみへし
滝瀬氏の家なり。爰にて酒なとたうへてまてと、雨
やます。日の暮るに、見るへき物の来へきほともしらすして、
いさや帰らんと出て、甥の小房をいさなひて、つまつくな
こゝろせよなといひて、からうしてわか帰る寺の近　」24オ
つくまゝに、心をゆるして多喜氏の家に入れは、あるしの
碁を囲むを見るに、酔出て眠居るほとに時移りぬ。
○斧の柄の朽るもしらし乱れ碁をうちねふるまの夢かとそ見て

や、さめぬれは、あるし盃とり出て勧るも、少しいなむ
こゝろなりしか、あるしの妻なるか物の声なとしらふるに、
ねふりこゝろもさたかにさめて、又さかつきをとりかはして、
○いく度も汲こそあかね諸共に老を養ふ瀧の流は
すん過る迄になれは、いとまをこひて寺に帰りぬ。
廿六日、空こゝろよく晴ぬれは、古郷に帰らんと迅出て、
行く道のほとりの黄なる茸なととりて行ちかふ。 」24ウ
午の時はかりに、笠置の梺にいたりぬ。
○定なき時雨も晴て今日は只笠置の山も名のみ也けり
こゝより人のすゝむるまゝに舟に乗て、泉川のなかれを
くたる。和束《ワツカ》銭《デ》司《ズ》瓶原《ミカノハラ》加茂なとを過て、木津川の
渡りに舟をよせて、夕暮少し過る比、奈良に帰りぬ。
おもひ出るまゝにかいつけしも、彼いせ物語には似るへ
くもあらねと、国の名なれは猶其儘に伊賀
物語とはいはむこそ、うとましくきこゆれ。 」25オ

　きよう和三つのとし
なか月すゑのむゆかに

ふてをやすめぬ

岸松亭
蛤居 」25ウ

「我伊勢物語」（七丁） 」26オ

我伊勢物語

なか月の末つかた、伊賀の国にゆきて、
ある人の家にて紅葉深といへる題を
とりて、
○千世をへん松も緑の陰浅み高峰のもみち染尽しては
いせへまうてんと常に思へと、ひとりはいかゝとおもひ
わつらひけるを、あるしの僧のいさ出たち給へ、わか
寺の従者をなといと浅からぬこゝろさしをたよ
りに出るとて、あら木むらをすくる比、空も 」27オ
いとよくはれて、川そひの道あゆみよし。
・川音は空すむ秋のしくれかな

あわむらの大佛をたつねて、
・花咲し面かけうつす紅葉かな
長野峠をこゆるに、はしめていせの海をみて、
・山はとめ望む浪すむうみ辺哉
・いせ宮や行秋残るむらもみち
明星といへる里にやとりし時、夜の鶴を
きゝて、
・鳴鶴に故郷の子を思ふ夜寒哉　」27ウ
櫛田川にて網を引を見て、
・さひあゆや浪に暮行秋の色
朝熊山を見て
・出る日の朝くま山や霧の中
二見の浦に出んと馬に乗て行に、故郷の
翁に逢ひて、いつちへととへは、鳥羽の浦に
行てあすは帰こむ、山田にて逢んなといふも、
つこもりなれは、
・今日別れあすは逢みん冬と秋
わたし舟にのりて　」28オ

・冬をむかへ秋を送るか渡し舟

神領の人〳〵二見に詣て帰るをみれは、青き草をもてり。みそきのはらへ草ときゝて、

・秋と共になかす水草の御祓かな

浦に出て、

・追風は秋のいぬ方か沖津ふね

磯辺伝ひにひろへとわれ貝のみなれは、あまのうれるを求て名をきくにくさ〳〵有。

・桔梗と聞もかひあり秋のうみ

折ふし干潟なれは、岩間の藻なととりて、」28ウ日の傾くまてありて、

・かれ今宵藻屑を秋の草枕

田面のかたは鶴のあまたをり居たり。

・うら馴ぬ田面の穂なみ鶴の声

興尽ぬれは内宮のかたへ至りて、川添にすむ車館といへる御師のかたに枕を結ふ。

・秋の夜の川音きよきまくらかな

明れは神無月の朔日、朝日のいろわきて、

清らかにいさみつゝもたせ来たる衣を出して着て、
・旅にけさあふや袷の衣かへ
神に詣んと、なかるゝ水にて口すゝき、手をあ
らひて、」29オ
・神事は代ゝに□らし五十鈴川
神無月といへる神の事にや其しるしをきかす
など、故宗定翁のいひしを思ひ出て、
・ありと来ていのらはなとか神無月
神前にて、
・詣来ぬ秋の内外の神やしろ
・散まゝの木葉をぬさや神路山
五十年にちかき身の猶行末を祈りて、」29ウ
・照日にやとけんかしらの今朝の霜
有し年詣てしも早程をへてなといひて、
○仰来し三十三年のめくみ猶千とせの数にそへと祈らん
やしろ〳〵をめくりをかみて、又御師のくるま
たちへ帰りて、山田へと出たつ。けくうの御師
福本といへる方にやとりをさためて、道すから

思つゝけしことの葉をしるさんと筆を染るに、鳥羽へ
行し翁の出来たりてなつかしう物語し、子の比
帰りけれはふしぬ。あくれはゆをあみて、外宮へ
参る。申すも恐あれと、 」30オ
・神となりかれぬは芦の一葉かな
神前にいてうの実多く落たるを拾ひて、わか
やしろの前にもありと思ひ出て、
・ふる郷に落しも同しこの実哉
天の岩戸に参る道にて、椎の実かしの実
なとひろひて、
・拾えしこのみも椎の木陰かな
・実をうへて生しくらへん楢かしは
いわ戸に参りて出れは、神楽所の前に茶を
飲む所ありて、爰よりのそめは宮川より宇治 」30ウ
山田を見めくらし、伊勢の人海はるかに志摩
尾張の国まで眼の前にあり、不二の峰もみゆる
よしいへと、今朝は雲ふかし。
・雲の中とかたるも寒し不二の雪

心静に宮めくりして、さらに旅ころもを
打きつゝ、むまや〳〵に酒をくみなから、
・はま荻の浪風ぬるむ小春かな
いかの国しるへの寺につきしかは、あるしの僧の
歌をよみしとて送らるゝ。　栄言上
△なか月の末つかたいせへ参り給ふ　」31オ
人に送る
千はや振神代の跡をとふ人の袖になひかんいせの浜荻
　帰り給ふをまちはへりて
伊勢の海あまの小舟のよる浪の浦のけしきや写絵とみむ
なとよめり。かく志の浅からすして、先師にもをさ〳〵
をとらさりけりと涙を落しはへる。一日は足を
休めて、前の日あるしの僧のかたりし~~をこと体~~と
いふもの、今は世にしる人の稀なるにや求えしと
いひて、ちいさき書ひとつ取出たり。けに〳〵金とも
国ともいひつへし。　」31ウ
　みれはけにかれ野に残る鳥の蹟
其夜は衛藤氏のかたへゆきて、よすから

物語して、あくれは神無月のむゆかに、
わか家へかへりぬ。

伊賀の僧に返しすとて、
○かゝる人あらすはいかで千早振神代の跡を問道もいさ
○かたるにも尽せしいせのあま小舟さしよる浦に鶴の鳴音は
去年も伊賀へ行て、思ひ出る儘の筆を染て、
いか物語といひしは、山こえのか斐無業なるを猶
あかすして、今年もかゝる事しはへるは、又友かきの
わらはれくさなる、わかい勢物語ならむ。」32オ

ふむくわはしめのとし
なか月よりかみな月の
むゆかまてしるす
岸松亭蛤居」32ウ

注

（1）細男図

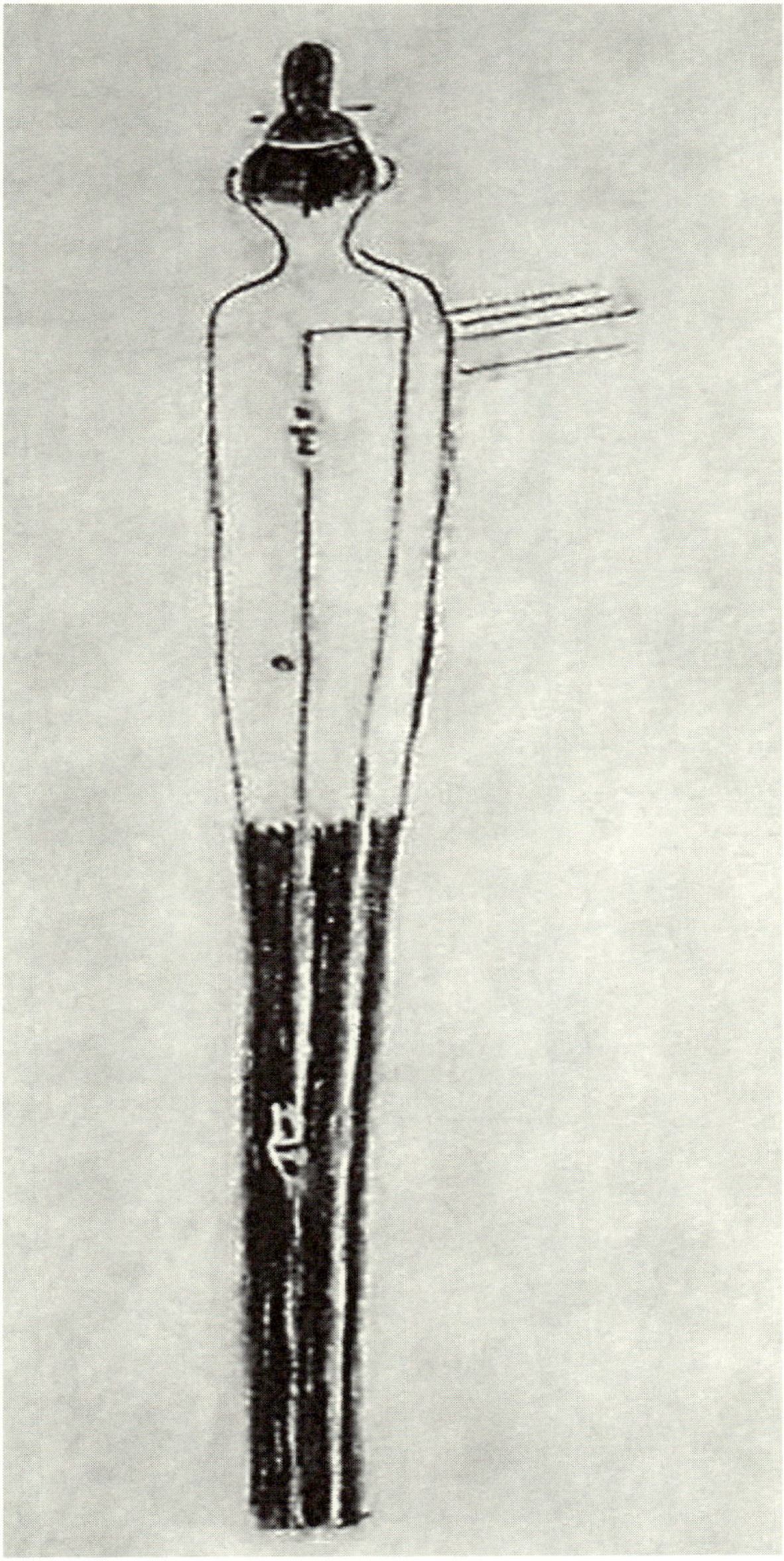

（2）妙喜庵茶室図

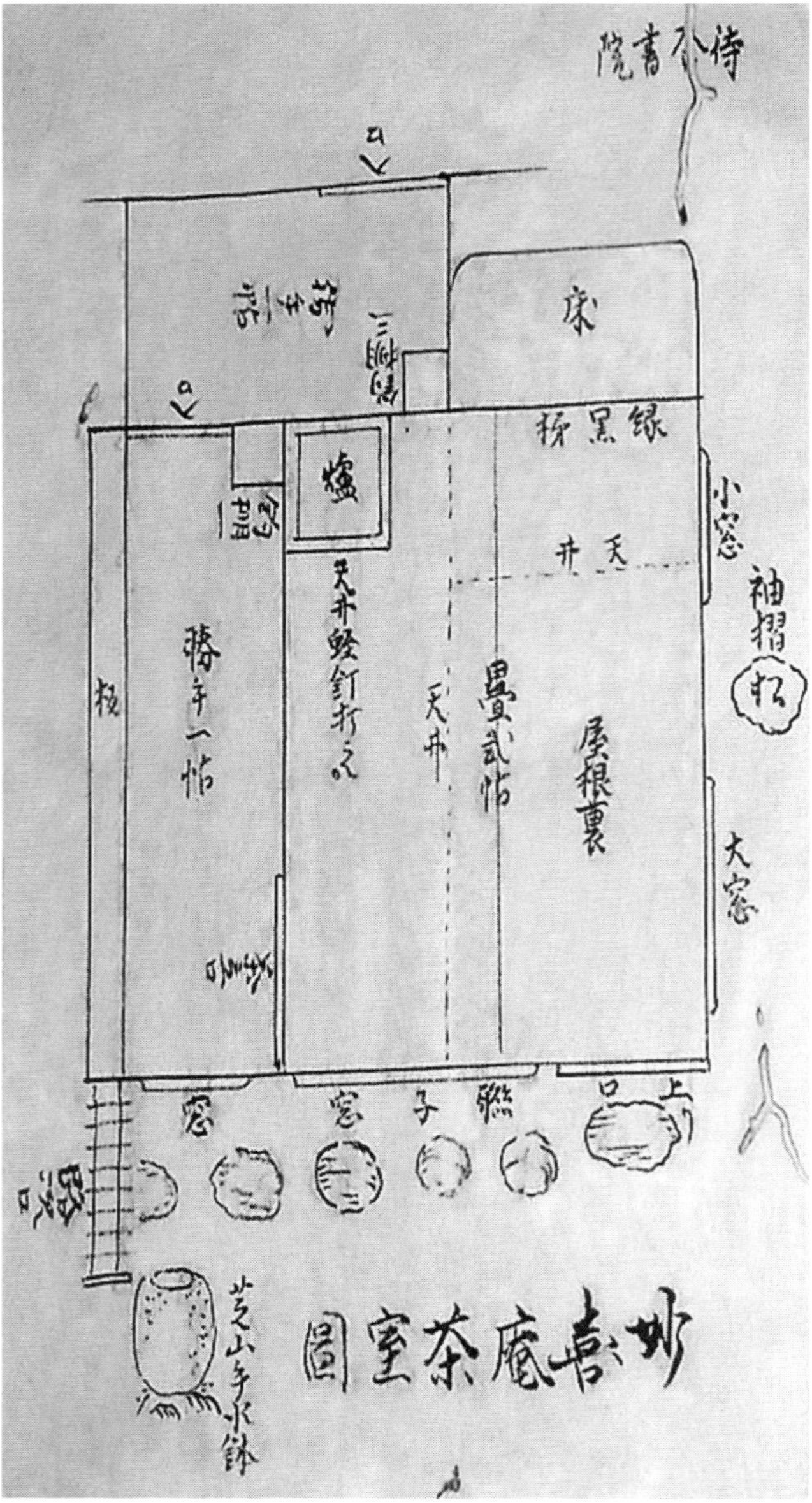

上司小剣文学研究案内

はじめに

上司小剣の作家紹介としては、槍田良枝『近代文学研究叢書62』（平成元年6月5日発行、昭和女子大学近代文化研究所）や鈴木好枝「上司小剣」（『学苑』第146号、昭和28年4月1日発行）があるが、上司小剣の研究案内は、谷沢永一の「岩野泡鳴・真山青果・上司小剣・近松秋江研究案内」（「現代日本文学大系第二十一巻月報第三十八号」昭和45年10月発行、筑摩書房）しかない。谷沢永一の研究案内は長いものではないので、上司小剣について書かれた部分を全文引用しておく。

上司小剣の文学史的位置づけはかなり複雑困難で、紅野敏郎が「上司小剣—『簡易生活』前後—」（『武蔵野ペン7』昭三七・一二）および「上司小剣宛書簡について—白鳥・秋声・抱月・枯川・栄・秋水など—」（『文学』昭三八・四）に展開した周到な考察の帰結として「小剣の占めた位置は、自然主義・社会主義・非自然主義の三つの輪の微妙に交錯するまさにその一点に、漸進な姿勢を常にとりつつ佇立していたとみてしかるべきであろう」と要約したのに対し、吉田精一（『明治文学全集72』昭和四四、筑摩書房）が、「私は小剣を、その社会主義やアナーキズムへの関心にかかわらず、自然主義末期の頽廃的な情緒本位の志向の中に、所を得た作家として見る」と論じているのにも、ウェイトの置き方の微妙な差が認められる。青野季吉（『現代日本文学全集53』昭三二、筑摩書房）が指摘する如く、「かつて文壇の主流的なものにぴったりと沿ったことも、深々と乗って行ったこともなく、いつも或る角度で、それと微妙な接触をたもっていた」小剣のような型の作家は評価が定まり難く、前掲の紅野論文や安部宙之介『白鳥その他の手紙―上司小剣宛―』（昭四二、木犀書房）に発表された資料の文壇史的検討とともに、今後の探索の深化を俟つべきであろう。

この研究案内は、のちに『谷沢永一書誌学研叢』（昭和61年7月10日発行、日外アソシエーツ）に収められた。「現代日本文学大系第二十一巻月報第三十八号」に掲載されたものなので、紙幅の制約があったためであろう、「研究案内」といっても、「上司小剣の文学史的位置づけ」に関連した論文の紹介が中心である。

では、上司小剣の作家論や作品論にはどのようなものがあるのだろうか。谷沢永一が「今後の探索の深化」の必要性を説いて以来、上司小剣の研究はどのように展開してきたのか。

以下、各項目ごとに具体的に見ていくことにする。

一、選集・文学全集

上司小剣の個人全集はいまだ刊行されていない。

だが、上司小剣が死去した直後に選集が二冊刊行された。『上司小剣選集第一巻〈平和主義者〉』（昭和22年11月5日発行、育英社）と『上司小剣選集第二巻〈蜘蛛の饗宴〉』（昭和23年1月25日発行、育英社）である。変型Ｂ６判の紙装仮綴本、カバーと帯付き。定価は、『上司小剣選集第一巻〈平和主義者〉』が七十五円、『上司小剣選集第二巻〈蜘蛛の饗宴〉』が九十円になっている。発行所の育英社の住所は「大阪市東区十二軒町七」とあり、この選集は東京ではなく、大阪の出版社から発行された。編者名は記載されていない。植村繁樹は「解題」（『上司小剣選集第二巻〈蜘蛛の饗宴〉』）の中で、「この選集の解題は著者自らが書いてと、先生はずゐぶん選集の発行には期待と喜びを持たれてゐた。それが九月二日、にわかに先生の訃となつて私の落胆と悲痛とは極みない。選集の発行は実に先生の生涯の事業であつたことと、私は今でも信じてゐる」と述べている。どうやらこの選集の刊行は上司小剣の生前から企画されていたものらしく、収録作品についても上司小剣の意向が何らかの形で反映しているのであろうか。『上司小剣選集第一巻〈平和主義者〉』の収録作品は五篇であり、その収録順に作品名と、その初出誌・発表年月日をあげておくと、次の如くである。

平和主義者　p２～７３　（『中央公論』昭和12年4月1日発行）
菅原道真　p７４～１１４　（『菅原道真〈日本叢書二八〉』昭和21年2月20日発行、生活社）
天満宮　p１１５～１９３　（『中央公論』大正3年9月1日発行）
鱧の皮　p１９４～２２５　（『ホトトギス』大正3年1月1日発行）
石合戦　p２２６～２７７　（『中央公論』昭和13年5月1日発行）

このうち、「平和主義者」と「石合戦」は、『上司小剣選集第一巻〈平和主義者〉』で初めて単行本に収録された。収録作品を見ると、大正期の代表作「髑の皮」「天満宮」に、昭和期に発表された「平和主義者」「石合戦」と歴史小説「菅原道真」である。代表作はともかく、昭和期の作品はどのような意図で『上司小剣選集第一巻〈平和主義者〉』に選択されたのか。無署名の「解題」(『上司小剣選集第一巻〈平和主義者〉』)によれば、「平和主義者」は「菅原道真」は「大戦禍のまさに東洋の天地を震撼せんとするときの作品として、意義の大なるをおぼゆ」とあるし、「菅原道真」は「大戦争が終わつてからの第一作で、古への平和主義者、文化人の生活を今日に偲ばうとしたもの」という。これららの作品は、敗戦直後の情勢に合わせて選ばれたようだ。同様に上司小剣選集の第一巻のサブタイトルに代表作「髑の皮」ではなく、「平和主義者」を用いたのもこうした時節柄を考えてのことであろう。また、「石合戦」は「偶像破壊の思想を盛つたものとして、批評家の問題になり、最近映画化のシナリオとなつた」というから、「映画化のシナリオとなつた」ことが選集収録のきっかけになったと思われる。

また、『上司小剣選集第二巻〈蜘蛛の饗宴〉』には七篇が収録されており、収録順に作品名と、その初出誌・発表年月日をあげると、次のようである。

蜘蛛の饗宴	p2～91	(『中央公論』昭和8年5月1日発行)
サラサアテの顔	p92～121	(『苦楽』昭和21年11月1日発行)
父母の骨	p122～176	(『中央公論』昭和10年2月1日発行)
獺	p177～183	(『趣味』明治43年4月1日発行)
長火鉢	p184～222	(『新小説』明治44年3月1日発行)

父の婚礼　　　　p223~253（『ホトトギス』大正4年1月1日発行）
Aの妻・Bの夫　p254~280（『文藝春秋』昭和13年2月1日発行）

「長火鉢」「父の婚礼」は既に単行本『父の婚礼』（大正4年3月18日発行、新潮社）に収録されているが、その他「蜘蛛の饗宴」「サラサアテの顔」「父母の骨」「獺」「Aの妻・Bの夫」は『上司小剣選集第二巻〈蜘蛛の饗宴〉』で初めて単行本に収められた。植村繁樹による「解題」（『上司小剣選集第二巻〈蜘蛛の饗宴〉』）には、作品の取捨選択に関わるような内容は記されていない。

この選集は、少なくとも三巻は発行される予定だったようだ。無署名であるが「解題」（『上司小剣選集第一巻〈平和主義者〉』）に、「『U新聞年代記』（本選集第三巻にをさむ）」と記されている。しかし、先の『上司小剣選集第一巻〈平和主義者〉』と『上司小剣選集第二巻〈蜘蛛の饗宴〉』の二冊しか管見に入らなかった。おそらく第三巻以降は発行されなかったのではないだろうか。

文学全集は、上司小剣の生前中、いわゆる円本時代に刊行された『現代長篇小説全集第十六巻〈上司小剣篇〉』（昭和3年11月1日発行、新潮社）と、『現代日本文学全集第二十三篇〈泡鳴・小剣・未明集〉』（昭和5年4月13日発行、改造社）と、『明治大正文学全集第三十二巻』（昭和5年10月15日発行、春陽堂）の三冊がある。

『現代長篇小説全集第十六巻〈上司小剣篇〉』には長篇「東京」の〝愛欲篇〟、〝労働篇〟、〝争闘篇〟の三篇が収録されている。上司小剣は「『東京』に就て」（「長篇小説全集第十六巻月報第九号」昭和3年11月1日発行、新潮社）の中で、次のように記している。

今度この『現代長篇小説全集』へ『東京』を入れることになり、第三部まで〲、一と先づ完結させせるに就いては、新たに百枚ばかり書き足した。かういふ種類の全集物に書きおろしの原稿を用ゐたのは、私が初めかも知れない。第一部「愛欲篇」と第二部「労働篇」とは既に本になつて、第一部は一万二千五百部、第二部は六千七百部を売りつくした。その頃としては、……また私の本としては、……よく売れた方である。

「第一部『愛欲篇』と第二部『労働篇』とは既に本になつて、第一部は一万二千五百部、第二部は六千七百部を売りつくした」とあるように、〝愛欲篇〟と〝労働篇〟については、『現代長篇小説全集第十六巻〈上司小剣篇〉』が出される以前に、既に『東京第一部〈愛欲篇〉』（大正10年12月25日発行、大鐙閣）、『東京第二部〈労働篇〉』（大正11年8月25日発行、大鐙閣）が刊行されたが、〝争闘篇〟は『現代長篇小説全集第十六巻〈上司小剣篇〉』で初めて収録された。しかも〝争闘篇〟を「一と先づ完結させせるに就いては、新たに百枚ばかり書き足した」という。『現代長篇小説全集第十六巻〈上司小剣篇〉』は第九回配本で、上司小剣の「東京」のみで一巻を構成している。四六判のクロス装洋綴本、函入、口絵及び挿絵は石井鶴三。中表紙には全集タイトルの下に著者の写真が掲げられている。巻末に付した「『東京』争闘篇の後に」で、上司小剣は「プロレタリアートの芸術とか、ブウルジウアジイの芸術とか妙な言葉を聞くものだ。／芸術には国境がないと、もに、また階級があつてはならぬ。階級の撤廃を説く人が、芸術に階級を築かうとする、変ぢやないか」と述べている。当時の文壇を席巻しつつあったプロレタリア文学を意識した発言であるが、上司小剣のプロレタリア文学運動との距離が感じられる。また、『現代長篇小説全集第十六巻〈上司小剣篇〉』には、「長篇小説全集第十六巻月報第九号」が付されていて、それには徳田秋声「ゾラの『巴里』に比すべき上司氏の『東京』」、原田譲二「『東京』の頃」、上司小剣「『東京』に就て」、田村豊策「『東京』に暴露された日本銀行の内部―プロレタリア文学は斯る境地から新たに出発せよ」などが掲載されている。上司小剣は「『東京』に就て」の中で、次のように述べている。

それで翌年の春まだ浅い頃からまだ準備の些か整ひかねてゐるのを推して、『美しき東京！』と、第一部「愛欲篇」の第一行を着筆したのであつた。夏の頃まで書きつゞけて、「愛欲篇」は了つた。幸ひ新聞小説としても成功した方で、最後の一回を新聞社に届けた日、一封の特別慰労金を贈られて、それで初めて舶来の蓄音機を買つたのが、私の蓄音機道楽の最初であつた。〈中略〉

私は、とにかく、最近の八年間をこの愛する『東京』に傾注したのである。これから更に、「大阪」と「奈良」とを書いて、私の「三都市」作を完成する心組みでゐる。〈後略〉

改造社版『現代日本文学全集第二十三篇〈泡鳴・小剣・未明集〉』には、上司小剣の代表作「鱧の皮」を始め、「妾垣」「天満宮」「父の婚礼」「東光院」「生存を拒絶する人」「石川五右衛門の生立」「死刑」「女帝の悩み」「空想の花」「新しき世界へ」「分業の村」の十二の短篇小説と、戯曲「高さを競ふ」が収録されている。無署名の「編集室より」（「改造社文学第二十三篇月報第三十九号」昭和5年3月13日発行、改造社）によると、「『上司小剣集』は小剣氏の自選で、代表作『鱧の皮』、その後篇を成す『妾垣』をはじめ『天満宮』『父の婚礼』『東光院』等、関西情調を主とした氏の前半生の記録に配するに、『空想の花』『新しき世界へ』『生存を拒絶する人』『死刑』等、思想転換期以後の氏の代表的名作を以てしたところ、よく氏の多角的全面容を彷彿せしめるものと言へよう」という。また、小説や戯曲のほかにも、かつて『読売新聞』紙上に発表され、のちに『小ひさき窓より』（大正4年3月23日発行、大同館書店）や『金魚のうろこ』（大正5年2月20日発行、東雲堂書店）に収録されたコラムが、各作品の間に埋め草として、十一篇載せられている。これらのコラムのうち、「一銭」は目次の表題にあがっていないし、「土龍の門」は目次では「龍土の門」と誤って記されている。巻頭写真（照影）、序詞（筆跡）、上司小剣作製の年譜が付されているが、作品解説などはない。「改造社文学第二十三篇月報第三十九号」には、田山花袋の「泡鳴は大作家」などが掲載されており、そのうち上司小剣について書かれたものに、千葉亀雄「人生哲学の記録者―上司小剣氏―」、徳田秋声「皮肉の文学」がある。千葉亀雄は「人生哲学の記録者―上司小剣氏―」の中で、「さて、こゝに集められた作物は、題材のもろもろが印象させるやうに、そして、とても一人の作家が書いたと思はれぬやうな、実に多様な方面を捉へた作物の群がある。それも不思議はないので、氏は書斎の作家ではない。氏は、読書家として、新聞記者として、まことに多角な経験と、無数の人生知識を持つてゐる。それに例の人生哲学である。それをこゝでふんだんにふり巻いてゐるのだ。かうして見ると、明治から昭和を通ずる作家として、上司氏は、やはり特殊な一個の光つた存在である」と述べている。また、徳田秋声も「皮肉の文学」で、「長篇短篇、氏の今までの文学的業績は頗る豊富で、角度も必ずしも一様でないが、本集に収められたものは、一粒選りの代表的作品ばかりである」と言っている。

春陽堂版『明治大正文学全集第三十二巻』は上司小剣篇と正宗白鳥篇を合わせて一巻となっている。第四十一回配本である。収録作品は、『現代日本文学全集第二十三篇〈泡鳴・小剣・未明集〉』と重なるものもあるが、「ごりがん」「美女の死骸」「水曜日の女」「女犯」「英霊」「兵隊の宿」「月夜」「筍婆」「石川五右衛門の生立」「女帝の悩み」「鱧の皮」「父の婚礼」の十二編である。巻頭に著者近影があるが、解説や年譜などはない。

上司小剣の没後、つまり戦後になって刊行された文学全集について記すと、『現代日本小説体系第十五巻〈自然主義七〉』（昭和27年5月30日発行、河出書房）と『現代日本小説体系第三十巻〈新理想主義八〉』（昭和27年6月30日発行、河出書房）がある。『現代日本小説体系第十五巻〈自然主義七〉』では、上司小剣、田村俊子、中村星湖、小川未明、加納作次郎で一巻を構成しており、上司小剣の作品は「鱧の皮」と「木像」が収録された。「自然主義」というテーマでまとめられた巻であるが、青野季吉は「解説」（『現代日本小説体系第十五巻〈自然主義七〉』昭和27年5月30日発行、河出書房）で「ここの五人の作家は明治の末期から大正にかけて主として仕事をした作家で、それぞれ独特の作風をもつてゐる。げんみつな意味では自然主義作家とは云へず、中には小川未明のやうなまるで逆の浪漫的な作家もあるが、同時代的な作家として、同じ自然主義の雰囲気のなかで仕事をしたといふ意味で、ここに多少の無理をして集めてみたわけである」と述べている。次に、『現代日本小説体系第三十巻〈新理想主義八〉』では、上司小剣は、石川啄木、荒畑寒村、平出修、小川未明、長谷川如是閑、宮地嘉六、武林無想庵、宮本百合子らと一巻にまとめられている。荒正人が「解説」（『現代日本小説体系第三十巻〈新理想主義八〉』昭和27年6月30日発行、河出書房）で言うように「本巻には明治末年から昭和初年にかけて、社会的関心を示し、それを文学作品のなかに定著した作家の仕事を集めた」ものである。上司小剣もそのような一人と見なされ、作品もいわゆる上司小剣の代表作からは外れる「下積」「英霊」「女帝の悩み」が収録されている。

この他にも、『現代日本文学全集第五十三篇〈斎藤緑雨・内田魯庵・木下尚江・上司小剣集〉』（昭和32年10月8日発行、筑摩書房。のち増補決定版『現代日本文学全集第五篇』昭和48年4月1日発行）や『日本現代文学全集第三十一巻〈小杉天外・木下尚江・上司小剣集〉』（昭和43年3月19日発行、講談社。のち増補改訂版昭和55年5月26日発行）、『明治文学全集第七十二巻〈水野葉舟・中村星湖・三島霜川・上司小剣集〉』（昭和44年5月25日発行、筑摩書房）、『現代日本文学大系第二十一巻〈岩野泡鳴・上司小剣・真山青果・近松秋江集〉』（昭和45年10月5日発行、筑摩書房）がある

が、いずれも三、四名の作家で一巻となっている。その組み合わせをみても、明治社会主義に関心のあった人々で括られた『日本現代文学全集第三十一巻』もあれば、上司小剣を自然主義作家のグループに入れた『現代日本文学大系第二十一巻』もある。このようなさまざまな組み合わせは、各文学全集のオリジナリティーとも言えようが、確かに上司小剣の文学的な位置づけの難しさも表しているように思われる。

『現代日本文学全集第五十三篇〈斎藤緑雨・内田魯庵・木下尚江・上司小剣集〉』に収録された上司小剣の作品は、「鱧の皮」「天満宮」「ごりがん」「石川五右衛門の生立」である。青野季吉の「上司小剣論」、瀬沼茂樹の「解説」、安部宙之介作成の「年譜」が付されている。瀬沼茂樹は「解説」で、「この集におさめられた作家たちは、漫然と一つにされているようではあるが、とにかく時勢にたいし批評的な態度をとっている点では、共通の地盤に立っているように思われる」と述べ、「ただ小剣だけが自然主義文学の上に現れてきたということから、正統性をもっていた。しかし、日本の文壇の排他性から自ら孤立したかれらは、同じような孤立に立った徳富蘆花を包含して、日本の近代文学の大きな思潮の一つと考えるときに、別様な系譜がたどられるかと思われる。この場合、緑雨は別として、小剣は、彼なりに、この思潮にリアリズムの試煉を加えたものと解釈すれば、おのずからこの集に位置する次第を明かにしているのではあるまいか」と解説している。『現代日本文学全集第五十三篇〈斎藤緑雨・内田魯庵・木下尚江・上司小剣集〉』には、「現代日本文学全集月報第七十五号」（昭和32年10月発行、筑摩書房）が付されている。上司小剣に関するものとしては、ロシア文学者である中村白葉の「上司さんの思ひ出」と吉田精一編「研究書目・参考文献」が掲載されている。『現代日本文学全集第五十三篇〈斎藤緑雨・内田魯庵・木下尚江・上司小剣集〉』は、のち昭和四十八年四月一日に、増補決定版として『現代日本文学全集第五篇〈斎藤緑雨・内田魯庵・木下尚江・上司小剣集〉』が発行された。

次に『日本現代文学全集第三十一巻〈小杉天外・木下尚江・上司小剣集〉』の収録作品をあげると、「灰燼」「鱧の皮」「太政官」の小説三篇と、「U新聞年代記」の戯曲一篇である。『灰燼』は明治四十一年六月十五日に春陽堂より、『U新聞年代記』は昭和九年三月二十一日に中央公論社より、既に単行本として刊行されているが、全集に収められたのはこれが初めてである。代表作に加えて、新しく社会主義的傾向をおびた初期作品と戯曲を選んだところに、この全集の特色がある。巻末には、稲垣達郎「作品解説」、瀬沼茂樹「上司小剣入門」、紅野敏郎作製の「年譜」、紅野敏郎編の「参考文献」が付されている。また、『日本現代文学全集第三十一巻〈小杉天外・木下尚江・上司小剣集〉』には「日本現代文学全集第三十一巻月報第九十号」（昭和43年3月発行、講談社）が付いており、安部宙之介「上司小剣先生のこと」、福田清人「小剣・天外断想」が掲載されている。『日本現代文学全集第三十一巻〈小杉天外・木下尚江・上司小剣集〉』は、のち昭和五十五年五月二十六日に増補改訂版が発行され、「年譜」や「参考文献」などが補足された。

『明治文学全集第七十二巻〈水野葉舟・中村星湖・三島霜川・上司小剣集〉』には、「木像」「東光院」「父の婚礼」が収められている。しかし、必ずと言っていいほど文学全集に収録されてきた代表作「鱧の皮」は『明治文学全集第七十二巻〈水野葉舟・中村星湖・三島霜川・上司小剣集〉』に入っていない。中村弧月「上司小剣論」、吉田精一「解題」、紅野敏郎編「年譜」、紅野敏郎編「参考文献」が収録されている。中村弧月の「上司小剣論」は『現代作家論』（大正4年7月16日発行、磯部甲陽堂）の再録であるが、それについて吉田精一は「解題」（『明治文学全集第七十二巻〈水野葉舟・中村星湖・三島霜川・上司小剣集〉』昭和44年5月25日発行、筑摩書房）の中で、「研究篇にはしかるべきものがとぼしく、止むを得ず私の旧著《ママ》から葉舟、星湖の二篇を抜いたほか、同時代の評価として、中村弧月の星湖、小剣評をおさめた。小剣は明治の作家というより、大正期以後の人であり、その全貌は別に論じられなければなるまい」と述べている。

『現代日本文学大系第二十一巻〈岩野泡鳴・上司小剣・真山青果・近松秋江集〉』には「鱧の皮」「天満宮」「ごりがん」「石川五右衛門の生立」が収められているが、これは先の『現代日本文学全集第五十三篇〈斎藤緑雨・内田魯庵・木下尚江・上司小剣集〉』の収録作品と全く重複している。巻頭写真や筆跡が掲げられているのも同じである。ただ、青野季吉の「上司小剣論」、瀬沼茂樹の「解説」、安部宙之介作成の「年譜」に替えて、「付録」として紅野敏郎「上司小剣宛書簡について―白鳥・秋声・抱月・枯川・栄・秋水など―」、紅野敏郎編「年譜」、紅野敏郎編「著作目録」が付されている。『現代日本文学大系第二十一巻〈岩野泡鳴・上司小剣・真山青果・近松秋江集〉』には、「現代日本文学大系第二十一巻月報第三十八号」（昭和45年10月発行、筑摩書房）が付いている。上司小剣については、平野謙「上司小剣の一側面」、谷沢永一の「岩野泡鳴・真山青果・上司小剣・近松秋江研究案内」がある。

名作集の一つとして上司小剣の「鱧の皮」を収録したものに、『縮冊日本文学全集第七巻〈近代後期小説篇〉』（昭和35年6月1日発行、日本週報社）、『日本文学全集第六十九巻〈名作集（一）〉』（昭和37年12月20日発行、新潮社）、『現代文学大系第六十三巻〈現代名作集（二）〉』（昭和42年11月5日発行、筑摩書房）、『日本の文学第七十八巻』（昭和45年8月5日発行、中央公論社）、『日本文学全集第八十七巻〈名作集（二）〉』（昭和50年5月8日発行、集英社）がある。

さらに『日本プロレタリア文学大系第一巻』（昭和30年1月31日発行、三一書房）に「空想の花」が、『日本短篇文学全集第九巻』（昭和44年6月5日発行、筑摩書房）に「ユウモレスク」と「西行法師」が、『土とふるさとの文学全集第二巻〈土の哀歌〉』（昭和51年5月20日発行、家の光協会）に「分業の村」が、『土とふるさとの文学全集第十巻〈理想と抵抗〉』（昭和51年8月20日発行、家の光協会）に「生存を拒絶する人」が収録されている。『土とふるさとの文学全集』は「土の哀歌」であるとか、「理想と抵抗」であるとか、各テーマに即して収録作品が選ばれている。「分業の村」について、瀬沼茂樹は「解説」（『土とふるさとの文学全集第二巻〈土の哀歌〉』）の中で、「初期の農民小説の初めといってよかろう」と述べている。また、久保田正文の「解説」（『土とふるさとの文学全集第十巻〈理想と抵抗〉』）によれば、「生存を拒絶する人」のテーマは、「やはり作者が強く影響を受けたアナーキズムの思想が関係しているだろう」という。

上司小剣の作品が収められた一番新しい文学全集は、『編年体大正文学全集』である。『編年体大正文学全集第三巻〈大正三年〉』（平成11年9月25日発行、ゆまに書房）に「鱧の皮」が、『編年体大正文学全集第四巻〈大正四年〉』（平成12年1月25日発行、ゆまに書房）に「父の婚礼」、『編年体大正文学全集第八巻〈大正八年〉』（平成12年8月10日発行、ゆまに書房）にエッセイ「余の文章が初めて活字になりし時」、『編年体大正文学全集第十三巻〈大正十三年〉』（平成14年1月25日発行、ゆまに書房）に児童文学「青い時計」と評論「自然に還れ」「ある婦人との対談」が収録されている。

児童文学関係の文学全集には、『新選日本児童文学①大正編』（昭和34年3月10日発行、小峰書店）に「豚のばけもの」が、『赤い鳥代表作選集②中期』（昭和38年7月31日発行、小峰書店）に「すいかどろぼう」が収められている。

二、著作目録・参考文献目録

上司小剣の著作目録については、紅野敏郎作製の「著作目録」（『現代日本文学大系第二十一巻』昭和45年10月5日発行、筑摩書房）がある。「著作目録」という表題であるが、これは実際には上司小剣の著書目録である。文学全集まで拾ってあるものの、紙幅の都合であろう、「名作集所収の類のものは省略した」とあるし、上司小剣の著書のうち『金魚のうろこ』（大正2年6月2日発行、文友堂）や『京人形』（大正13年12月23日発行、文星書院）などが抜けている。単行本だけでなく雑誌・新聞に発表されたものを含めて、上司小剣の著作を一覧に網羅したのが、佐藤道子の調査による「著作年表」（『近代文学研究叢書第六十二巻』平成元年6月5日発行、昭和女子大学近代文化研究所）である。これは、上司小剣の著作を年月日順に並べただけで、著書、小説、エッセイなどの分類もなされていない。上司小剣の著作目録としては、今のところこれが一番詳しいが、まだまだ多くの著作が漏れているようだ。

参考文献目録は四種類ある。吉田精一編「研究書目・参考文献」（「現代日本文学全集第五十三篇月報第七十五号」昭和32年10月発行、筑摩書房）、紅野敏郎編「上司小剣参考文献」（『日本現代文学全集第三十一巻』昭和43年3月19日発行、講談社）、紅野敏郎編「参考文献」（『明治文学全集第七十二巻』昭和44年5月25日発行、筑摩書房）、そして、佐藤道子調査の「資料年表」（『近代文学研究叢書第六十二巻』平成元年6月5日発行、昭和女子大学近代文化研究所）である。吉田精一編「研究書目・参考文献」には、守田有秋の「上司小剣論」（『二六新報』明治43年5月22、24日発行）にはじまり、一番新しいもので昭和八年四月七日発行の『現代作家の人及作風』（大同館書店）に所収された川島益太郎「上司小剣」まで、わずかながら十三点があげられている。紅野敏郎編の『日本現代文学全集』版「上司小剣参考文献」は、「単行本所収のもの」「雑誌・新聞に掲載のもの」「解説・月報・辞典その他」に分類されていて、古いものは吉田精一編「研究書目・参考文献」と重なるものもあるが、文学事典の項目まで、併せて五十三点の文献を拾っている。のちに、『日本現代文学全集第三十一巻』の増補改訂版で、十二点が追加された。紅野敏郎編の『明治文学全集』版「参考文献」も先の「上司小剣参考文献」と同じく、「単行本及び《マ》単行本《マ》・講座類所収」「新聞・雑誌等所載」「月報その他」に三分類されているが、新たに文献が七十点に増補されている。上司小剣の参考文献を平成元年まで網羅したのは、佐藤道子の「資料年表」である。しかし、同時代評に関しては遺漏も多くある。また、平成になってからの上司小剣に関する参考文献は放置されたままであることから、今後の調査及び整理が求められる。

三、年　譜

上司小剣の最初の年譜は、大正五年六月一日発行の『新潮』に発表された「文壇諸家年譜」である。無署名で、年譜作成記者の名前が明記されていないが、「本年表は記者の親しく諸家に就いて得たる材料に成る。その正確と詳密とは記者の密かに自負する所、文壇の好史料たる可き也。」と断り書きが付されているから、記者が上司小剣に直接取材して作成したものである。確かに「延貫に名づく、小字武千代、父母は『タケ』と呼べり」などの本人しか知らないような記述がいくつかある。これは、のち『「新潮」作家論集下巻〈近代文学研究資料叢書〉』(昭和46年10月25日発行、日本近代文学館)に収録された。

昭和になって、いわゆる円本、『現代日本文学全集第二十三篇』(昭和5年4月13日発行、改造社)の「年譜」が編まれた。作成者の名前は明らかにされていないが、上司小剣の自作年譜であろう。ただし、明治四十三年の記述に「同年初めて小説を書き、雑誌『新小説』に発表す。処女作『神主』」とあるが、「神主」が発表されたのは明治四十一年の誤りである。また、明治四十四年にも「長篇『灰燼』(春陽堂)、長篇『木像』(今古堂)を発表す」と記されているが、『灰燼』が刊行されたのは明治四十一年である。このように、『現代日本文学全集第二十三篇』の「年譜」は、本人の記憶違いによる誤記も目立つ。

『現代日本文学全集第五十三篇』（昭和32年10月8日発行、筑摩書房。のち増補決定版『現代日本文学全集第五篇』昭和48年4月1日発行）の「年譜」の末尾には、「昭和五年迄は小剣先生の作成により、昭和八年以降は安部宙之介識す」とある。昭和五年の記述までは上司小剣作成の『現代日本文学全集第二十三篇』の「年譜」を参考にしているようだが、先に指摘した作品の発表年や単行本の発行年に関する誤記が訂正されている。さらに、明治三十四年「五月、堀紫山氏媒酌にて、岡本乗の三女ゆきと結婚。」であるとか、明治三十五年「五月、長女照出生。」や明治三十七年「七月、長男延彦出生。」など、『現代日本文学全集第二十三篇』の「年譜」にはなかった家族に関する記述が付け加えられている。

その後、紅野敏郎が『日本現代文学全集第三十一巻』（昭和43年3月19日発行、講談社。のち増補改訂版昭和55年5月26日発行）の「上司小剣年譜」、『明治文学全集第七十二巻』（昭和44年5月25日発行、筑摩書房）の「年譜」、『現代日本文学大系第二十一巻』（昭和45年10月5日発行、筑摩書房）の「上司小剣年譜」を作成した。この三種類の年譜のうち、『明治文学全集』版「年譜」が最も詳しい。

しかし、これらの年譜は書誌や伝記的事実に誤りも多く、年譜の基本事項である上司小剣が生まれた時の父母の年齢であるとか、兄に関する記述がない。戸籍の確認や実地調査などの年譜の作成に必要な手続きが十分にはなされていないようだ。

その後、これらの年譜の誤りについて、吉田悦志が「上司小剣文学の基底―摂津多田神社時代―」（『文学』第43巻5号、昭和50年5月10日発行）の中で、「私が踏査したかぎりで、現在公けにされている各種文学全集版に附されている小剣年譜の誤りや疑問点と、先に本誌（『文学』）に掲げた拙稿『上司小剣論』（昭和四八年十月号）の『前史』の訂正をもあわせて記しながら、多田神社時代での小剣と父、その妻の空白になっていた行実や事歴をできるだけ補足してみたい」と述べ、上司小剣に夭折した兄や姉がいたことなどを明らかにし、在来の年譜が上司小剣の曾祖父にあたる紀延興を祖父としている点などの誤りを訂正した。

また、『明治文学全集』版「年譜」では、それまでの年譜で触れられることがなかった上司小剣の継母について、

十二歳のとき、母幸生が死去した（享年三十七歳）。母の死後、父は、さきに関係のあった村の娘の笠部秀を後妻として迎えたが、翌年、母の命日に伝染病で死亡。さらに父は、秀の妹を迎え、第三の妻とした。この間の事情は『父の婚礼』『第三の母』などの作品に詳しい。

と初めて記されたのだが、ここで出てくる「後妻」の名前についても、吉田悦志が「各種の小剣年譜は、笠部秀を公伝しているが、これも私の調べたかぎりでは、笹部秀が正式な名前である」と訂正した。さらに、「母の死後、父は、さきに関係のあった村の娘の笠部秀を後妻として迎えたが、翌年、母の命日に伝染病で死亡」という年譜の記述に対し、吉田悦志は幸生と秀の墓石に刻まれた命日が違うことを指摘した。

しかし、吉田悦志が明らかにした「笹部」という名字にも疑問が残る。多田院墓地には、秀の骨が分骨されている実家の墓があり、明治三十六年五月に建立された、その墓石には「篠部家」と刻まれていた。したがって、「笹部」ではなく「篠部」が秀の本姓であろう。

その他、『現代文学大系第六十三巻〈現代名作集（一）〉』（昭和42年11月5日発行、筑摩書房）、『日本文学全集第八十七巻〈名作集（二）〉』（昭和50年5月8日発行、集英社）、『土とふるさとの文学全集第二巻〈土の哀歓〉』（昭和51年5月20日発行、家の光協会）、『土とふるさとの文学全集第十巻〈理想と抵抗〉』（昭和51年8月20日発行、家の光協会）

にも略年譜が付されたが、いずれも在来の年譜の記述によるところが多い。

四、書簡

上司小剣の書簡は、田山花袋に宛てたものが、館林教育委員会文化振興課編『花袋周辺作家の書簡集一〈田山花袋記念館研究叢書第三巻〉』（平成6年3月25日発行、館林市）で紹介されている。ただし、これは口絵写真として大正十二年四月二十四日付の、近松秋江との連名の絵はがきが掲載されているのみ。続いて、館林教育委員会文化振興課編『花袋周辺作家の書簡集二〈田山花袋記念館研究叢書第四巻〉』（平成7年3月25日発行、館林市）では、口絵写真に昭和四年二月七日付（推定）と昭和四年四月十四日付の上司小剣の封書が二通掲載された。そして、「研究編」に上司小剣の《略歴》と《書簡》、そして「花袋に親炙した作家・上司小剣」が書かれ、さらに「資料編」では、「G上司小剣書簡（田山花袋宛）」として明治四十年から昭和四年までの封書が三通、はがきが二通、絵はがきが二通の計七通の手紙が翻刻されている。

この他、東京日日新聞記者・畑耕一宛上司小剣書簡を紹介した林原純生「資料紹介〈上司小剣葉書〉」（『青須我波良』第31号、昭和61年6月30日発行）、堀内万寿夫「資料翻刻―上司小剣　中村星湖宛書簡（封書）［昭和三年四月二十六日付］―」（『山梨県立文学館館報』第24号、平成8年3月30日発行）がある。また、雨宮弘志「前田晁宛　上司小剣書簡」（『資料と研究』第2集、平成9年1月31日発行）では、明治四十年から昭和十二年まで、封書が六通、はがきが三十一通翻刻され、「注」と解題が付されている。ここで紹介された書簡のうち、大正六年十一月二十日付の葉書の写真が、山梨県立文学館編『前田晁・田山花袋・窪田空穂―雑誌「文章世界」を軸に―』（平成9年4月26日発行、山梨県立文学館）に掲載された。他にも、折居篤「雨宮庸蔵宛書簡―窪川いね子・長谷川海太郎・村松梢風・藤沢桓夫・室生犀星・上司小剣・森田たま・野上弥生子―」（『資料と研究』第5集、平成12年1月31日発行）がある。

また、安部宙之介宛書簡が、「小剣より宙之介への書簡」（安部宙之助『白鳥その他の手紙―上司小剣宛』昭和42年1月5日発行、木犀書房）の中で、安部宙之介自身によって、封書六通、絵はがきも含めてはがきが三十一通、翻刻紹介された。

上司小剣宛書簡については、紅野敏郎「上司小剣宛書簡について―白鳥・秋声・抱月・枯川・栄・秋水など―」（『文学』第31巻4号、昭和38年4月10日発行）がある。紅野敏郎は「上司小剣夫人雪子氏」から上司小剣宛の「いずれも未発表の書簡百数十通」を預かったというが、ここでは正宗白鳥、徳田秋声、島村抱月、大杉栄、幸徳秋水、菅野すがの書簡が一部引用されているのみで、「いずれも未発表の書簡百数十通」全ての紹介には至っていない。紅野敏郎の「上司小剣宛書簡について―白鳥・秋声・抱月・枯川・栄・秋水など―」は単なる資料紹介にとどまらず、書簡から読み取れる上司小剣の人間関係に注目して「小剣の占めた位置は、自然主義・社会主義・非自然主義の三つの輪の微妙に交錯するまさにその一点に、斬新的な姿勢を常にとりつつ佇立していたとみてしかるべきであろう」と、上司小剣の文学史的な位置づけとして一つの説を提出した。これは、のちに『現代日本文学大系第二十一巻〈岩野泡鳴・上司小剣・真山青果・近松秋江集〉』（昭和45年10月5日発行、筑摩書房）に再録された。

紅野敏郎が「上司小剣夫人雪子氏」から預かったという「百数十通」の書簡は、その後、安部宙之介が『白鳥その他の手紙―上司小剣宛―』（昭和42年1月5日発行、木犀書房）でその大部分を翻刻し、解題を付した。封書とはがきを併せて、「白鳥の手紙」に正宗白鳥書簡が七十二通、「小剣と秋水」に幸徳秋水書簡が二十八通、菅野須賀子の書簡が五通、秋水と須賀子連盟のはがきが一通、そして幸徳千代の書簡が一通、「小剣と利彦」に堺利彦の書簡が二十八通、「島村抱月の生涯…上司小剣宛書簡による…」に島村抱月書簡が十九通、計百五十四通の上司小剣宛書簡が紹介されている。

五、戦前の作家論

文芸時評などを除くと、上司小剣が生存していた時期の作家論は意外と少ない。

守田有秋が「上司小剣論」(『二六新報』明治43年5月22、24日発行)と題し、「二年程前までは文学者とも云われなかつた上司小剣が近来に成つて大家の班に列したと云ふ事は不思議な現象である、茲に得体の解らぬ此『文壇の鵺』に就て少しく解剖を試みて見やう」と上司小剣について論じたのが、最初の上司小剣論である。守田有秋は、「元来は単なる雑報書き」で「素養も何もない、其処等のかけ出し奴」の上司小剣が、「旧蹟」(『中央公論』第25年4号、明治43年4月1日発行)や「木像」(『読売新聞』明治43年5月6日~7月26日発行)などの作品を書いて作家として名を連ねるようになった「因縁」を、「ソシヤリズムや、ニヒリズムの感化を受けて居る小剣の事であるから、観察点が余程進歩して居る。で、一寸した作品にも変つた処は明かに認められた。其れが恰度よく自然主義の主張と融合した、文壇は盲目滅法に煽て出した」と述べた。そしてさらに、上司小剣の成功は「大した長い努力の結果とは思はれない」、いわば「文壇の『成金的成功』」であり、四十に手の届きそうな上司小剣の年齢を考えると、「小剣は能く時代に伴う可き修養の余地を有して居るか何うか」と酷評したのである。しかし、たとえ否定的な評価であろうとも、明治四十三年の時点で上司小剣について言及されているのは注目に値する。

次に、中村弧月は「現代作家論」(『文章世界』第10巻1号、大正4年1月1日発行)において、「日本の現代作家の中で、最も特色を有つた作家でありながら、而も最も理解されて居ない作家の一人は、恐らく上司小剣氏であろう」と指摘し、上司小剣の創作の価値は「其描写が如何にも円熟して居て、渾然として完成せられて居ること」ではなく、「其創作の基調を為して居る人生味、深く人生を味つて居る其味ひ」にあると述べた。この「現代作家論」は、中村弧月著『現代作家論』（大正4年7月16日発行、磯部甲陽堂）に収められ、戦後になって『明治文学全集第七十二巻〈水野葉舟・中村星湖・三島霜川・上司小剣集〉』（昭和44年5月25日発行、筑摩書房）に再録された。

大正六年には二つの雑誌で上司小剣の小特集が組まれた。「上司小剣論〈作家論の五〉」（『文章世界』第12巻5号、大正6年5月1日発行）と「上司小剣氏の印象〈人の印象（十一）〉」（『新潮』第27巻6号、大正6年12月1日発行）である。

「上司小剣論〈作家論の五〉」には、岩野泡鳴「小剣論の一端」、谷崎精二「才分ある人」、近松秋江「上司君」、中村星湖「材料の二三」が掲載されている。

岩野泡鳴は「小剣論の一端」の中で、他人の唾が袖口に飛んだのを神経質に気にする潔癖性らしい上司小剣のエピソードを紹介しながら、「渠の創作にもさうした癖があつて、そこに渠の長所も短所も一緒に出るやうに思はれる」と指摘し、「渠は滑稽家として飽くまで人情に徹した泣き笑ひも出来ず、諷刺家として人間性をえぐり出すだけの大胆もない」と批判した。しかし、一方で「現今ちょッと僕の見渡したところ、比較的らくに郷土芸術家に成れそうな人はたッた二人で、越後に対する小川未明氏と大阪に対する上司小剣氏とだ」、東京と大阪が同等に対立するためにも、「上司氏の如き創作家をもつと大阪的に歓迎し、氏を大阪郷土の芸術家として誇らしめるやうに仕向けて行くべきである」とも述べており、大阪の郷土芸術の担い手として上司小剣を推奨した。

谷崎精二もやはり上司小剣の作品に表れた郷土色を上司小剣の芸術の本領として理解しており、「才分ある人」

において、「氏の社会批評が深まると共に、一方氏の郷土的情緒が益々濃やかになられん事を」祈ると述べている。しかし、谷崎精二は、上司小剣に会った時の印象を「若い者に対して伯父さんの様な寛大な、親切な気持を抱いた人であるらしく」思われたことを語り、そのような人となりが作品に表れて「世相に対する軽い嘲笑や諷刺に変形する」、「さま〴〵の社会問題を提げ来つて問題小説が丶つた物を作るよりも、やはり素地のまゝの優しい、寛大な気持から、あるがまゝの世相を観照して、何処迄も現実に即した、非観念的な、情味の豊かな作品を書く方が氏にはより多く適して居る様に思ふ」と述べた。上司小剣の思想的な背景が作品の上に表れていないことを惜しむのではなく、かえって「非観念的な」作品を求めている点が、谷崎精二の上司小剣論の特徴である。

近松秋江は「上司君」で、上司小剣の「鱧の皮」と高浜虚子の「三畳と四畳半」が「書き方が飽くまでも平明で、確実な現実的基礎を有してゐるところが頗る似てゐる」、また「東光院」は「情話作家としても、十分なる才能を持つてゐることを示してゐる」と指摘した。さらに、「筆致の平明で且つ都会人的の色味を持つてゐる割に似ず氏の人となりは頗る枯淡である」と印象を語った。

中村星湖は「材料二三」の中で、上司小剣が『灰燼』の書評を島村抱月に懇願したが、島村抱月の評価は決してよいものではなかったことを明かした。そして、自らも「概念的な思想を無理に押込まうとした跡の見える」上司小剣の作品を歓迎しなかった時期が長く続いたが、「鱧の皮」には感心したという。

「上司小剣論〈作家論の五〉」に掲載された上司小剣論はいずれも、上司小剣という人間そのものを論じるというよりも、作家の経歴や作品に即して上司小剣文学を論じることに重きが置かれているようである。そして、「上司小剣論〈作家論の五〉」という小特集の企画のため、大正六年頃に執筆された上司小剣論であろうが、いずれも何らかの形で大正三年に『ホトトギス』に発表されて上司小剣の代表作となった「鱧の皮」に触れている。

しかし、その半年後『新潮』紙上で行われた小特集「上司小剣氏の印象〈人の印象（十一）〉」では、「上司小剣論〈作家論の五〉」を意識してからか、上司小剣の作品や文学全体を問題にするというよりも、上司小剣という人間そのものを論じることに重きが置かれているようである。したがって、執筆者も上司小剣と直接面識があり、その人となりを知る人たちが選ばれているのであろうか、「上司小剣氏の印象〈人の印象（十一）〉」には、徳田秋声「小剣氏に対する親しみ」、近松秋江「大正文壇の畿内奉行」、土岐哀果「無抵抗主義の遂行者」、前田晁「責任を好まない人」、堺利彦「収まり方が早すぎる」が掲載された。

この頃の上司小剣の変化について、徳田秋声が「小剣氏に対する親しみ」で次のように述べている。

氏は素と〳〵小心で内気であつたやうに考へられる。そして、生存の必要から、出来るだけ自己の色彩を出すまい〳〵と力《つと》めたらしく思われる。無論それは普通の弱者に取つては虚世上唯一の武器であるのだが、上司氏にあつては、年と共に、地位が出来ると共に、経験が積むと共に、それが自分の一つの強味となつて、そこに生長し来つた自我の手強い根城を築いてしまつた。つまり初めは怯懦であつたがために、自分の色を包むことを学ばされたのが、後にはそれが強い自信の上に築かれた生活上の一つの信条となつてしまつた。

この徳田秋声の「小剣氏に対する親しみ」については、のちに吉田悦志が「昭和十年代の上司小剣―小説『平和主義者』一篇―」（『明治大学教養論集』第165号、昭和58年3月1日発行）で、「これほどみごとで鋭利な小剣論は他にはない」と高く評価している。

土岐哀果は「無抵抗主義の遂行者」において、名札に肩書きをつけないところなどに上司小剣の「極めて超然たるパッシヴな、自分自身を第三者とする」ような態度を見、「謂はゞ一種の無抵抗主義の遂行者」であると述べた。

このような土岐哀果の上司小剣の人物評に対し、前田晁は「責任を好まない人」の中で、上司小剣に横車を押すような「咄嗟に態度をきめてしまつて其の主張を押し通そうとする癖が」あり、ある人はそれを解して「聡明だからだ」というが、それだけでなく上司小剣が「責任を好まぬ人」だからだと主張した。

上司小剣とは旧知の間柄である堺利彦は「収まり方が早すぎる」の中で、「私は彼との永い交わりの間に、彼が自ら其の弱みをさらけだした所をも見た事がある。そして其時に最も深い友情を感じた」と語った。そして、「彼が名を成す事の遅かつた割合に、其の収まり方が少し早すぎはせむかと危ぶんでいる」とも述べている。他の執筆者に比べ、短文ではあるが、「この先の永い交り」の間には、「モットしつくり抱き合つた様な心持で話しをする機会があらうと思つてゐる」といった発言からも窺えるように、上司小剣の弱みを知る堺利彦だからこそ書くことができる、そんな上司小剣論となっている。

また、近松秋江は「大正文壇の畿内奉行」で、「今のところ畿内の人事風俗を取扱つて上司氏の右に出づる者は絶えて無い」と述べた。他の上司小剣論が上司小剣の人物評となっているのに対し、近松秋江の「大正文壇の畿内奉行」は大半が郷土文学についての説明に費やされ、さらに言えば、上司小剣に関する記述も、先の「上司小剣論〈作家論の五〉」の一つであった岩野泡鳴の「小剣論の一端」の指摘と重複している。

以上の「上司小剣氏の印象〈人の印象（十一）〉」は、その後『「新潮」作家論集（中）』（昭和46年10月25日発行、日本近代文学館）に収録された。

これらの小特集の他に、再び中村星湖が「上司小剣論」（『早稲田文学』第144号、大正6年11月1日発行）を書いている。中村星湖は「思想は後天的であるが、趣味は先天的である―人として及び芸術家としての上司小剣氏を考へる時、この命題がまつさきに浮んで来る」と述べ、人としての上司小剣は「表面、自己を語らない人のやうであるが、実際は、他のどの作家よりも雄弁に自己を語つてゐる」し、芸術家としては、「画のやうな文章を書く」、すなわち“Word-Painter”であり、その描写は田山花袋より濃厚で、谷崎潤一郎より細かく、永井荷風よりくっきりしていて、克明であると評した。しかし、思想家としての上司小剣にはあまり多くの価値を置くことが出来ないという。上司小剣には社会的知識は確かにあるが、上司小剣は「紛乱した今日の社会状況を何うしようとも考へてはゐないらしい、ばかりでなく世間はうるさい、労働者は汚い、うるさい物汚いものは嫌ひだと言ふ」。上司小剣の「趣味性のみから同情すれば尤千万」な発言ではあるが、「けれども嫌ひな物は嫌ひだから仕方がない」と言っているうちは、いくら社会小説を書いたところで無駄な事であると批判した。

このように上司小剣論は、大正期に、すなわち三年に「鱧の皮」が発表され、文壇でもてはやされた後の四年から六年に集中しているのである。

昭和期に入ってから書かれたものとしては、昭和五年に『現代日本文学全集第二十三篇〈泡鳴・小剣・未明集〉』(昭和5年4月13日発行、改造社)が刊行された際に付された「改造社文学第二十三篇月報第三十九号」に掲載された、千葉亀雄「人生哲学の記録者—上司小剣氏—」と徳田秋声「皮肉の文学」がある。

千葉亀雄は「人生哲学の記録者—上司小剣氏—」で、上司小剣を「飽まで人情味に徹しながら、それでゐて人間の虚偽を無慈悲にひんむく、人生哲学『その日その日』の記録者」と呼び、「上から眺めた氏の客観的態度と、ふつくりした芸術的気分が、いつ知らず、不可分に飽和してゐる。これが氏がどの創作をも通じて、氏を特異な存在たらしめる因由になるのであらう」という。

また、徳田秋声は「皮肉の文学」において、「上司君は、現文壇におけるヒウモリストではないだらうが、少なくともシニシズムの作家である」、「皮肉の文学が氏に於てユニイクな芸術的特徴となつてゐる」と述べた。

六、戦後の作家論

戦後になって上司小剣について書かれた最初の文章は、上司小剣への追悼文であった。無署名の「上司小剣氏」（『朝日新聞』昭和22年9月3日発行）、同じく無署名の「上司小剣氏」（『読売新聞』昭和22年9月3日発行）である。さらに正宗白鳥が「小剣氏について」（『読売新聞』昭和22年9月8日発行）を書き、「氏は、読売のお抱えであつた紅葉山人を知つていた訳だが、山人の門下となつて世に出ようとはしなかつた。学閥に関係なく、文壇のどういう仲間に入ろうともしなかつた。自分だけの力で文壇に出て、自分の力相当の地歩を占めるようになつたのだ」と回想した。その後、正宗白鳥は「近年、秋声から秋江と続けざまに、最も親しかつた知友を失つた私は、最近、上司小剣の死に接して、いよ〳〵私は一人ぽつちになつたと云ふ感じが濃厚になつた」として、「旧友追憶記　花袋泡鳴秋声秋江小剣」（『新生』第3巻1号、昭和23年1月1日発行）を発表している。

江口渙も上司小剣の文壇との関わり方について、「上司小剣氏について」（『新日本文学』第2巻10号、昭和22年10月15日発行）の中で、「上司小剣という人は、世間的にはなかなか利口な人であつたらしい。だから文壇を渡つて行くのも相当に上手だつた」と述べ、次のようなエピソードを紹介している。

あるとき、平民新聞の署名人があまり度々起訴されて人が無くなつたので、『こんどは是非君になつてもらいたい』とみんなで小剣にたのんだ。すると小剣は貯金が一万円できたら監獄に入つても妻子が食うにこまらないから、一万円になるまでどうか待つてくれ、といつて拒つた、というのである。その後、小剣の貯金は一万円どころか、何倍にもなつたろうと思われるが、ついに社会主義新聞の署名人になつたということを聞かない。
その後、昭和三十二年になって、青野季吉が「上司小剣論」(『現代日本文学全集第五十三巻』昭和32年10月8日発行、筑摩書房)を書き、その中で上司小剣の文壇との関わりについて、次のように述べた。

いまわたくしは「変った体気」という妙な言葉をつかったが、当時の文壇と小剣との関係を考えてみると、いつの時代にも一風変っていて、小剣はかつて文壇の主流的なものにぴったり沿ったことも、深々と乗って行ったこともなく、いつも或る角度で、それと微妙な接触をたもっていた。文壇的なそうした在り方には、小剣という作家の素質や、性格や、思想を象徴した面白さがあると思うが、その在り方を簡単に云いあらわそうとすれば、そんな妙な言葉を使うほかはないのである。

青野季吉は上司小剣の文壇的な在り方を簡単に言い表そうとすれば、「変った体気」という妙な言葉を使うしかないという。青野季吉は、上司小剣の文壇における位置付けの難しさを示しているのであろう。

七、新聞記者時代のコラム

上司小剣は、明治三十年三月、『読売新聞』の社会部長をしていた堀紫山の紹介で、読売新聞社に入社した。入社後まもなく堀紫山が退社し、後任も決まらないまま、上司小剣が社会面の編集を担当し、論説記者を兼ねていた。

上司小剣は、記者時代に「上司子介」の筆名で『相撲新書』（明治32年1月4日発行、博文館）の編集を担当し、『相撲と芝居〈日用百科全書第四拾三篇〉』（明治33年5月26日発行、博文館）を山岸荷葉と共著という形で出版している。そして、明治三十五年頃から、『読売新聞』紙上に短文の感想やコラムを掲載し始める。

それらの仕事の一つに、「その日〳〵」がある。「その日〳〵」は明治三十六年一月二十七日から明治三十八年十二月十四日まで、『読売新聞』に連載された。その後、上司小剣は、コラム集『小剣随筆その日〳〵』を明治三十八年九月五日に読売新聞日就社より刊行した。

「その日〳〵」に注目したのは、紅野敏郎の「上司小剣―『簡易生活』前後―」（『武蔵野ペン』第7号、昭和37年12月1日発行）で、「この小集は、文学と趣味とのまさにさかいめあたりにたつ適正な啓蒙書とみなすことができる」という。また、『読売新聞』に連載された初出は確認しなかったのであろうか、紅野敏郎は「『小剣随筆その日〳〵』は、文字通りその日その日、明治三五年の中頃から三八年の中頃までの読売新聞に書きためていったエッセイ集である」と連載開始時期を誤っている。

その後、森崎光子が「日露戦争時の上司小剣―『その日〳〵』を中心に―」（静岡県立大学短期大学『日本文化研究』第11号、平成11年3月発行）で、「その日〳〵」の特徴として、第一に美意識を価値基準とする文章がめだつこと、第二にユーモラスな内容が多いこと、第三に相対的な視点で事物を見る点、第四に事物の改良を訴えた記事が多いこと、第五に社会主義思想の影響が看取されることをあげた。そして、日露戦争時における社会主義者たちの反戦運動を批判するにいたった、上司小剣の思想的変化を第五の特徴から読み取っている。

荒井真理亜は「上司小剣　作家以前の小品『その日〳〵』」（『相愛国文』第14号、平成13年3月30日発行、本書所収）の中で、『読売新聞』に連載された「その日〳〵」の全初出を明らかにした。書誌的調査の上で「その日〳〵」の「紙面の埋め草」としての性格を指摘し、薄田泣菫の「茶話」や芥川龍之介「侏儒の言葉」と比較することで、上司小剣のコラム「その日〳〵」を近代文学史における三大小品の一つとして位置付けたのである。

その他、この時期の上司小剣の論説記者としての執筆態度を問題にした、森崎光子の「文壇登場以前の上司小剣―『読売新聞』社会面記者時代を中心に―」（『近代文学論叢』創刊号、平成10年5月29日発行）がある。また、「その日〳〵」以外のコラムについては、谷沢永一が「本好き人好き―上司小剣の見るところ―」（『国文学―解釈と教材の研究―』第41巻14号、平成8年12月10日発行）で、同じく『読売新聞』に連載されたコラムを収録した『小ひさき窓より』（大正4年3月23日発行、大同館書店）に言及している。

八、明治社会主義との関わり

上司小剣は田中珂川とともに明治三十九年十一月一日に『簡易生活』を創刊した。上司小剣と明治社会主義との関わりについて、この『簡易生活』に注目して論じられることが多かった。

『簡易生活』は、明治四十年三月一日発行の第三号が出版所違約のために休刊、また、五号に連載した「夫婦合わせ」の記事が新聞条例にひっかかり、明治四十年五月一日発行の第六号をもって廃刊となっている。

紅野敏郎は「上司小剣―『簡易生活』前後―」（『武蔵野ペン』第7号、昭和37年12月1日発行）の中で、『簡易生活』の発刊は「小剣流の消極的な抵抗」とみなした。

その後、西田勝が「雑誌『簡易生活』について」（『近代文学の潜勢力』昭和48年5月25日発行、八木書店）で、再び

『簡易生活』を取り上げた。西田勝は、『簡易生活』が「一つは小なりともプロレタリア文学運動の先駆的試みである火鞭会運動のユニイクな一展開として豊かな文学史的可能性を含んでいること、二つは単に文学史的な意味にとどまらず、今日なお積極的なアクチュアリティを失なっていないこと」において、「きわめて注目される企てである」と評価した。そして、上司小剣がこの雑誌で「旧俗打破の運動としての自然主義文学運動と、革命運動としての社会主義運動との間に接点を設け、それを固執することで両者を着実に統合しようとしたのだ」という。

『簡易生活』に文学史的な意義を見ようとする西田勝に対し、吉田悦志は「上司小剣論―明治社会主義と大逆事件へのかかわりを中心にして―」(『文学』第41巻10号、昭和48年10月10日発行)の中で、「この雑誌(『簡易生活』をさす・引用者)こそ、小剣が明治社会主義といかにかかわり、その中から生起した苦悩をかれなりにどう処理していったかの足取りが、最も鮮やかに刻印されており、そういう意味から小剣の精神史上重大なエポックを画した雑誌である」と述べている。

昭和五十八年三月十五日に『簡易生活〈復刻版〉』が不二出版より刊行された。西田勝の「解説」と岡野幸江の「解題」が「総目次」「索引」とともに付されている。ただし、西田勝の「解説」は、『簡易生活〈復刻版〉』の刊行に際し「解説」として新たに執筆されたものではなく、先の「雑誌『簡易生活』について」の転載である。

復刻版が刊行されたのちの論文には、森崎光子「上司小剣の習作時代―雑誌『簡易生活』を中心に―」(『立命館文学』第505号、昭和63年3月20日発行)がある。

上司小剣と大逆事件については、吉田悦志が「上司小剣論―明治社会主義と大逆事件へのかかわりを中心にして―」(『文学』第41巻10号、昭和48年10月10日発行)で、明治社会主義と上司小剣のかかわりに触れながら、「英霊」(『中央公論』第35年8号、大正9年7月15日発行）は「大逆事件」を「尼港事件に取材した有史以来未曾有の日本人虐殺事件に韜晦した」作品と位置付けた。しかし、これに対し、西田勝が「上司小剣の小説『英霊』の評価について」（『文学』第42巻4号、昭和49年4月10日発行）の中で、「この作品は（『英霊』をさす・引用者）尼港事件を小剣独特の視角から取り上げて戦前国家の虚構性の一端をあばいた作品以外ではない」と反駁した。吉田悦志はそれを受けて、「上司小剣の大正期側面―モデル幸徳秋水の実像から虚像への転換―」（明治大学『文芸研究』第36号、昭和51年10月31日発行）で、西田勝の「周到厳密な反論は、一応諾う他はない」としながらも、「ただそれにもかかわらず小説『英霊』の、登場人物に幸徳秋水や堺枯川や菅野須賀子の残像をみ、尼港事件に大逆事件の反映をみるとする読後感を、捨てさるにしのびない」と述べ、「本の行方」（『太陽』第17巻4号、明治44年3月1日発行）で捉えられていた幸徳秋水の実像が、「金曜会」（『新潮』第27巻6号、大正6年12月1日発行）や「悪魔の恋」（『新潮』第29巻5号、大正7年11月1日発行）では放擲され、かつて上司小剣が幸徳秋水に対して携えていた尊敬と批判の両面感情の、後者だけが完全に剝落して、作品のモデルである幸徳秋水は虚像と化したと結んでいる。同様に、吉田悦志は「昭和十年代の上司小剣―小説『平和主義者』一篇―」（『明治大学教養論集』第165号、昭和58年3月1日発行）においても、上司小剣がモデルと思しき人物のみ実名でない点に注目し、正宗白鳥に「階級運動には自分も加はつていい」と言っていた頃の「たたかう小剣像が、『平和主義者』から完璧に剝落して」おり、やはり虚像化されていることを主張した。

このように、上司小剣が大逆事件の影響及び明治社会主義者に対する心情的変化を文学作品に形象していったとみる吉田悦志に対し、森山重雄が『大逆事件＝文学作家論』（昭和55年3月15日発行、三一書房）の「上司小剣」の章で、「彼（上司小剣をさす・引用者）は生涯、大逆事件から逃げて回った。逃げて回るという形で大逆事件と関連をもった作家として、珍しい存在である」と述べ、上司小剣は「平和主義者、非戦論者、無抵抗主義者、臆病な逃避者、名誉の落伍者」たることを完遂したのであるという。

九、京阪情緒もの

上司小剣の代表作「鱧の皮」は、大正三年一月一日発行の『ホトトギス』第十七巻第四号に発表された。田山花袋が「新年の文壇（四）」（『時事新報』大正3年1月4日発行）の中で、「大阪らしい気分が十分にはつきりと出てゐて、感じに確実《しつかり》としたところがあるのが及び難いと思ひました」と絶賛したことで、上司小剣の文壇出世作となった作品である。

それゆえ、文学全集や文庫などに収められた解説や作品紹介はたくさんある。

大谷晃一は「上司小剣『鱧の皮』『木像』」（『続　関西　名作の風土』昭和46年3月1日発行、創元社）で「鱧の皮」のモデルになった人物について調査した。また、吉田悦志は「上司小剣『父の婚礼』論―自己表白と隠匿の問題―」（明治大学『文芸研究』第38号、昭和53年1月10日発行）で「鱧の皮」の同時代評を整理している。大阪弁から「鱧の皮」について論じたものに、前田勇の「現代文学の大阪弁」（『大阪弁』昭和52年2月20日発行、朝日新聞社）がある。また、大河内昭爾「大阪の風物詩―『鱧の皮』上司小剣―」（『味覚の文学地図』昭和55年8月27日発行）や篠田一士「鱧　上司小剣『鱧の皮』」（『世界文学「食」紀行』昭和58年9月25日発行、朝日新聞社）、吉田永宏「食の文学を読む上司小剣『鱧の皮』」（『国文学―解釈と教材の研究―』第29巻4号、昭和59年3月20日発行）、真銅正宏「下手物とうまいもん／上司小剣『鱧の皮』・織田作之助『夫婦善哉』―食通小説の世界（二）―」（同志社大学『人文学』第165号、平成11年3月15日発行）は、「食」という観点からの作品案内である。小林豊は「〈大阪おんな〉の系譜」（『大阪と近代文学』平成元年6月30日発行、法律文化社）で、織田作之助の「夫婦善哉」との比較の中で「髑の皮」に言及した。「髑の皮」の作品論としては、荒井真理亜の「上司小剣『髑の皮』論」（関西大学『国文学』第82号、平成13年3月17日発行、本書所収）がある。「髑の皮」の執筆時期や作品世界の時代設定などを明らかにし、「髑の皮」には「生存競争の激しい」社会の中で生きる女の悲哀が描かれており、〝髑の皮〟が皮一枚で繋がっている夫婦の有り様を具象していると論じた。

それに対し、高橋敏夫は「『髑の皮』における権力的なもの―巡査と姓名判断と女主人の『街』で」（早稲田大学『国文学研究』第139集、平成15年3月発行）で、「『権力的なもの』（およびそれへの対抗）」という視点からみた「髑の皮」論を展開した。高橋敏夫は、「作品のタイトル『髑の皮』は、お文と福造との関係が『皮』一枚でつながっているという消極的な関係において選ばれているのではなく、おそらく皮になっても食べ物は食べ物という、食べ物の特権性から積極的に選ばれたと考えてよいだろう」という。また、男女仲睦まじい使用人に対するお文のヒステリーまでも「『女主人』と使用人との間の権力関係をあらわす出来事のひとつとみてよいのではないか」と「権力的なもの」と結びつけて把握している。しかし、作品の中心はやはりお文と福造の夫婦関係であって、「髑の皮」の主題までも「権力的なもの」で読み解こうとするには限界があるのではないか。

長篇小説「木像」（『読売新聞』明治43年5月6日～7月26日発行）については、青野季吉が「解説」（『木像〈文潮選書6〉』（昭和23年6月15日発行、文潮社）で、「木像」に「年代記的の意義と価値とを見たいのである」として、次のように述べた。

彼（「木像」の主人公の福松をさす・引用者）におけるやうな、かすかな自我の目覚めが、さまざまな過去の重圧と、社会の諸条件のために、ふみにぢられ、ついには惑乱と、一種の喪心に落ち込む人生は、明治四十年代の市民社会に、典型的なものの一つだったのである。〈中略〉

この長篇に先づ現はれてくる奈良は、古いものとそれが崩れかけているものを代表しており次《ママ》に現はれて、この長篇の中心舞台となる大阪は、新しく芽立つたものとそれの成長したものとを代表しており、最後にここへ測光を投げる東京は、さらにその先を告げるものを代表している。かくして奈良の古都は、大阪の商業都市によつて批判され、その商業都市は、東京の文化都市によつて批判される。

森崎光子の「上司小剣『木像』論」（『立命館文学』第540号、平成7年7月15日発行）は、青野季吉の論の延長線上に展開される。森崎光子は「おそらく小剣には、福松が人生に希望を失い木像になるまでを描きたいという意図と同時に、奈良、大阪、東京の風俗人情の違いを描き分けたいという意図もあったのではないか」と述べ、「木像」の執筆動機に、ゾラの晩年の小説『三都市叢書』の影響を指摘した。

都市論的な視点からアプローチしたこれらの「木像」論に対して、荒井真理亜は「上司小剣『木像』・その文学的転機」（関西大学『国文学』第83・84合併号、平成14年1月31日発行、本書所収）で作品世界の時代設定の矛盾などを指摘し、その破綻の背景に明治四十三年五月二十五日に起こった大逆事件があったことを明らかにした。上司小剣と明治社会主義との関わり、大逆事件の影響を考える上で、「木像」を看過することは出来ないであろう。

この他にも、上司小剣の京阪を舞台にした作品を取り扱った論文として、次のようなものがある。

吉田悦志は「上司小剣『父の婚礼』論―自己表白と隠匿の問題―」（明治大学『文芸研究』第38号、昭和53年1月10日発行）で、『父の婚礼』（大正4年3月18日発行、新潮社）は、「小剣文学全体の中で、その作家活動のピークをなした作品集であって、上司小剣の文学の体質をみきわめるためには、避けられない関所のような書ではないか」と述べている。

上司小剣の文壇登場作「神主」（『新小説』第13巻8号、明治41年8月1日発行）に注目したのは、森崎光子の「上司小剣『神主』論」（『立命館文学』第538号、平成7年2月発行）である。また、森崎光子は「田山花袋と上司小剣」（『花袋研究学会々誌』第12号、平成6年3月31日発行）においても「神主」を取り上げ、「神主」は田山花袋の「蒲団」からモチーフを得て書かれた作品であるという。

また、「ごりがん」（『文章世界』第15巻6号、大正9年6月1日発行）については、森崎光子「上司小剣『ごりがん』論」（『相愛国文』第8号、平成7年3月30日発行）、福田恆存「報いられない短篇小説―私の一篇『ごりがん』上司小剣―」（『すばる』第3巻6号、昭和56年6月1日発行）がある。

十、新聞小説

上司小剣は、大正後期から多くの新聞小説を書いている。その代表作が長篇「東京」であろう。「長篇小説第十六巻月報第九号」（昭和3年11月1日発行、新潮社）によると、上司小剣も「私は、とにかく、最近の八年間をこの愛する『東京』に傾注した」と述べており、上司小剣が意欲を持って取り組んだ作品だったのであろうし、また、「第一部『愛欲篇』と第二部『労働篇』とは既に本になつて、第一部は一万二千五百部、第二部は六千七百部を売りつくした」というから、〝愛欲篇〟、〝労働篇〟については発表された当時は好評だったようである。しかし、上司小剣の長篇「東京」について、今まであまり言及されることがなかった。ただ、海野弘の「上司小剣『東京』と貴司山治『ゴー・ストップ』―都市と文学」（『海』第158号、昭和57年6月1日発行）があるのみである。海野弘は「上司の文体は、まだ新しい都市のディテイルを具体的に描写することはできない」と否定する一方で、「都市をまるごと一つのものとしてとらえ、個人ではなく、都市を小説の主人公とする新しい傾向」を評価し、「さらに注目すべきなのは、この小説の中で都市論を展開する部分があることである」と述べている。海野弘は上司小剣の長篇「東京」に「大震災でもゆるがなかった楽天的な都市論」を見ているようであるが、長篇「東京」についての具体的な作品論にはなっていない。したがって、長篇「東京」については書誌調査も含めて、作品の中身を具体的に検討した結果、上司小剣文学における位置付けを改めて考える必要があるであろう。また、上司小剣は大正七年あたりから様々な地方新聞に小説を発表していたようで、未発掘の新聞小説が出てくる可能性もあり、今後の探索の継続が求められる。

十一、歴史小説

上司小剣の『余裕』（昭和16年3月9日発行、東洋書館）の「序」によれば、上司小剣は「こどものときから、歴史小説を書いてみたいと思つてゐた」という。上司小剣が積極的に歴史小説に取り組むようになったのは大正十年頃からである。以後、上司小剣は晩年まで歴史小説を書いている。それらの歴史小説が収録された単行本として、『西行法師〈歴史物傑作選集（6）〉』（大正14年1月25日発行、而立社）、『余裕』、『生々抄〈大東名著8〉』（昭和16年

8月5日発行、大東出版社)、『伴林光平』(昭和17年10月15日発行、厚生閣)、『菅原道真〈日本叢書二八〉』(昭和21年2月20日発行、生活社)がある。

上司小剣の歴史小説について、檜田良枝は『近代文学研究叢書第六十二巻』(平成元年6月5日発行、昭和女子大学近代文化研究所)の中で、「小剣の歴史小説は、史実の忠実な再現ではなく、歴史上の人物や事件に自由な新しい意味づけを行い、現代に通じるモチーフを描く傾向が強くみられる。そして、その登場人物の性格描写や事件の経緯を描くにあたっては、小剣自身の人道主義、非英雄主義、平和主義的な思想が色濃く反映されているとみることができる」と書いている。

具体的に作品を取り上げて論じたのは、吉田悦志の「上司小剣『西行法師』における主題と方法」(『日本近代文学』第26集、昭和54年9月25日発行)である。吉田悦志は、「西行法師」(『中央公論』第39年9号、大正13年8月1日発行)について、「歴史小説『西行法師』は、大杉栄虐殺という時代背景の下で、生得の精神的羸弱をかかえて、『恐怖に包まれながら』、可能な限り『自由なこと』を語った小説であり、そこから、『西行法師』の西行が、文明批評眼を付与された『饒舌』な人物として創造されることとなった」と述べ、「小剣自らの反権力厭軍意識を史的人物に借りて表現しようとした」のだという。そして、「歴史小説『西行法師』は、幾多の芸術的弱点をもちながらも、小剣文学における存在感覚と社会意識と文体の三者の連環の秘密をうかがい知る好箇の作品である」と評価した。「上司小剣『西行法師』における主題と方法」で「テキストクリテークに徹した論を展開した」吉田悦志は、「今一度より側面的な、つまり小剣の歴史小説執筆と文献資料の関係や文学史的な位置づけなどを中心に、『西行法師』を軸に論じてみたい」として、再び「上司小剣—大正期歴史小説—」(『明治大学教養論集』第223号、平成元年3月1日発行)で「西行法師」を取り上げた。論の展開上、先の「上司小剣『西行法師』における主題と方法」と重複するところが多いが、「生来の精神的脆弱さ」「時代環境の影としての秋水、栄の虐殺事件」に加えて、「私小説主導の文壇的風潮への反発」「未来小説から歴史小説へ」というような新たな事情を指摘し、このような「錯綜した諸事情がからまり合って歴史小説集『西行法師』に結実していった」と述べている。

吉田悦志が「西行法師」を取り上げて以来、上司小剣文学研究において歴史小説が問題にされることはなかった。しかし、大正後期から上司小剣は数十篇にも及ぶ歴史小説を書いており、歴史小説は新聞小説とともに、上司小剣の後期の文学的活動を考える一つの要点になるであろう。今後は、歴史小説が書かれた時代背景や上司小剣の思想的背景だけでなく、代々神主として国学に志してきた家に生まれた上司小剣の文学的素養も併せて、上司小剣の歴史小説の評価を検討する必要があるであろう。

II

久米正雄「三浦製糸場主」

——その改稿をめぐって——

一

久米正雄について、佐藤春夫が「秋風一夕話」（『随筆』第2巻9～11号、大正13年10月1日～12月1日発行）の中で、次のように述べている。

久米君はあれで、今日の人気と盛名とに相当しただけの人物ではないか。〈中略〉何といふか、芸術家としての鼻がすばらしく鋭い人なのだ。新聞小説をもつとハイカラなものに向上してみようといふ企ても、イプセンなどのやうな近代風の舞台を和製で製作して、それで充分新派悲劇を舞台から追放出来るだらうといふ見込だつても、

久米君の鼻が嗅ぎ出したことではないか。〈中略〉僕は、久米、芥川、菊池の三君のうちでは、久米君が一番創作家らしい才能だと思つて居る。

佐藤春夫は、久米正雄を「芸術家としての鼻がすばらしく鋭い人」と評し、芥川龍之介や菊池寛と比較して、久米正雄が「一番創作家らしい才能」の持ち主であると言っている。

このような同時代における久米正雄評価の後、かつて、三十年ほど前に、久米正雄文学の研究の現状について、大西貢が「久米正雄の社会劇とその構造」(『愛媛国文研究』第22号、昭和47年12月10日発行)の中で、「久米は生前の華やかさにもかゝわらず、もはや忘れられた人という感が一層深く、文学全集の中からも次第に姿を消し、第三次・第四次『新思潮』で文学的な仕事を始めた作家の中で、最も研究が遅れた一人であると言えよう」と指摘したことがあった。久米正雄研究について言えば、今日でも「最も研究が遅れた一人である」ことには変わりないであろう。第三次・第四次『新思潮』で文学的仕事を一緒にした芥川龍之介や菊池寛の研究が盛んであるのに比較すると、久米正雄の研究は立ち後れているといわざるを得ない。

久米正雄が夏目漱石の長女筆子に失恋し、その経緯を小説「蛍草」(『時事新報』大正7年3月19日~9月20日発行)や「破船」(『主婦之友』第6巻2~14号、大正11年1月1日~12月1日発行)に描いて、多くの一般読者を獲得したことは今日でも有名である。しかし、久米正雄の文壇登場は小説ではなく、大正三年三月一日発行の第三次『新思潮』に発表した「牛乳屋の兄弟」という戯曲であった。久米正雄が東大の文科一年生で、二十二歳の時の作品である。久米正雄のエッセイ「実演して成功した処女作の戯曲『牛乳屋の兄弟』」(『新潮』第30巻1号、大正8年1月1日発行)によると、発表当時は「同人仲間で面白いと云つた丈であつた」というが、その後、新時代劇協会の桝本清の目に留まり、同年九月、有楽座において上演され、「牛乳屋の兄弟」は多大の好評を博した。

久米正雄にとって、「牛乳屋の兄弟」の成功が大きな自信につながったのであろう。久米正雄は、『現代戯曲全集第十二巻〈久米正雄集〉』（大正14年4月13日発行、国民図書）の「跋」に、「吾が新劇運動史から云つたなら、私の『牧場の兄弟』（原題『牛乳屋の兄弟』・引用者）の初演や、『三浦製糸場主』の公演は、可なり重要な画期点に立つてゐたと云へよう」と述べている。興味深いのは、「牛乳屋の兄弟」の初演とともに、「吾が新劇運動史」の「可なり重要な画期点」として、「三浦製糸場主」の公演があげられていることである。

このように、久米正雄の文学的出発は戯曲であったし、久米正雄自身も「戯曲偏軽の文壇」（『文章世界』第13巻3号、大正7年3月1日発行）の中で、「少くとも私の戯曲は、私の小説よりも『面白い』と断言し得る」と述べているので、久米の文学を考える上で戯曲の存在は軽視出来ないであろう。よって、本書では、久米正雄にとって「牛乳屋の兄弟」の初演とともに、「吾が新劇運動史」の「可なり重要な画期点」となった戯曲「三浦製糸場主」についていて取り上げたいと思う。

二

久米正雄の戯曲「三浦製糸場主」は『帝国文学』（第21巻4号、大正4年4月1日発行）に発表された。題名の下に「（四幕社会劇）」と記され、作品の末尾には、脱稿日を示すのであろう「―（一九一五・三・二四）―」と付記されている。まず注目すべきことは、「三浦製糸場主」は「社会劇」として、大正四年三月二十四日に書き上げられていることである。四月一日発行の『帝国文学』に掲載するべく、その原稿締め切りぎりぎりのところで脱稿したようだ。そのため、十分に構想し、推敲するだけの時間的なゆとりがなかったのであろうか、『帝国文学』に発表された「三浦製糸場主」（四幕社会劇）は、第四幕の部分が「（未定稿）」とされているのである。

その後、「三浦製糸場主（社会劇四幕）」は、『中央公論』大正八年七月十五日発行、臨時増刊「労働問題号」第三十四年第八号に、次の「（作者付記）」を巻末に付して、再掲載された。

此の戯曲は嘗つて其未定稿を、大正四年四月号の帝国文学に発表した事がある。が、当時殆んど無名だつた私の作は、四五人の友人と二三具現者の眼に触れたのみで、殆んど顧みらるゝ事なくて過ぎた。今、再び時運は廻り来つて、茲に発表の機会を得たのは、作者に取つて衷心よりの喜びを禁じ得ないものがある。五年間不遇を嘆じて居つた此作も、これでやうやく日の目を見られるであらう。しかも私は今度の此発表に当つて、殆んど稿を新にする以上の努力を払つて、旧稿の全面目を改訂した。だから旧稿を一度読んで呉れた事のある読者も、もう一度読んで下さる好意を作者は要求する。而して近来瀕出する幾多の旧稿再掲と、何卒同一視せられざらん事を希望して止まない。（大正八年七月）

なお、この『中央公論』臨時増刊「労働問題号」の予告が、前号、すなわち大正八年七月一日発行、第三十四年第七号の巻末に「労働問題を材料とし又は背景としたる十篇の小説と戯曲は社会生活経済生活に冷淡たりし我文壇に一新展の活路を開く」と記されている。予告には、「十篇の小説と戯曲」とあったが、実際に、臨時増刊「労働問題号」に掲載された小説戯曲は八篇である。参考までにその八篇をあげると、次の如くである。

小川未明　　煙の動かない午後
宮地嘉六　　騒擾後

岩野泡鳴　　労働会議
加藤一夫　　老坑夫の死
上司小剣　　分業の村
沖野岩三郎　最後の一点
菊池寛　　　小説「灰色の檻」
久米正雄　　三浦製糸場主

八篇のうち、戯曲は岩野泡鳴の「労働会議」と「三浦製糸場主」の二篇だけで、ほか六篇は小説である。その中の、沖野岩三郎の「最後の一点」は沖野家の嫁の半生を描いたものであり、また、菊池寛の小説「灰色の檻」はいわゆる啓吉ものの一つで、この二作品はその題材といい、内容といい、「労働問題を材料とし又は背景とし」て書かれたものではないようだ。岩野泡鳴の「労働会議」には脱稿日が記されていないが、その他は脱稿日が大正八年六月、または七月となっており、おそらく臨時増刊「労働問題号」の原稿依頼があってから書かれたものではなかろうか。ちなみに、旧稿の再掲であるのは、久米の「三浦製糸場主」のみである。

「三浦製糸場主」は、その後、次の著書及び文学全集に収録された。

①『三浦製糸場主』大正九年二月七日発行、新潮社。
②『久米正雄戯曲全集第一巻』大正十一年五月十五日発行、金星堂。
③『現代戯曲全集第十二巻』大正十四年四月十三日発行、国民図書。

④『現代日本文学全集第三十二篇〈近松秋江・久米正雄集〉』昭和三年四月一日発行、改造社。
⑤『久米正雄全集第十一巻』昭和五年十一月十日発行、平凡社。
⑥『日本現代文学全集第五十七巻〈菊池寛・久米正雄集〉』昭和四十二年二月十九日発行、講談社。

先にあげた「作者付記」の中で久米正雄は、「私は今度の此発表に当つて、殆んど稿を新にする以上の努力を払つて、旧稿の全面目を改訂した」と述べていたが、これらの著書及び文学全集はすべて、初出の大正四年『帝国文学』に発表された時の本文ではなく、大正八年の『中央公論』臨時増刊「労働問題号」に再掲載された時の本文が採用されている。

このように「三浦製糸場主」は今日でも文学全集などで読むことが出来るのだが、今まであまり問題とされることがなかった。「三浦製糸場主」に言及しているのは、先にあげた大西貢の「久米正雄の社会劇とその構造」ぐらいである。しかし、大西は、「久米正雄の社会劇を語る場合、大正四年に発表する『三浦製糸場主』(『帝国文学』大正4年発行)を看過することは出来ない」として、ゴオルワアジイの「争闘」の影響を指摘しただけで、「三浦製糸場主」の内容については、ほとんど言及していない。

三

前掲の「作者付記」によると、『帝国文学』に発表された「三浦製糸場主」は、「四五人の友人と二三具現者の眼に触れたのみ」であったという。大正四年の時点では「三浦製糸場主」に言及した同時代評は管見に入らず、確かに「殆んど顧みらる、事なくて過ぎた」ようだ。しかし、久米のエッセイ「今昔」（『文藝春秋』第3巻4～5号、大正14年4月1日～5月1日発行）によると、秦豊吉が手紙で「『三浦製糸場主』の最初の発表の時も、詳しい批評を呉れた」というし、加藤武雄も「烈日の下に（一）—労働問題を扱つた諸作—」（『時事新報』大正8年8月8日発行）の中で、「三四年前の『帝国文学』に掲載されたこの未定稿（「三浦製糸場主」をさす・引用者）を読んで、私は大へん感心した」と述べている。このように「三浦製糸場主」は時評では取り上げられなかったものの、活字にならないレベルでの評判はあったのだろう。

大幅に改稿され、大正八年『中央公論』に再掲された「三浦製糸場主」は、加藤武雄が「烈日の下に（一）—労働問題を扱つた諸作—」で、「これだけ大きな背景をもつた複雑な事件をこれだけうまく纏め上げた久米正雄氏の手腕はえらいものだと思ふ」と褒め、本間久雄が「覚え書き（五）—『中央公論』労働問題号を読む—」（『読売新聞』大正8年8月6日発行）で、「とに角近頃興味ある問題劇」と評した。

しかし、「三浦製糸場主」がさらに広く世に知られたのは、大正九年二月一日より帝国劇場で上演されたことによってである。上演の際、演目が原題の「三浦製糸場主」から「三浦製糸場」と改められている。舞台は四幕構成で、製糸場主・三浦淳吉を守田勘彌が、職工長・国分寅治を松本幸四郎が、女工・関口ひでを河村菊江がつとめた。大正九年一月三十日付『都新聞』に掲載された「『三浦製糸場主』の舞台稽古」には、「特等席には時節柄か警視庁から◇保安課長と脚本掛と外事課長や検閲課長などが出張し、資本主とか労働者とか云ふ言葉がある脚本の舞台表現如何と眼をみはる」とある。社会劇と謳われているので、「時節柄」その内容が警戒されたらしい。何故なら、「三浦製糸場主」が東北地方の製糸工場で起きた労働争議を扱ったものだったからである。大正八年頃から米騒動などによる社会不安が深刻化し、労働運動の進展に伴って階級意識が深まってきていた。警察当局のこれらの労働運動に対する監視の目も厳しくなり始めていたのだろう。しかし、舞台稽古を見た「警察庁の方々」は、「至極平穏無事な表情をして居た」という。

帝国劇場の公演は二月十五日で終了したが、大笹吉雄の『日本現代演劇史　明治・大正篇』（昭和60年3月27日発行、白水社）によると、その後、「新文芸協会が、「『法難』と『三浦製糸場主』（久米正雄作）というプログラムを組んで横浜を皮切りに関西、中国地方を巡演し、各地で大当たりを取る好調だった」。そして、さらに「十月まで上越地方や九州をまわった」という。この地方公演によって、「三浦製糸場主」は、帝国劇場の公演を見た一部の人だけでなく、より多くの人の目に触れるところとなったようだ。

「三浦製糸場主」は帝国劇場での上演がまだ初日を迎えていない一月三十日から、紹介記事や劇評が書かれている。「三浦製糸場主」についての紹介記事や劇評は、管見に入っただけでも十四点あった。それらをあげておくと、次のようである。

①田中純「劇界の黎明―『三浦製糸場主』と『生命の冠』の上演―（1）～（4）」（『時事新報』大正9年1月31日、2月1、3、4日発行）

②青々園「勘彌の社会劇」（『都新聞』大正9年2月3日発行）

③無署名「演芸界」欄（『読売新聞』大正9年2月4日発行）

④竹の屋主人「二月の帝劇」（『東京日日新聞』大正9年2月5日発行）

⑤岡村柿紅「雑感雑話」（『新演芸』第5巻3号、大正9年3月1日発行）

⑥岩野泡鳴「充実せぬ新作と俳優今後の努力」（『新演芸』第5巻3号、大正9年3月1日発行）

⑦邦枝完二「大賛成の事（三浦製糸場）」（『新演芸』第5巻3号、大正9年3月1日発行）
⑧永井鳳仙「勘彌の自然味」（『演芸画報』第7年3号、大正9年3月1日発行）
⑨島田青峰「二月の劇壇」（『早稲田文学』第172号、大正9年3月1日発行）
⑩能島武文「『三浦製糸場主』と『生命の冠』」（『三田文学』第11巻3号、大正9年3月1日発行）
⑪河竹繁俊「三浦製糸場の上演」（『人間』第2巻4号、大正9年4月1日発行）
⑫岡田八千代「三浦製糸場評」（『人間』第2巻4号、大正9年4月1日発行）
⑬灰野庄平「初めての社会劇」（『人間』第2巻4号、大正9年4月1日発行）
⑭中村吉蔵「劇場文化の前途―明年の劇壇に何を求むる？―（五）」（『読売新聞』大正9年12月6日発行）

邦枝完二は「大賛成の事（三浦製糸場）」で「兎に角勘彌の三浦淳吉は巧い」と述べ、島田青峰が「二月の劇壇」の中で「この劇は勘彌によつて仕活かされた」と褒めた。勘彌の演技が絶賛される一方で、青々園が「勘彌の社会劇」において「惜むらくは道具立が悪かつた」と不満を表し、無署名ではあるが、大正九年二月四日付『読売新聞』の「演芸界」欄でも「大道具は場末の小芝居よりも非道かつた」と酷評している。二月十四日付『都新聞』は「怒つた国民文芸会」と題し、同時上演された「ガラカテ」に比べ、「三浦製糸場主」の舞台装置があまりにも貧弱すぎるとして、当時官民一致の演劇指導機関であった国民文芸会が、帝劇に抗議したことを記事にしている。

このように「三浦製糸場主」は舞台としては、必ずしも成功というわけにはいかなかったようだ。

しかし、田中純が「劇界の黎明―『三浦製糸場主』と『生命の冠』の上演―（1）」の中で、久米正雄の「三浦製糸場主」と山本有三の「生命の冠」の上演によって、「日本の劇界の黎明が、今になつて、漸く開かれやうとしてゐる」と述べているように、それまでの日本の劇界では翻訳劇が主であったが、久米正雄や山本有三の出現によって、ようやく日本でも本格的な創作劇が帝国劇場などで上演されるようになったのである。その意味で、久米正雄の「牛乳屋の兄弟」や「三浦製糸場主」の戯曲は、新劇史の「可なり重要な画期点」となった作品であったようだ。

四

加藤武雄は、「烈日の下に（九）―労働問題を扱つた諸作―」（『時事新報』大正8年8月17日発行）の中で、「『解放』所載江口渙氏の『或る女の犯罪』は、曾て、『子を殺す話』と題して『帝国文学』に発表せられたもの、改作である。久米正雄氏の『三浦製糸場主』と並んで、本年夏季の文壇の二大改作と称す可きものであろう」と述べ、「三浦製糸場主」が単なる旧稿の再掲ではなく、江口渙の『或る女の犯罪』とともにそれが評価すべき改作であることに触れた。また、久米自身も先の「作者付記」の中で、「私は今度の此発表に当つて、殆んど稿を新にする以上の努力を払つて、旧稿の全面目を改訂した」と述べていた。したがって、『帝国文学』版から『中央公論』版への改稿は具体的にどのようなものであったのか、「殆んど稿を新にする以上の努力を払つて」というが、一体久米は改稿段階でどういう工夫をしたのか、ここで具体的に見ておきたい。

女工おひでが作業中に怪我をしたことをきっかけに、職工長の国分が労働者たちを先導してストライキを起こす。おひではやもめ暮らしの国分の家に身を寄せている。おひでに支払われた会社からの慰謝料について、国分とおひでが会話する場面であるが、ここで注目したいのは、会社からおひでへ支払われた慰謝料の額が、『帝国文学』版の「十円」から『中央公論』版では「三十円」に上げられていることである。「三浦製糸場主」が『帝国文学』に発表されたのは大正四年で、『中央公論』に再掲載されたのは大正八年だから、その間に四年が経過している。わずか四年ではあるが、貨幣価値が大きく変動しているのである。週刊朝日編『値段史年表』（昭和63年6月30日発行、朝日新聞社）によれば、例えば、小豆一升は大正三年に十七銭だったのが、大正八年には約三倍の四十三銭になっている。また、白米十kgが大正五年に一円二十銭だったのが、大正八年には三円八十六銭に値上がりしている。実際の物価が約三倍に高騰しているのだから、作品に出てくる賠償金の額も「十円」から「三十円」に変更せねばならなかったのだろう。このように旧稿を再掲するにあたり、まずは時間的な隔たりを埋めなければならなかったようだ。

同様にストライキの目的も、『帝国文学』版の「去年の暮に、戦争で不景気だからつて五銭下げた工賃をもと通りにする事にある」から、『中央公論』版では「戦争以来一度も上げた事の無い工賃を、三割増にしやうと企てゝゐる」と書き直されている。戦争というのは、『帝国文学』版の発表時期が大正四年であることを考慮に入れて、大正三年七月に勃発した第一次世界大戦を指していると考えられる。つまり、大正四年の時点では、戦争は始まったばかりで身近な出来事であり、工賃を「去年の暮に、戦争で不景気だからつて五銭下げた」としても違和感はない。しかし、第一次世界大戦は大正七年十一月に終結し、大正八年には「戦争」は最早過去の出来事になってしまったのである。したがって、『中央公論』版では、戦争が終わったことを前提にして、労働者の要求を「戦争以来一度も上げた事の無い工賃」の値上げと設定し直さねばならなかったのだろう。久米正雄は、作品の中の出来事が各時代の時事性をおびるよう、細心の注意を払っている。言い換えれば、作品世界の時間を作品の発表時期、すなわち『帝国文学』版は大正四年、『中央公論』版は大正八年に設定し、「三浦製糸場主」に描かれた労働争議が現代社会の問題として読まれるように仕組んでいるのだ。

国分たちの起こしたストライキは、社長の息子・三浦淳吉が労使交渉に臨み、労働者側の要求をすべて呑む形で、和解が成立。おひでは病院に入院させられる。看護婦の田村がおひでに聖書を読んで聞かせる場面だが、『帝国文学』版では、田村は「ぢや又あの聖書でも読みませうか」「どこまで読んだんでしたかねえ」「あ丶此処からだわ」と言うだけで、聖書のどの章を読んでいるのかはわからない。ところが、『中央公論』版では、田村が朗読する聖書の箇所が具体的に示されている。由紀章一は「久米正雄『三浦製糸場主』(四幕)」(『20世紀の戯曲—日本近代戯曲の世界—』平成10年2月28日発行、評論社)において、『中央公論』版の中にも「このとき聖書のどこを読むか、指定がない」というが、聖書のどこを読むかは、田村の台詞の中にはっきり「路加伝第六章」と出てくるのだ。

では、何故、久米正雄は『中央公論』版において、聖書の朗読箇所を「路加伝第六章」と指定したのだろうか。「路加伝第六章」すなわち、『新約聖書』の「ルカの福音書」の第六章には、その中に「なえた手をいやす」という話がある。安息日にイエスの元へ手の萎えた人がやってくる。イエスを訴える口実を探していた律法学者やパリサイ人たちは、イエスの行動を監視していた。イエスは「安息日にしてよいのは、善を行なうことなのか、それとも悪を行なうことなのか、いのちを救うことなのか、それとも失うことなのか」と言って、なえた手を治した。律法学者やパリサイ人たちはその言葉を聞いて、すっかり分別を失い、イエスを何とかしてやろうと話し合ったという内容である。

「三浦製糸場主」においても、おひでが傷めたのは手であり、その怪我を治すために三浦が病院に入れるのである。三浦は毎日おひでを見舞い、それを知った職工長の国分は「社長が毎日来るんなら。《ママ》俺も毎日来なくちやならないからな」と「反抗的に三浦の去つた戸の方を眺め」る。聖書朗読の後の場面は、「路加伝第六章」の「なえた手をいやす」話と通ずる点がある。つまり、決定稿の「路加伝第六章」は、「三浦製糸場主」の人物関係を象徴し、その後の展開の伏線として新たに加えられたのではないだろうか。

また、「路加伝」を書いたルカは、歴史家であり医者でもあった。「三浦製糸場主」には、三浦の友人であり、相談者として太田という医者が登場する。太田は、三浦のおひでとの結婚の意志を誰より先に知った人物であり、三浦に「あゝ云ふ階級に属する女は、あの年までには大概もう処女ではないと云ふ事だけ、はつきり考への中に入れて置き給へよ」と忠告する。この忠告が後で重要な意味を持ってくるのである。その三か月後には、太田がおひでの妊娠を五か月であると診断する。これによって、おひでは結婚以前に、既に子を宿していた事実が発覚するのだ。太田は物語の中心人物ではないが、進行上、医者として重要な役割を果たしている。久米正雄はルカが医者であったことも考慮し、このような太田の存在を加味し、「路加伝第六章」を採用したのではないかとも思われる。

だからと言って、三浦がキリストと重ね合わせて聖者として描かれているわけではない。三浦の語る労働者の現状では、おひでのように美しい女工は、資本家の策略によって、生産力の向上のため、男工の競争心を煽る対象にされる。その競争が激化すると男工同士の争いに発展し、渦中に立たされた女工を悲惨な運命に陥れるだろう。三浦はそんな世界からおひでを永久に救うことこそ自分の理想の実現だと考え、おひでと結婚をする。しかし、おひでは結婚以前に男性と交渉があり妊娠、腹の子の父親が国分であることが判明する。三浦は苦渋の思いでおひでを許し、家の者にも腹の子は自分の子だと言い張るが、おひでは我が身を持て余して結局自殺してしまう。こうして、三浦の理想は挫折するのである。キリストは手のなえた人を救ったが、結局三浦はおひでを救うことが出来なかった。つまり、久米は「路加伝第六章」の内容そのものをなぞらえたのではなく、あくまで話の形式だけを物語の伏線として借りてきたのである。

このように、久米は改稿にあたり、出来事や会話を整理したり、『帝国文学』版における不自然な箇所を修正したりして、物語の簡潔化に努めている。

しかし、「三浦製糸場主」の改稿において、最も大きな異同は、幕構成が組み替えられていることである。『帝国文学』版も『中央公論』版も四幕構成には変わりない。そして、第一幕、第二幕は変更なく、『帝国文学』版も『中央公論』版も同じ幕構成である。しかし、問題は第三幕、第四幕なのである。『帝国文学』版では、第三幕は第一場「三浦淳吉の家」と第二場「職工長国分寅治の家」からなり、第四幕「工場付近の空き地」に「未定稿」という断り書きが付いていた。それが、『中央公論』版では「未定稿」とされていた第四幕を全て削除し、『帝国文学』版の第三幕の第一場を第三幕に、第二場を第四幕として独立させている。岩田光子が『近代文学研究叢書第七十一巻』（平成8年10月7日発行、昭和女子大学近代文化研究所）において、「改稿の主な部分は人物の入れ替えとか情景描写の簡潔化で、筋だては大同小異である」と述べ、由紀章一も前掲の『20世紀の戯曲―日本近代戯曲の世界―』で「筋はまったく同じ」というが、第三幕まではともかく、『帝国文学』版で「未定稿」として存在した第四幕の全文が削除され、物語の結末が変わったことは、戯曲全体の内容に大きく関わってくる問題である。では、削除された『帝国文学』版の第四幕には一体何が描かれていたのだろうか。

おひでの自殺をきっかけに、職工たちは再び決起する。職工たちは、おひでの葬式を自分たちの手で出したいので、おひでの棺を引き渡してほしいと三浦に要求する。労働条件の改善とか、賃金の値上げならともかく、いくら昔の仲間とはいえ、社長夫人となったおひでの葬式を出したいというのは、労働者たちが再びストライキを起こす理由としては、極めて不自然である。その上、職工たちは三浦の退任を求める。三浦は先のストライキで職工たちの要求を全面的に受け入れたのである。労働条件も改善し、賃金も上がったのであるから、三浦は労働者にとっては都合のいい資本家ではないか。そもそも三浦のような資本家自体が現実には存在しないであろうが、ここでの労働争議はまったくリアリティーがない。おそらく、労働争議の実態をよく知らなかった久米正雄が、頭の中だけで作り上げた場面なのであろう。しかし、最後の場で、久米正雄が三浦と国分、すなわち資本家と労働者が真っ向から対決する場を設けている点は注目に値する。

三浦の理想は、結婚によっておひでを救うということと、労働者と資本家がお互いに「心を合して」「精神的に働」くことによって「理想の工場」を造ることにあった。三浦は、社長に就任する前には、東京で大学を出て、働いていた。三浦の理想は、大正期の時代思潮らしい人道主義が根底にある。それに対し、国分は三浦の温情主義や「仁慈」は労働者の「向上の力と反抗心を無くさせる」と退け、階級闘争こそが労資の真のあり方であり、「人類進化の正道」だと説く。つまり、国分にとって労資の間には征服するか征服されるかしか道はなく、「中途半端な妥協」は許されないのである。

しかし、三浦の言動を厳しく非難する国分は、おひでを妊娠させた当人である。国分は、ストライキの最中におひでと肉体関係を持ち、その翌日は「突然激しい情熱に駆られて、急に熱い接吻を」しようとしている。しかし、国分がおひでを引き取っているのは、おひでに対して特別な感情があるからではなく、「自分の高潔な主義を実行する必要上」であるという。国分にとっておひでは恋愛や結婚の対象ではなく、ストライキを起こすための口実であり、一時的な欲求をぶつけただけの相手だったということであろうか。国分はおひでに対する自分の行動を「あんな汚い事をして了ふなんて」と言っている。「高潔な主義」に対して、おひでとの関係は「汚い事」なのである。愛することによっておひでを救おうとした三浦と国分は対照的である。

国分は、自分の子を身ごもっているおひでを「俺のような主義のものは特別に一人のものに愛をそゝぐなんてことはできないからな」と言って追い返した自分の責任については一切追及しない。おひでが自殺した時も「俺のせえじゃない」「みんなあいつ等が悪る《ママ》いんだ」とすべての責任を三浦に転嫁する。国分には、おひでを死なせてしまったことに対する、反省とか懺悔の気持ちはない。先のストライキで、職工の一人が首をくくって死んでも、「さうか。やっぱりやったか」と平然としていた。国分は、おひでの言うように、「御自分の主義のためにはどんな事でも平気でなさる残酷な方」なのである。

「高潔な主義」に生きる国分には、愛情だけではなく、人間的な優しさや思いやりが欠落しているようだ。おそらく、労資の対決のためにはあらゆるものを犠牲にしなければならないというのが、久米の思い描く運動家のイメージであったのだろう。また、「高潔な主義」に生きる運動家が必ずしも人間的に素晴らしい人物であるわけではないという運動家の描き方に、久米らしい独自性があると言えよう。

三浦は国分に一方的に責められるばかりで、おひでに対する国分の非を指摘することはない。この労資の対決は、三浦が国分たち職工に敗北する形で終わっている。最後のト書きには、「夕闇が迫つて来て、この『破産した理想家の姿』がだん〳〵陰影を増してくる。長い間、長い間動かない。……」とある。「破産した理想家」とはおひでに死なれ、職工たちに拒絶された三浦を指している。『帝国文学』版のモチーフは、労資の対決によって資本家である三浦が敗北し、三浦の理想が完全に破綻するのを描くことにあったようだ。

ところが、『帝国文学』版で「未定稿」として存在した第四幕が、『中央公論』版では全文削除され、おひでの自殺で幕が閉じる。そして、『中央公論』版には、物語の最後に、『帝国文学』版にはなかった三浦の次のような台詞が付け加えられた。

三浦。（静な声音で）国分君。おひではとう〳〵死んだよ。君の言葉の通り悲惨なる最後を遂げた。而してこれは成程、僕の「やくざな温情主義」の結果かも知れない。併し、それと同時に君の「反抗のための反抗」も、多分に責任を頒たなければならぬ事を、お互に考へようぢやないか。―兎に角僕は葬式の済み次第、君の忠告に従つて東京へ帰る。だから最後の敗け惜しみかは知らぬが、一言君にも反省を促して置くよ。では左様なら。僕はこれから、僕らの犠牲に供したあの可哀さうな女の、引ちぎられた死体を運ばなくちやならないから。（静に退場。）

「僕はこれから、僕らの犠牲に供したあの可哀さうな女の、引ちぎられた死体を運ばなくちやならないから」という三浦の台詞は、轢死の悲惨さを印象付けるとともに、物語の悲劇性を強調している。『中央公論』版でおひでの自殺によって幕が閉じるように書き換えられたのは、「三浦製糸場主」の劇的な盛り上がりがおひでの死にあるからであろう。そして、もう一つ見落としてはいけないのが、三浦が「而してこれは成程、僕の『やくざな温情主義』の結果かも知れない。併し、それと同時に君の『反抗のための反抗』も、多分に責任を頒たなければならぬ事を、お互に考へようぢやないか」と述べ、国分に対しても反省を促している点である。ここでは、三浦の「やくざな温情主義」と同様に、国分の「反抗のための反抗」の罪をも問われているのである。三浦の「やくざな温情主義」をもってしても、国分の「反抗のための反抗」をもってしても、おひでを救うことは出来なかった。

おひでは怪我をして働けなくなれば、国分のもとに身を寄せ、三浦に勧められるままに入院し、三浦と結婚した。おひでは国分との関係を秘したまま、三浦の求婚に「わたしはとうからお慕い申しては居りましたわ」と述べ、三浦に嫁ぐ。しかし一方で、おひでは国分と肉体関係を持った翌日、平謝りに謝る国分に「かへつて嬉しく思ふ位ですけれど」と好意をほのめかしていた。果たして、三浦の求婚を受け入れたおひでは、三浦を本当に愛していたのであろうか。職工長の女房より社長夫人の方が豊かな暮らしが出来るからとか、そういう打算的な考えから三浦と結婚したのか。かつて肉体関係を持った国分のことはどのように思っていたのだろうか。おひでの心理がよくわからないのだが、たとえ三浦との結婚でおひでに打算が働いたとしても、そうしなければ一人で生きて行けない女の弱さゆえなのであろう。おひでは、自分の意志で積極的に人生を選択したり、自立して生きて行くような女性ではないのである。国分の子を身ごもってしまったことによって、おひでは追い詰められてしまう。おひでは、三浦の親や周りの目があるから、三浦のところに留まることも出来ず、国分のところに行くことも出来ないのであろう。結局、身重の我が身を持て余し、自殺するしかなかった。望まない妊娠によって女性が不幸になってしまうケースは、当時としては珍しくないことであっただろう。おひでという女性の悲劇がここにある。

このように「三浦製糸場主」は、『中央公論』版で物語の結末を、労働者の再決起ではなく、劇的な盛り上がりであるおひでの死で幕が閉じるように書き換えたことで、その主題が変わってしまったのである。

また、『中央公論』版では、国分がおひでを受け入れられない理由も「主義」のためではなく、「誰が一旦他人の妻になつた女を、難有がつて頂戴するものか」と変更されている。また、国分が三浦の宅におひでを訪ねてきた理由も、『帝国文学』版は、おひでが人を使って国分を呼び出したことになっていたのだが、『中央公論』版では、国分が勝手にやってきたことになっている。しかし、旧知の間柄とは言え、社長夫人を用もないのに訪うのは不自然である。用がなくても会いたいからこそ、周りの目をごまかしながらも、わざわざ三浦の家まで会いに行くのであって、国分がおひでに対して特別な感情がないとは考えにくい。さらに、『中央公論』版には、おひでに冷たくあしらわれ、自棄酒をしている国分の台詞として、「思へばあの社長つて奴も馬鹿な奴よ。他人のお古を頂いて、難有がつてゐるんだからな」が新たに書き加えられている。国分は三浦を馬鹿にして笑うことで、三浦に対する嫉妬心をごまかしているように思われる。このように、『中央公論』版では、国分は主義のために様々なものを犠牲にしても意志を貫き資本家に向かって行く運動家というよりも、むしろおひでという女性に執着して煩悶する一人の男として書き直されているのである。国分の人物像も当初の運動家のイメージとは異なるようだ。

『帝国文学』版は、「理想と信念」を持って、「断じて私利私欲を営んだり、人道にもどる《ママ》やうな事はしません」と誓い、「理想の工場」を目指す人道主義的な工場主の三浦と、「労働階級が勝つか、資本階級が勝つか」「争ふだけは争はなくつちやならない」と主張する労働運動家の国分の対立にその主題があった。ところが、『中央公論』版では、『帝国文学』版に「未定稿」として存在した第四幕の全文を削除し、劇的な山場であるおひでの自殺で物語を終わらせたことによって、労資の対立にあった『帝国文学』版の主題が、おひでという一人の女性の悲劇に変質してしまったのである。

五

江口渙が「三浦製糸場主」について、「久米正雄論」（『現代日本文学全集第二十五篇〈里見弴・久米正雄集〉』昭和31年3月15日発行、筑摩書房）の中で、次のように評した。

だが私は前に帝劇で見たときも、こんど新しく読みかえしたときも、この戯曲に好感をもつわけにゆかなかつた。それはこの戯曲の主役としての労働者の国分も資本家としての三浦の息子も、その性格と動き方があまりにも非現実的であって、それはひとえに作者久米正雄のつぎのような考え方からほしいままに作り出されたものとしか考えられないからである。それは、「人道主義のための人道主義も資本家としての正しい道ではないように、反抗のための反抗も労働者の解放にとっては正しい道ではない」という考え方である。いいかえれば労資協調こそが労働者にとっての正しい道である、ということを裏にふくめてこの戯曲は書かれたのだ。当時さかんだった破壊的な労働運動としてのサンディカリズムに対する批判として久米はこの戯曲を書いたのであろう。その点はよくわかる。だが、労働者の生活の実態と心理のうごきをよくしらなかったことがこの作品をこのような非現実的なつくり物にしたのであろう。

確かに、江口渙が言うように、久米正雄の「三浦製糸場主」は「ほしいままに作り出された」「非現実的なつくり物」であることは言うまでもないであろう。

ただ、注目したいのは、プロレタリア文学や労働者文学運動が興る以前、すなわち大正四年に、久米正雄が労資の対立を素材に戯曲を書いていることである。労資の対立というのは、その時代にとっては斬新な素材であったに違いない。

佐藤春夫は先の「秋風一夕話」で、久米正雄の文学について、次のように批評している。

鼻の利く目先きの明るい人だけに、いつも、その時折に、時代からずつと進んだとは言へないまでもその時々としては、清新なものを提供してゐるのだ。さうだ、久米君の身上といふのは、先づそこだらうな。……しかも、その達見が精々目先きのことであつたと同じ程度で—その清新にしても突飛なといふ程度のものではなく、至極穏当なものだけに、群集はすぐ久米君を受け入れたのだ。つまり久米君といふ人は至極穏当な新しさを人々に与へたのだ。

ところが、今もいふとほり、それが一寸さきであつただけに、今日になつて久米君の過去を振り向いてみると「何だ、あんなものが」と、人々は言はないとは限らない。それといふのも久米君の活動が、ほんの一寸の間休んでゐるうちに、群集がすぐ久米君とすれすれのところへ来たので、それで、あんな生意気を言ふのかも知れない。

「すばらしく鋭い」「芸術家としての鼻」で「一寸さき」の「清新なもの」を素材に作品を書いてはもてはやされるが、すぐに時代が追いついて顧みられなくなってしまう、久米正雄の文学の核心に迫った、これ以上の批評はない。まさに久米正雄の本質を抉った、鋭い批評である。結局、「三浦製糸場主」も、発表当時の思潮的対立、すなわち人道主義と階級意識、そして、労資の対立という素材の斬新さを、すぐに時代が追い越し、「何だ、あんなものが」というような作品になってしまったのである。

昭和期の『萬朝報』について

――萬朝報社長・長谷川善治の大日本雄弁会講談社社長・野間清治宛書簡の紹介――

一、昭和期の『萬朝報』

『萬朝報』は明治二十五年十一月一日に、朝報社（のちの萬朝報社）より創刊された。そして、昭和十五年十月一日の一万六千八百五十号を最後に、『東京毎夕新聞』に合併され、事実上消滅した。

主宰は黒岩周六（涙香）で、その第一号には黒岩自ら「古概　黒岩周六」と署名して、「発刊の辞」を書いている。それには、次のようにある。

> 萬朝報ハ何が為めに発刊するや、他なし普通一般の多数民人に一目《いちもく》能《よ》く時勢《じせい》を知るの便利《べんり》を得《え》せしめんが為《ため》のみ、此の目的あるが為めに我社ハ勉めて其値を廉にし其紙を狭くし其文を平易にし且つハ我社の組織を独立にせり

黒岩涙香は、朝報社設立以前に勤めていた『絵入自由新聞』や『都新聞』において得た、ジャーナリストとして

の経験を基に、右のような社の方針を打ち出し、実践していった。また、黒岩涙香は作家としても、予てより好評を博していた「翻訳小説」、つまり独自の解釈による翻案小説を、『萬朝報』の目玉に据えて発表していく。そして、黒岩涙香が訳したボアゴベイの探偵小説「鉄仮面」が、明治二十五年十二月二十二日から翌二十六年六月二十二日にかけて掲載され、『萬朝報』は多くの読者を獲得した。報道面でも、明治二十五年の相馬家のお家騒動や、明治二十六年の細川家の醜聞を最前線で取り扱い、独自の報道スタイルを確立した。この他にも、『萬朝報』は、相撲や将棋、演劇などについても記事にし、読者の娯楽への関心を促した。そして、明治二十六年には、黒岩がかつて健筆を奮っていた『絵入自由新聞』を吸収合併し、『萬朝報』は、『東京朝日新聞』『都新聞』に次いで、東京府内発行の新聞として、第三位になった。また、創刊当時はわずか十数名ほどだった社員数も、明治三十一年には百名を越した。その時の主な顔触れは、『都新聞』時代から黒岩涙香を支えてきた曾我部一紅と生島一、記者には幸徳秋水、田岡嶺雲、松井松葉、山県五十雄、内村鑑三、堺利彦ら当時の所謂思想家を中心としたメンバーであった。明治三十四年七月、黒岩涙香はこれらの様々な思想家を統率し、『萬朝報』を土壌にして、人道的立場から社会改良を目指す「理想団」を結成した。

しかし、明治三十六年の日露開戦に先立ち、社内は開戦、非戦で意見が分裂する。紙面で両派が論戦を行なうが、十月十二日に非戦を主張していた幸徳秋水、内村鑑三、堺利彦が退社した。

黒岩涙香と『萬朝報』の関係者については、高橋康雄の『物語・萬朝報』（平成元年5月18日発行、日本経済新聞社）に詳しいが、明治期の『萬朝報』は、多彩な顔触れで当時の世論を喚起していたと言ってもよかろう。

文学関係では、『萬朝報』の懸賞短篇小説の募集に、永井荷風や片上伸、中村星湖なども当選しており、『萬朝報』の懸賞は、当時の文壇の登竜門的存在だったようである。

明治三十一年一月、斎藤緑雨が『萬朝報』に入社し、翌三十二年には「眼前口頭」欄で苛烈に女性を揶揄し、議論の的となる。緑雨は、その筆禍のため、『萬朝報』を退かなければならなくなった。その斎藤緑雨が、明治三十七年四月十三日、親友の馬場孤蝶に筆記させて「僕本月本日を以て目出度死去致候間此段広告仕候也緑雨斎藤賢」との自らの死亡広告を翌十四日の『萬朝報』に掲載している。

明治期の『萬朝報』については、〈黒岩涙香の新聞〉として、今日でもしばしば問題とされるが、黒岩死後の昭和期のことについては、その活動がほとんど言及されていない。日本近代文学館・小田切進編『日本近代文学大事典』（昭和52年1月18日発行、講談社）にも、西田長寿がわずか「黒岩の歿後、山田藤吉郎、斯波貞吉、坂口二郎らが遺塁を守ったが関東大震災で打撃をうけ、出資者もしばしばかわり、さらに旧社員間の地位争いから、『萬朝報』『東京萬朝報』に分裂、さらに合併等の過程を経て、昭和十五年十月一日限りで『東京毎夕新聞』に合併され消滅した」と記すのみである。

ここに紹介する書簡は、萬朝報社長の長谷川善治が、大日本雄弁会講談社社長の野間清治に宛てたものである。約九メートルもの長い手紙である。誰かに持って行かせたのであろう。消印はない。

差出人の萬朝報社長の長谷川善治については、その経歴がよくわからない。ただ、この長谷川善治は、大正十五年十月三十日に、『発売禁止』という小説を忠誠館書店から発刊している。『発売禁止』の総発行部数は未詳だが、管見に入った『発売禁止』によると、大正十五年十一月十五日発行で、五版を重ねていた。杉田省吾がその「序」において、次のように述べている。

「発売禁止」は単なる一篇の創作ではなく、彼の涙の自叙伝であり燃えに燃えた焔の跡である。彼は暗い〳〵

牢獄の中で之れを書いた。微に洩れる光をもをしんで、朝に夕にペンを執つた。〈中略〉

長谷川善治―嘗て彼が日立鉱山煙毒事件に就て、あまたの被害民のために横暴なる会社を庇護する官憲に抗争した時より彼は危険人物として陰謀家として、官憲側の非難攻撃の的となつた。彼が幾度か議員の候補者として立つや、官憲の干渉は俊厳を極めた。若き政治家を舞台に上げんとする選挙当日、いつも彼は獄中に閉ぢ込められていた。

つまり、『発売禁止』は長谷川善治の自伝的小説であり、長谷川の『萬朝報』入社以前の経歴については『発売禁止』から窺い知ることが出来る。長谷川善治は、主人公「谷川伝四郎」として現れている。『発売禁止』によると、谷川（長谷川善治）は明治二十一年十二月三日、茨城県に生まれた。九歳の時から奉公に出され、十三歳には油の行商で生計を立てていた。その後、単身で上京し、商業学校に入学する。この頃、日比谷の焼き討ち事件に関係した。職を転々としたのち、『日々新聞』、『中央新聞』に一時的に席を置き、その後自ら『茨城萬報』と題する月刊雑誌を発刊した。杉田省吾が「序」で言うように、日立鉱山煙毒事件の言論活動によって、刑事の尾行と刺客と罰金の憂き目に会うが屈せず、『茨城萬報』を『かほく新聞』と改題して小型な日刊新聞を創設する。しかし、それらの一連の活動が、反政府運動家として、やがて政府に疎まれ、大正十年までに二度も投獄された。

『発売禁止』に描かれた谷川の生い立ちについては、昭和十年一月一日付『萬朝報』に掲載された「私の過去は苦闘の連鎖　長谷川社長談」と重なる点が多い。また、杉田省吾は「光は闘争の上に本社昭和六年の進出―大衆と腕を交へて三ヶ年　長谷川社長の血涙史―」（『萬朝報』昭和6年1月1日発行）の中で、長谷川善治について、「『萬朝』の長谷川と言へば知る人ぞ知る、齢二十歳に満たざる時、日比谷の民衆運動に投じて、焼打事件に活躍して以来、その半生を殆ど支配階級に対する闘争に捧げ来つた」と紹介しており、長谷川善治という人物は、小説世界だけではなく、実際にも『発売禁止』に描かれた反政府運動に関係した活動家であったようである。

昭和三年版『新聞総覧』（平成5年10月17日発行、大空社）によると、長谷川善治の名が『萬朝報』の幹部に上がっている。その幹部の一覧を次に記しておく。

【幹部氏名】

重役　武井　文夫
同　行本　邦彦
幹部　伊藤　理基
同　石井　文作
同　井岡　亮輔
同　橋本　英
同　長谷川　善治
同　鷲尾　義直
同　村田　攪雄
同　山口　和三
同　富士　辰馬
同　廣瀬　弘

『萬朝報』は、大正八年十二月、組織を変更して株式会社となった。しかし、翌九年三月六日に、『萬朝報』を約三十年にわたり支えてきた、黒岩涙香が亡くなる。さらに、関東大震災の禍害を蒙り、発展途上に一大打撃を受けた。前掲の杉田省吾の「光は闘争の上に本社昭和六年の進出―大衆と腕を交へて三ヶ年　長谷川社長の血涙史―」によると、大正十三年一月、飯田延太郎を社長に推し、事務の松尾要が専ら経営の任に就いて、難局を整理し、災後の救済を行った。大正十五年一月秀村得一が一切の事業を継承したが、秀村得一も約一年ほどで辞任した。その後鈴木喜三郎の後援の下に、花村四郎、箸本太吉、蛭田順一郎と経営者が次々に代わり、幾多の波瀾、種々の変遷を経て、昭和三年の人事となったようである。

昭和四年版『新聞総覧』（平成5年10月17日発行、大空社）の幹部の一覧では、長谷川善治は専務取締役社長となっている。それには、次のようにある。

【幹部氏名】

専務取締役　社長　長谷川　善治
常務取締役　主筆　長谷《ママ》　良信
取締役　営業局長　兼広告部長　雨森　兼次郎
同　編集局長　石井　文作
同　黒岩　日出雄
常任監査役　早川　健《ママ》太郎

監査役　花村　四郎
理事　総務局長　井岡　亮輔
同　大阪支局長　大竹　又次郎
同　販売部長　佐藤　浩

昭和三年の人事と比較してみると、かなりの異動があったようである。長谷川善治が社長となり、このような大幅な人事異動が行われたいきさつについて、昭和四年一月十六日、『萬朝報』の「社告」で、次のように説明されている。

昭和三年十二月廿八日本社重役等は年末に当り六万円余の未払給料を残して突如引退したるため社員三百名は之れが善後策につき協議の結果余儀なき便法として臨時に各部より代表者を選び長谷川理事の愛社心に訴へ廿八日夜より三十一日迄に約三万円の出資を乞うて漸く年の瀬を越すに至れり之れがため全国三万一千名の本社従業員と四十年の本社歴史が辛くも救はるゝに至つたのである。然るに社員代表者に対し業務執行委員の名称を付したるに不図も此の名称が一部社員の誤解を招きたるは吾等社員の最も遺憾とする所にて本日限り執行委員の名称を廃し従来の如く社業に従事しつゝあるものなる事を謹告す

昭和四年一月十六日

萬朝報社

社員一同

「社告」から、昭和三年末の時点で『萬朝報』は経済的にかなり困窮していた様子が知られる。そして、その経営赤字と経営者の交代について、先にあげた杉田省吾の「光は闘争の上に本社昭和六年の進出―大衆と腕を交へて三ヶ年　長谷川社長の血涙史―」にさらに詳しくある。それによると、武井文夫が『萬朝報』の経営の任にあたっていた当時、総務局長であった長谷川善治は数か月間に十三万円を投じてその財政難を助けた。つまり、昭和三年末には、長谷川は一般社員として『萬朝報』に在社していたわけではなく、経済的な危機を救うなど、『萬朝報』の経営面にもかなり力を及ぼしていたようである。昭和三年の十二月中旬、既に退いたはずの蛭田順一郎が再び入社し、『萬朝報』は武井・蛭田・長谷川の三頭政治状態となり、社内は混乱に陥いる。しかし、「社告」にもあるように、六万円の未払いの俸給と幾多の莫大な歳末費を控えて、返済のあてもなく、蛭田順一郎は十二月二十七日に、武井文夫は二十八日に辞職した。この時のことを、新井一清が「昭和十年の新春を迎へて『萬朝報』の将来と長谷川社長を語る」（『萬朝報』昭和10年1月1日発行）の中で、「去る昭和三年十二月二十七日、この日こそは、忘れることが出来ない、発行不能の第一日である」と回想している。そして、その危機を約三万円を出資して救い、最終的に事業を引き継いだのが長谷川善治である。「社告」においてわざわざ断わらなければならなかったように、昭和三年末の『萬朝報』の経営赤字と経営者の権力争いによる混乱が、昭和四年当初の長谷川善治が「業務執行委員」と名乗ることへの社内の反発となって現れたのであろう。しかし、その後、昭和四年四月二日の『萬朝報』の「社告」では、長谷川善治は専務取締役となっている。その「社告」には、次のようにある。

弊社儀自ら揣らず筆陣を以て天下に見ゆること既に卅七星霜、幸に大方読者各位深甚の御同情と御声援とにより今や漸く難局の打開を遂げ新たに経営の方針を確立し社内の陣営を整備し不惜身命の意気を以て鋭意大方の御期嘱に副ひ奉る決意に有之候

就ては更生の門出に当り是れを故社長涙香先生の墓前に報告し真に血盟殉公の心事を致し度、恰も来る四月六日は故社長の自祥忌日に相当仕り候に付当日午前十時その香華院たる鶴見総持寺に於て記念法要並に報告の営みをなし度候間年来御高顧の盛情を以て御随喜被成下候はゞ盛荷不過之候茲に乍略儀紙上御報告申上候

尚株主総会の決議により下名等業務担当社員として就任仕候間

不取敢御披露まで如敢に御座候

敬具

昭和四年四月一日

株式会社　萬朝報社

専務取締役　長谷川　善治
常務取締役・主筆　長谷川　良信
取締役　黒岩　日出雄
取締役・営業局長　雨森　兼次郎
取締役・編集局長　石井　文作
常任監査役　早川　鍵太郎
監査役　花村　四郎
理事総務局長　井岡　亮輔
理事大阪支社長　大竹　又次郎
理事販売部長　佐藤　浩

昭和四年四月には、長谷川善治が社長という名称は用いずとも、いわば『萬朝報』の代表という立場になっており、また、前掲の昭和四年版『新聞総覧』にあった人事とほぼ一致しているから、おそらく昭和四年四月の時点で一応社内の混乱も鎮静化し、長谷川善治を中心とした経営体制が整ったとみてもよいであろう。

長谷川善治は社長となってから、昭和四年四月、自らが校主となり、「東京新聞記者学校」を京橋区弓町二十一にあった萬朝報社の敷地内に設立した。同年十月には、工場を整理し、一時休刊していた『萬朝報』の朝刊を復旧し、かつての朝夕刊制を復活させた。さらに「支那欄」「社会及労働運動欄」「軍事国防欄」「水産事業欄」等を新たに設け、紙面も刷新し、日曜毎に四頁の週刊付録を発行した。また、工場の整理に伴って、社屋も新築し、十月十四日にはその竣工式が行われている。昭和五年には、倫敦軍縮会議、台湾霧社事件、朝鮮間島問題に社員を特派し、団体派遣を実行している。この他にも、昭和七年版『新聞総覧』（平成6年2月20日発行、大空社）に、「昭和六年長谷川社長のなしたる事業」について具体的に書かれているので、次にあげておく。

◇昭和六年長谷川社長のなしたる事業

一、政府の為さんとしたる電話民営案並に拡張案に反対し全国七十五万の電話加入者のために死力を尽し政府案を撃退せり。

二、小学の国営と非民衆的なる官学廃止を断行せん之が運動に心血を注ぎつゝあるも未だ達成せざるを怨む。

三、農村の危機を救ふため米価一石二十五円国定即時断行を主張す。

四、国民の教養と慰安のため国民に対しラヂオの無料放送と受話器の無料貸与即行を主張す。

五、内政の行詰りと在満の同胞の危機を救ふべく七月十日飛行機にて渡満四旬を費して満蒙の急迫せる時局を調査し帰朝後在満同胞の危機と題する小冊子百万部を発行し更に全国に満州問題解決の大会を開き国論喚起に飛躍し目的の遂行をなしたり。
六、金再禁止の即行を主張し遂に目的を貫徹す。
七、在満国軍の志気を勇敢ならしむるため在満国軍に対し慰安と祖国の情報のため九月一日より萬朝報五千部宛毎日無代にて輸送をなしつゝあり。
八、在満国軍慰問金募集に奔走し三井三菱其他の富豪より約二十万円の慰問金支出をなさしめたり。
九、国士江連力一郎、逸見十郎氏陸軍中将大野豊四閣下等と共に満蒙問題大講演会を全国八十余市町村に於て開催し国民の満蒙に対する意識の発達に努めたり。
十、無産者の医療機関として浅草区橋場町に東京労働者病院の建設をなし十月一日開院し一日五十名以上の患者に対し施料をなしつゝあり。

しかし、その後は、特記すべき事業展開もなかったようで、昭和八年版、昭和九年版『新聞総覧』には、右と全く同じ文章が、『萬朝報』の最近の事業として掲載されている。

長谷川善治が社長を辞任したのは昭和十一年三月二日のことで、昭和十二年版『新聞総覧』（平成6年10月25日発行、大空社）には、「萬朝報社長長谷川善治氏は経営の一切を社員に委託し引退した」とある。この長谷川の辞任について、昭和十一年四月三十日付『萬朝報』に次のような「緊急社告」が掲載された。

前萬朝報社長長谷川善治氏は去る三月二日限り社業継続不能に陥り当時の全従業員に対し萬朝報社一切の権利義務を譲渡されて社長を辞任されましたので爾来全従業員は一致協力して社業を継承し主幹石井文作氏を中心に専心新聞発行に努力し、朗報華やかなりし頃の名編集局長斯波貞吉先生、名社会部長中内蝶二先生を始め旧萬朝報社同人諸先輩を迎へて真に天下の大萬朝報として更生を期すべく計画中のところ、長谷川氏は社外にありながら依然として社名を利用し現従業員の利害を害された上、従業員の一部を使嗾して社外に団結させ、復帰を策動して容れられざるを知るや社業譲渡に対し法律的手続の未済なるを奇貨として有ゆる手段を講じて社業を妨害しやうとされて居ります。然し全従業員の結束は頗る鞏固で、長谷川氏の復帰を絶対に拒絶すると同時に、故黒岩涙香先生創業以来光輝ある萬朝報の為に更生を期して飽くまで努力精進する覚悟で居りますから、倍旧の御支援御助力を賜りたく懇願申上げます。従て爾今長谷川善治氏は萬朝報発行に関し何等関係なきものに付御諒承下さい。

昭和十一年四月

東京市京橋区銀座西二ノ三

萬朝報社

電話京橋　二一二〇番

二一二一番

長谷川善治の社長辞任について、昭和十二年版『新聞総覧』では、「経営の一切を社員に委託し引退した」とのみ記されていたが、『萬朝報』は、長谷川善治が「依然として社名を利用し現従業員の利害を害」し、退社後も

「有ゆる手段を講じて社業を妨害しやう」としていると、わざわざ「緊急社告」において公にしている。どうやら、長谷川善治は、社内における長谷川への反発によって、辞任に追い込まれたようである。

　長谷川善治が社長となってからの、昭和四年から同六年に及ぶ、積極的な事業展開も結局実を結ばず、また、その積極的な事業展開の結果、かえって『萬朝報』の財政困難はますます深刻になり、昭和期の『萬朝報』は衰退の一途をたどっていったようだ。

　その過程に、『萬朝報』の社長・長谷川善治から大日本雄弁会講談社社長・野間清治に宛てて、この書簡は書かれたのであろう。内容は、『萬朝報』に対する経済的な援助を懇願しているのであり、つまり無心状である。この書簡は、日付は「十二月廿八日」とあるものの、何年に書かれたものかはわからない。長谷川善治が社長であった昭和四年から昭和十一年三月までに書かれたものには違いない。また、書簡の記述に「京橋の現萬朝報の／社屋及機械活字／一式保証金／其他は／今日全部小生の／死力／により昭和六年度に／於て競落致し」とあるので、昭和六年から昭和十一年三月と、さらに書簡の書かれた期間を限定することができる。

　ここに紹介する書簡に「一ヶ月何十萬円或は／百万円に近き／廣告／をお出し／になる／講談社」とあるように、昭和六年以降の『萬朝報』を丁寧に見ていくと、昭和六年前後より講談社の広告が頻繁に掲載されている。その広告の扱い方に変化が見られるのが、昭和八年一月である。昭和八年一月十日付『萬朝報』には、広告欄にではなく、一般記事と同じ扱いで、「講談社倶楽部　内容充実した二月号」、「『富士』の二月号　明るく賑やかな内容」、「『キング』二月号　素晴らしい出来栄え」と題して、提燈記事が書かれている。その上、同年一月十七日には、「わが雑誌界の展望　矢張り人気は講談社に集注《ママ》　野間会の飛躍と相俟ち雑誌報国の旗は翻へる」として、講談社に対する賞賛とともに、講談社社長・野間清治の写真が掲げられている。また、同じ面に「二月号の人気　傑作の山・名

篇の海　九大雑誌の誇り　どの雑誌を読んで見ても無駄の無い内容」と長い題が付けられ、『キング』『富士』『雄弁』『現代』などの講談社の九大雑誌の提燈記事が掲載されている。このような講談社の広告の取り扱いは、昭和八年一月だけに見られる特徴である。

この書簡の日付は「十二月廿八日」である。『萬朝報』に掲載された講談社の広告の扱い方に注目すると、昭和八年一月の講談社の提燈記事は、この無心状とも言える書簡が、昭和七年の年末に、萬朝報社長・長谷川善治から講談社社長・野間清治に宛てて出されたゆえに、掲載されたものではなかったか。野間清治は、書簡を受け取った時点では、表書きに「御来至之趣本晩より／小社長谷川と相談致置可申候」と書き、返事を待たしているものの、最終的には経済的な援助を行い、『萬朝報』の財政危機を救ったのではないだろうか。したがって、あくまで推測の域を出ないが、この書簡は昭和七年の「十二月廿八日」に書かれたものではないか、と推定される。

『萬朝報』は、黒岩涙香亡き後、震災の打撃もあって何度も経済的な危機に陥り、経営者も次々に交代し、衰退の一途をたどっていく。その過程で、昭和期には、長谷川善治が約七年もの間、社長の椅子に座り続ける。その長谷川善治を、昭和期の『萬朝報』を経済的に援助していたのが、講談社であり、野間清治社長であったようだ。この書簡は、昭和期の『萬朝報』の経営状況を知ると同時に、当時の講談社の勢力を示す資料でもあろう。

なお、長谷川善治が社長であった頃、つまり昭和四年一月から昭和十一年三月までの、『萬朝報』の連載小説を次にあげておく。

○水守亀之助「麗人苦」（挿絵・吉田真理）昭和3年7月13日～昭和4年1月22日
○池内泰「劇界秘録　逃げろ」（挿絵・武田一路）昭和3年8月24日～昭和4年1月31日

○橋爪彦七「明和秘帖　剣侠江戸嵐」（挿絵・鈴木三郎）昭和3年10月14日～昭和5年2月20日

昭和4年（一九二九）

○藤澤清造「謎は続く」（挿絵・竹内興）1月23日～2月21日／中断

○丸山義二「街の中へ」（挿絵・武田一路）2月23日～3月24日

○木蘇穀「朝」（挿絵・竹内静古）3月25日～9月30日〈夕刊〉

○黒岩涙香「武士道」（挿絵・藤田興四郎）10月1日～5年3月16日

昭和5年（一九三〇）

○小玉あさ子「女人裸像」（挿絵・鳥井観泉）2月9日～6月17日〈夕刊〉

○菊池暁汀「大岡政談秘録・処女傀儡師」（挿絵・布施長春）2月21日～12月28日〈夕刊〉

○黒岩涙香「島の娘」（挿絵・竹内静古）3月18日～12月11日

○桐島豊彦「紅薔薇の歌」（挿絵・関英太郎）10月14日～6年6月2日〈夕刊〉

○丸山義二「闘ふ街」（挿絵・志賀雪雄）12月12日～6年7月21日

昭和6年（一九三一）

○大島多慶夫「大江戸紫隊秘帖」（挿絵・友枝秀春、鈴木清、早瀬安馬）1月6日～12月30日〈夕刊〉

○柴田賢一「旗を高く」（挿絵・鈴木賢二）7月22日～9月4日／中断

○杉田英男「貧農」（挿絵・大崎徹）9月17日～12月23日
○平井総三「探偵小説　死型」（挿絵・馬場恒）10月4日～12月30日

昭和7年（一九三二）
○宮西作之「婦女絵鏡」（挿絵・馬場恒）1月5日～4月19日〈夕刊〉
○中川雨之助「お江戸裏町」（挿絵・荒川芳三郎）12月〔国会図書館欠号のため未見〕～9年1月25日〈夕刊〉

昭和8年（一九三三）
○小松川武「鳴子八天狗」2月16日～7月17日
○中島宵月「曙を前に」7月4日～9年5月2日〈夕刊〉
○小松川武「普賢髑髏組」（挿絵・鯵坂貞温）7月4日～9年5月2日

昭和9年（一九三四）
○橋爪彦七「妖説　白鸞丸」（挿絵・竹内静古）1月30日～9月7日〈夕刊〉
○長田秀雄「女人婆羅門」（挿絵・西正世志）2月1日～9月13日
○丘晴二「訣別」2月19日～5月13日
○高木三郎「赤い李」3月27日～8月22日
○土谷龍介「盛り場の挽歌」5月4日～8月26日〈夕刊〉

○武崎伸平「御用盗異変」9月8日～10年4月24日
○佐々欣吾「水戸黄門」（挿絵・茅場紫水）9月14日～10年3月24日
○吉祥寺光「佐倉宗吾」（挿絵・関英太郎）10月2日～10年2月22日

昭和10年（一九三五）

○高木三郎「暁の洗礼」1月29日～4月12日
○橋爪彦七「大楠公」3月25日～11年1月29日
○佐々欣吾「日露戦史　従軍記者」（挿絵・樋口悦也、森立雄）4月25日～10月6日〈夕刊〉

また、同じく長谷川善治が関係した時期の、『萬朝報』の主な文芸関係の記事を参考までにあげると、秋田雨雀「小山内薫氏の死を悼む」（昭和3年12月27日発行）、小川未明「明日の文学」（昭和4年4月11日発行）、舟橋聖一「劇界展望」（昭和4年4月21日発行）、高見順「生成と課程　『時代文化』の廃刊に際し」（昭和4年5月30日発行）、吉井勇「ラヂオ風景　走馬燈」（昭和4年9月6日発行）、高見順「『テンポ派』の問題」（昭和4年9月24日〔国会図書館欠号のため未見」～29日発行）、有島生馬「日本の現代美術」（昭和4年9月28日発行）などがある。また、『萬朝報』の「文芸時評」欄は、楠本寛が担当していた。

これらの主な文芸関係記事が掲載されていた、昭和四年の『萬朝報』は、朝刊が四面から八面に増刷され、毎日必ず「学芸欄」が設けられていた。しかし、経営難のためか、紙面も減少とともに、「学芸欄」も廃止され、次第に文芸関係の記事も少なくなっていったようだ。

二、紹　介

野間清治宛長谷川善治書簡

（改行は原文のままとする。濁点の有無、漢字の字体は新旧を統一せず、原文に従った。助詞が欠落している部分も訂正せず、原文のままにしておく。）

封書表書

○御来至之趣本晩これより
小社長谷川と相談致置可申候
御身御大切に念上候　野⑴
野間清治先生
長谷川学兄
至急　御直披

封書裏書

十二月廿八日夜
十時半
拝

萬朝報社長(2)
長谷川善治

東京市京橋区銀座西二丁目三番地
電話京橋（五六）自二一二一番
至二一二九番
社長専用電話京橋　二一二〇番

書簡本文

謹啓　過日は
不相変
甚だ御迷惑なる
御無心仕候処
早速
御真情溢るゝ

御同情
を賜り且つ直接
御先生よりも多額
の御援助を辱ふし
如何に急場を救は
れしか感激の限り

に御座候
重ね〲の御厄介に
相成
居りなから幾度も
御無心の御願ひを
致す

は誠に厚釜敷
次第に候へ共
今月は
何共小生にとりては
多大
の欠乏にて
未だに
数千
円之
不足相生じ
居り
日夜その処置に
窮極
いたし居る
始末に候
へ共歳末いよ〳〵
相迫りたる今日
他に

金策の途も
無之
さりとて他の會社
など
は少なしと《ママ》金も
夫々
ホーナスなどまで
その従事
業員に與へられ
つつ
あるとき月極の
俸給
も完全に渡し
能はず
しては支配者としての
立場も無之ニ付
せめて
今月丈けは全俸給

丈け支拂渡し
度き
思ひ
に全途方に
暮れ
居
り中候僅かに
三四千
圓の不足にても
之を二百
人の社員職工に
分配
出来ぬとせば
一人當り
十圓に近き
支拂不
足と相成り
薄給

者としてはかなり
重大
の事に有之候間
何とか
致し度焦慮
いたし居候
就ては甚だ
再三の
事にて御迷惑
には候へ
共向ふ二ヶ月の
手形に
て宜敷候間
金五百円
丈け廣告料
の内へ御融通なし
被下間敷候哉
実は今月は

講談社
に充分お盡し
いたし候
次第
に有之それと
言ふも
月末に何とかして
千圓
丈け御融通を
願ふ
心底
なりしため
且つ年来
の御芳情に報ゆる
ため且又奪はん
とせば先づ與へね
ばならぬ真理
により

恰も我が事以上に
一も二も講談社の
儲かる
ようにと
心掛けて
極力
紙面を解放したる
は全くの事実に
有之候
然し発行部数の
少なきため効果の
比較的少なきは
争はれぬ事実に
有之候へ共今後
如何に
萬朝が發展
せば
とて先生并に

講談社
の大恩は忘却
せず吾家の事として
微力を吝まざるは
勿論に有之候
尚又小生は廣告料
の千二千を御融通
願ひ
たき為にのみ
先生
の御発展を
念願
する者には
無之候小生
は元来先生の
玉子
のような人間にして
やがては

第二の野間に
なりたい
野間先生は
偉い人
だと他人まで
話し致し
居る
人間に候間
決して物質
的に先生や
講談社
に迎合的
態度を
以て
するには
絶対に
無之候
のみならず

小生も
必らず
一人前の人間に
なり得べ
き努力、至誠、勇
気、健康、を有し
をり且又自己を
未熟者
と見て居る者に候
間聊か發展の
餘地
を有し
申候ニ付
先生や
講談社の
御引立御
同情に対しては
絶対に

相報ゆるの機會
と時間とを有するもの
ありと確信致し
殊に
萬朝引続き
二三百円
の金に困る事
有之候
へ共實は三百坪の
京橋の現萬朝の
社屋及機械活字
一式保証金
其他は
今日全部小生の
死力
により昭和六年度に
於て競落致し
全く

萬朝社のものとなり
又事実上
發行
部数
も小生就任当時
よりは
増加致し
各方面
にホツ〳〵發展いたし
居り申候間
最早や
小生の生存する
限り
断じて萬朝は
退歩
的悲境には
立ち至
らず申候間

何卆
御喜び被下度候
又小生は今更申上候
まで
も無之大自然
主義
を奉じ居る者に
して決して偽詐
なさず
最も
誇張等を
正直に生活する
事
を以て健康法なし《ママ》
かかる
人生観を有する者
に候間常ニ大義
明分

に副はざる
事は一切
致さず聊かの
恩義
にも
必らず酬ゆる
事を
寸時
も忘れたる
こと
無之候
を快事となし
居り
申候間何卒
御見捨
なく今少々の申分
部下
として児分として

門下生
として御指導
御引立
被下度候
小生は何時も
先生に
対し
金銭事ばかり
申上げ
て居るため如何にも
心もとなく候へ共
これも
皆々
萬朝のためにて
小生自
身は少しも金銭
など
欲しくは無之候何卒

萬朝の基礎確
立いたしたる今日
更に一段
の御高配を仰ぎ
度候
世人或は新聞社會
の人は相手の同業者
の成功をねたみ
或は
妨害等をも
なす人
あり候へ共小生は
萬朝
を経営しなから
同業者
のためにも計り
殊に先
生の報知のためには

常に
御用新聞となりても
苦しからずと
平気
にて世人の噂さに
任せ
居る丈け心を廣く
持ち居り申候
思ふに
報知の發展は
先生
の一生を物語るもの
なり
と人事《ひとごと》ならずと
毎日〱
報知新聞を見て
心配いたし居る一人に候
間決して先生の

ためには
現実に利益にならず
とも小生も又一人の野
間先生の信者
に候
崇拝者に候
如上の事は甚だ
失礼
の申条には候へ共
筆の行くまゝ
心より
申上げたる
事に候間
多言無礼の段
御赦し
願上候
就ては明日
講談社の

長谷川様に會見
致し
改めて御願申上候間
五百円の手形を小生
に融通せらるゝよう
呉々も御願ひ申上候
一ヶ月何十萬或は
百万円に近き
廣告
をお出し
になる
講談社
の事業も
仲々容
易の業には
非ずと
存候間仮令一円の金で
も考へて使はねば

ならぬ
時五百円の手形を
更に
融通するほどの價
値なき萬朝に
御融通
を乞ふは恐縮にも
あり
殊に申訳なき
強要
とも有候へ共
現在萬
ほどの借金ある
にも
無之又單価など
も
無料に近く
提供

致し居る処も
小生が
講談社のためなら
何時
でも金銭をはなれて
取扱ひ講談社が
儲かる事は小生の
利益なりと
一生懸命
に尽す心底
御賢察
願上候
何卆先生御高情
申分冗長の手紙を
御高覧に入ることは
小生の最も苦痛
とす
る処に候へ共

全文
御目を通し
被下度候
先つは乱筆無礼
の段等多謝々々
乍末筆先生の
御健康を祈上候
今日の如き思想時
局にありては先生
の存在が如何に
重大
なる役割にあるか
経國の上に
先生
の御身と御事業
と
は或る意味に於て
政府より重大に

奉存候
御健康を
間せつに〱
願上申候
小生の先生
に願ふ処は只管
先生の御健康

ある
の
みに候
合掌
再拝
十二月廿八日
夜十一時萬朝

にて
長谷川善治
拝
大恩人
野間先生
御侍史

注

（1）「野」は、講談社社長・野間清治の署名である。封書表書の「〇御来至之趣本晩これより／小社長谷川と相談致置可申候／御身御大切に念上候野」「長谷川学兄」は、野間清治が認めたのであろう。「野間清治先生」「至急御直披」とは、墨色と筆跡が違っている。

（2）「十二月廿八日夜／十時半／拝」は墨書だが、「萬朝報社長」以下の六行にある、差し出し人の肩書き、氏名、萬朝報社の住所と電話番号は、手書きではなく、印刷されたものである。

《付記》

本書簡は、田中登教授御所蔵だったものを閲覧させていただいた。長谷川善治著『発売禁止』については、堀部功夫氏よりご教示を賜った。両先生に心より御礼申し上げます。

初出発表一覧

I

上司小剣「鱧の皮」論
関西大学「国文学」第八十二号　二〇〇一年三月十七日発行

上司小剣「木像」・その文学的転機
関西大学「国文学」第八十三・四号　二〇〇二年一月三十一日発行

上司小剣作家以前の小品「その日〳〵」
「相愛国文」第十四号　二〇〇一年三月三十日発行

上司小剣と野村胡堂—野村胡堂宛上司小剣書簡を中心に—
書きおろし

紀延興『雄山記行《ママ》』（上司家蔵）翻刻
関西大学「国文学」第八十五号　二〇〇二年十二月十七日発行

上司小剣文学研究案内
書きおろし

Ⅱ

久米正雄「三浦製糸場主」―その改稿をめぐって―
関西大学「国文学」第八十七号　二〇〇三年十二月十七日発行

昭和期の『萬朝報』について―萬朝報社長・長谷川善治の大日本雄弁会講談社社長・野間清治宛書簡の紹介―
関西大学「国文学」第八十二号　二〇〇一年三月十七日発行

あとがき

今日の近代文学研究において、上司小剣の文学が取り上げられることは極めて稀である。同時代に活躍した正宗白鳥や近松秋江らは個人全集も刊行されたのに対して、上司小剣は忘れ去られた作家という感は否めない。

私が初めて上司小剣の文学に接したのは、大学生時代であった。その時読んだのは、大阪のミナミの道頓堀を舞台とした上司小剣の代表作の一つである「鱧の皮」であった。大分県佐伯市で生まれ育った私は、その時初めて鱧の皮を食した。噛めば噛むほど味が出るというか、外見からは想像できない滋味に富んだ食べ物であった。

上司小剣の多彩な文学的活動を見ていくと、読売新聞社記者時代に書いたコラムには、上司小剣の個性が光っているし、その時代の世相が反映されていておもしろい。コラム「その日〳〵」は、単行本に収録されたのが全体の三分の二ぐらいで、単行本未収録のものも多くある。どこかに奇特な出版社がいて、新書版や文庫版にして、上司小剣の「その日〳〵」の全コラムを収録して発行してくれないものかと夢想している。

上司小剣が大正期に発表した短篇「東光院」「兵隊の宿」「父の婚礼」「お光壮吉」等々の作品は、鱧の皮のように噛めば噛むほど滋味に富んだ味があって、佳作である。

大正期の文学といえば、志賀直哉、武者小路実篤、芥川龍之介、谷崎潤一郎、佐藤春夫、宇野浩二らの作家の活躍を思い浮かべるのであるが、上司小剣のような存在の作家の活躍があって、大正期の文学が豊潤なものとなっているのではないかと思われる。

私の上司小剣文学研究、あるいは大正期文学研究は、その発端についたばかりである。今後も上司小剣文学の全体像の解明に努めたいと思う。皆様のご教示をお願い申し上げます。

本書を纏めるにあたり、上司小剣のご遺族でお孫さんの上司延哉氏、手向山八幡宮宮司の上司延訓氏、そして野村胡堂・あらえびす記念館から貴重な資料を閲覧させていただき、ご教示を賜りましたことに心より御礼を申し上げます。

また、大学院時代からご指導を下さいました浦西和彦先生、吉田永宏先生をはじめ、なにかとお世話になりました増田周子先生、田中登先生、堀部功夫先生、鳥井正晴先生に深く感謝申し上げます。

最後になりましたが、本書の公刊をご快諾下さいました和泉書院の廣橋研三社長をはじめ、お世話になりました編集スタッフの皆様に厚く御礼申し上げます。

平成十七年五月吉日

荒井　真理亜

■ 著者略歴

荒井真理亜（あらい・まりあ）

1975 年　大分県佐伯市に生まれる。
1998 年　相愛大学日本文化学科卒業。
2003 年　関西大学大学院文学研究科博士課程後期課程単位取得。
2005 年修了。
現在　関西大学、相愛大学非常勤講師。

近代文学研究叢刊 31

上司小剣文学研究

二〇〇五年一〇月二五日初版第一刷発行
（検印省略）

著　者　荒井真理亜
発行者　廣橋研三
印刷所　太洋社
製本所　大光製本所
発行所　有限会社　和泉書院
大阪市天王寺区上汐五-三-八
〒五四三-〇〇〇二
電話　〇六-六七七一-一四六七
振替　〇〇九七〇-八-一五〇四三

装訂　上野かおる　ISBN4-7576-0335-5　C3395

近代文学研究叢刊

樋口一葉作品研究	橋本威著	1	六二一六円
宮崎湖処子 国木田独歩の詩と小説	北野昭彦著	2	八四〇〇円
芥川文学の方法と世界	清水康次著	3	品切
漱石作品の内と外	高木文雄著	4	品切
島崎藤村 遠いまなざし	高橋昌子著	5	三八八五円
四迷・啄木・藤村の周縁 近代文学管見	高阪薫著	6	三八八五円
日本近代詩の抒情構造論	松原勉著	7	六三〇〇円
正宗敦夫をめぐる文雅の交流	赤羽淑著	8	八八二〇円
賢治論考	工藤哲夫著	9	五二五〇円
まど・みちお 研究と資料	谷悦子著	10	五二五〇円

（価格は５％税込）

近代文学研究叢刊

21	藤野古白と子規派・早稲田派	一條孝夫著	五二五〇円
22	漱石解読〈語り〉の構造	佐藤裕子著	品切
23	遠藤周作〈和解〉の物語	川島秀一著	四七二五円
24	論攷横光利一	濱川勝彦著	七三五〇円
25	太宰治翻案作品論	木村小夜著	五〇四〇円
26	現代文学研究の枝折	浦西和彦著	六三〇〇円
27	漱石 男の言草・女の仕草	金正勳著	四七二五円
28	谷崎潤一郎 深層のレトリック	細江光著	一五七五〇円
29	夏目漱石論 漱石文学における「意識」	増満圭子著	一〇五〇〇円
30	紅葉文学の水脈	土佐亨著	続刊

（価格は５％税込）